U0465826

活着。
就要盡興。
蔡淵題

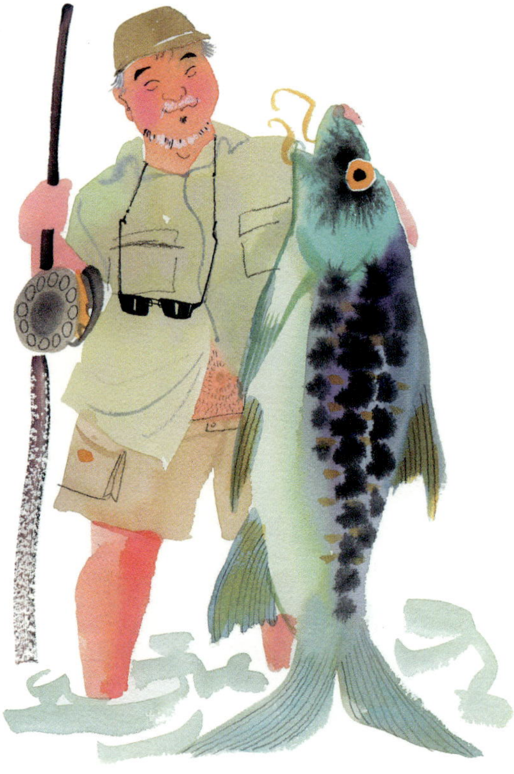

旅行，最好的土产品应该是回忆。

大食姑婆才是最可爱的人物，
她们又不会来侵犯你，
为什么要那么尖酸刻薄来批评人家呢？

问：我姓王,
年五十才得子,
请代取名字。
答：王五十。

甜脆清爽滑 辣鬆酸鮮 淡肥軟酸濃臘

人生之中，
一定要交几个朋友，
一个和尚或神父，
还要一个好牙医。

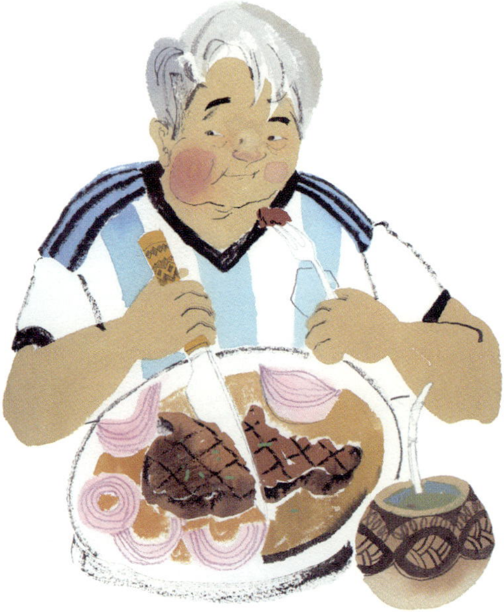

选领带有一套学问,你走进一家领带店,那么多的货物,买哪一条?很容易,像鹤立鸡群一样突出的,一定是条好领带。

对食物的喜恶,
是很主观的。
绝对不能统一哪样是最好吃,
哪样是最难吃。

活着，就要尽兴

蔡澜 著

江苏凤凰文艺出版社

图书在版编目（CIP）数据

活着，就要尽兴 / 蔡澜著 . — 南京：江苏凤凰文艺出版社，2020.3（2025.2 重印）
ISBN 978-7-5594-4523-0

Ⅰ.①活… Ⅱ.①蔡… Ⅲ.①随笔 – 作品集 – 中国 – 当代 Ⅳ.① I267.1

中国版本图书馆 CIP 数据核字（2019）第 292513 号

活着，就要尽兴

蔡澜 著

出 版 人	张在健
责任编辑	孙建兵　万馥蕾
装帧设计	薛顾璨
责任印制	刘 巍
出版发行	江苏凤凰文艺出版社
	南京市中央路 165 号，邮编：210009
网　　址	http://www.jswenyi.com
制　　版	南京新华丰制版有限公司
印　　刷	苏州市越洋印刷有限公司
开　　本	880毫米×1230毫米　1/32
印　　张	8.375
字　　数	230 千字
版　　次	2020 年 3 月第 1 版
印　　次	2025 年 2 月第 3 次印刷
书　　号	ISBN 978-7-5594-4523-0
定　　价	46.00 元

江苏凤凰文艺版图书凡印刷、装订错误，可向出版社调换，联系电话025-83280257

目录

第一章　不做大师

和查先生吃饭　〇〇二
黄霑再婚记　〇〇四
谁来跟我干杯　〇〇七
万荷堂堂主　〇〇八
不做大师　〇一一
拜访蔡志忠　〇一二
烧鹅先生　〇一三
悼张彻　〇一六
拼命三郎成龙　〇二二
洪金宝餐厅　〇二七
纪念胡金铨　〇二九
和周润发谈摄影　〇三二
方太的滋味人生　〇三五
郑佩佩印象　〇三六

第二章　女人花

两位长眠了的淑女　〇四〇
最美王妃　〇四三
不脱衣的尤物　〇四四
琉璃　〇四五
新井一二三　〇四八
微笑的小红　〇五〇
谈我喜欢的女演员　〇五三
对韩国女人的迷恋　〇五六
昨夜梦魂中　〇五九
沟女绝技　〇六一
嫁个有钱人　〇六二
受伤的女人　〇六三

第三章　寻开心

教养	〇六八
摘花	〇六九
笼子	〇七〇
创意派	〇七一
又谈花	〇七二
快乐	〇七四
乐观	〇七五
我的的士经验	〇七六
没用	〇七八
土产	〇七九
宇宙飞船	〇八一
同好	〇八二
苏先生	〇八三
清心	〇八四
领带的乐趣	〇八五
高跟鞋	〇八八
兰味莲	〇八九
筷子	〇九〇
核桃夹子	〇九一
冠军牌牙刷	〇九二
追踪漱口杯	〇九三
蚝壳	〇九四
手杖的收藏	〇九五
刀枪的兴趣	〇九八
水	〇九九
委屈	一〇二
报复	一〇三
生意经	一〇四

关于健康	一〇七
拔牙乐	一一〇
人生友人	一一一
命	一一二
我的针灸经验	一一三
不药而愈	一一六
答复"私信"	一一八
交稿催人老	一二一
万箭穿心	一二二
视死如归	一二三
丰子恺漫画全集	一二六
笑看往生	一二七
儿子	一二九
借口	一三〇
沟坏了	一三一
好学	一三二
寻开心	一三四
爱情和婚姻	一三五
定义	一三六
才子	一三七

第四章　食神传奇

妮格拉的噬嚼	一四〇
爱吃的女人	一四三
陈茵茵菜谱	一四五
大食姑婆	一四六
什么东西都吃的人	一四九
大辣辣	一五二
鲩鱼粥和机关枪	一五四
乌龟公阿寿	一五七
邹胖子水饺	一六〇
锅贴	一六一
大胃王	一六二
老友记	一六五
糖斋	一六六
入厨乐	一六七
潮菜天下	一六八
食桌	一七一
到会记	一七二
基础菜	一七五
方荣记	一七六
死后邀请书	一七七
师伯过招	一七八
当食家的条件	一七九
感谢	一八二
好吃命	一八三

第五章　好吃命

吃的讲义	一八六
吃些什么？	一八九
无法取代的荣誉	一九二
求精	一九四
共勉	一九七
烹调学校	一九八
比较	一九九
团年饭	二〇〇
死前必食	二〇二
开间什么餐厅？	二〇四
开一家福建餐厅	二〇七
经营越南餐厅	二一〇
谈吃	二一三
口味	二一四
潮州鱼生	二一五
办桌菜	二一六
福建薄饼	二一九
蔡家蛋粥	二二〇
问老僧	二二一
龙井鸡	二二二
火腿蒸蚕豆	二二三
蛤和鲥	二二四
试吃《随园食单》	二二五
小插曲	二二六
海女餐	二二七
土人餐	二二八
泰皇宫餐厅	二二九
法式田鸡腿	二三〇

条目	页码
完美的意粉	二三一
伊比利亚火腿	二三二
帕尔玛火腿的诱惑	二三五
大蒜情人	二三八
茄汁	二三九
蘑菌菇菰	二四一
神秘的豆蔻	二四四
豆芽颂	二四六
面线颂	二四八
罐头颂	二四九
啤酒颂	二五〇
醉龙液	二五一
下酒	二五三
仿古威士忌	二五四
寒夜饮品	二五五
茶道	二五六
饮食节目问答	二五七
可否食素？	二六〇

第一章 不做大师

和查先生吃饭

我们最尊敬的大师查良镛先生八十岁了,胃口还是那么好,真不容易。但是对食物,有固定的那几种,不像我那样什么都尝试。

"我和蔡澜有很多同好,吃则完全相反。"查先生曾经那么说。

查先生大方,曾经邀请我欧游数次。有一回在伦敦,我建议到黎巴嫩菜馆。吃了生羊肉,各类香料用得很重的菜。查先生微笑地陪伴着,坐在露天茶座,天气热,额上流汗,不举筷也不作声。当时我见到了真是不好意思。从此一块吃饭不敢造次,永远是由他决定吃些什么。

查先生为江浙人,当然最爱吃江浙菜。广东菜也能接受,但只点大路的,像蒸鱼、炸子鸡等等。北方人喝的酸辣汤也喜欢。

粤菜馆来来去去都是那几家,港岛香格里拉酒店的或者国际金融中心的,吃惯了较为安逸。

至于日本料理,会来金枪鱼腩、两块海胆寿司、一大碗牛肉稻庭面。铁板烧也经常光顾。

说到牛肉,可是查先生的至爱。西餐店的一大块牛扒,吃得不亦乐乎。

每回都是查先生埋单。有时争着付,总会给查太太骂。总过意不去。但有一次,倪匡兄说:"你比查先生有钱吗?"说得我哑口无言,只好接受他们的好意。

查太太一直照顾着查先生的饮食。查先生年纪大了，医生不让吃太甜。而这刚好是查先生最喜欢的。我每次和他们吃饭，买了数瓶意大利MOSCARTOD'ASTI 甜葡萄汽酒孝敬。查先生喝了对味，查太太也允许，就不再喝我们从前都喜欢的丹麦威士忌了。记得当年一起吃饭，都爱叫一杯，查先生只在中间加了一块冰。白兰地倒是少喝了，这点与倪匡兄又不一样。他只喝白兰地，不懂得威士忌的乐趣。

席上，倪匡兄总是坐在查先生一旁，他们两位浙江人叽里咕噜。大家记性又好，把《三国》《水浒》人物的家丁名字都叫得出来。

常客之中有张敏仪，她也最崇拜查先生。每次相见都上前拥抱他老人家一番，才得罢休。也知道查先生最吃得惯江浙菜，常在上海总会宴客。那里的菜已不用猪油，但火筒翅是这酒家创出的，又香又浓，查先生喜欢。查太太与我则注重环保，不尝此味。

熏蛋也做得好。查先生喜爱的是饭后的八宝饭，煎过的最佳，一定多吞几口。

也不是所有的上海菜都合老人家胃口。曾经到过一家老字号，做出来的都走了味。查先生发了脾气，从此我们就不敢建议到那家店去吃了。

也有一回来了几个内地的名厨，表演淮扬菜。大家吃过之后你看我我看你。最后查太太带我们转到那酒店的咖啡室，叫了几客海南鸡饭，查先生吃了才笑了出来。

每到一处，总有酒店经理或闻风而至的书迷带着金庸小说来请查先生签名，老人家也来者不拒。兴之所至，还问来者之名，用来题上两句诗。这种即兴的智慧，更令大家佩服到极点。

"天香楼"还是最信得过的杭州菜馆。查先生进餐地点大多数集中在他居住的港岛，不太过海来吃。但"天香楼"是例外。每次去，都叫老伙计外号"小宁波"的过来点菜。查先生如数家珍：马兰头、鸭舌、酱鸭为前菜，接着是烟熏黄鱼，或熏田鸡腿、炸鳝背、咸肉塌菜、龙井虾仁、西湖醋鱼、东坡肉、富贵鸡、云吞鸭汤。

正在等上菜时来杯真正的龙井，啃白瓜子。食前上一碟酱萝卜，也极为精彩。这里的绍兴酒一流，查先生就不喝洋酒了。

吃得饱饱，最后上的酒酿丸子。里面还加了杭州少有的草莓，色泽诱人，酒糟味浓，可口之极。查先生爱的，都是甜的。

到了夏天，查先生最喜欢吃西瓜。我也曾冒着被查太太责备的危险，从北海道捧了一个特大的。全黑色，打开了鲜红，是西瓜之王。查先生也很乖，只吃几小块。

秋天的大闸蟹当然也吃。常在家里举行蟹宴，查太太一买就是几大箩。她本人也极为喜欢，但为了给查先生增寿，戒食之。拼命劝人多来几只，自己不动。查先生其实对大闸蟹也只是浅尝，喝得多的是那杯加糖的姜茶。

一次刚动过小手术，查先生在家休养。咸的当然是一点也不能碰，每天三餐只吃不加盐的蒸鱼。有日夜三班的护士照顾之下，身体复原得很快。

差不多恢复健康时，照样不准吃甜品。查先生偷偷地把一小条巧克力放进睡衣口袋，露出一小截来，给查太太发现了没收。甫入睡房，查先生再从护士的皮包中取出一条，偷偷地笑着吃光。

黄霑再婚记

黄霑和陈惠敏终于结婚了。

别误会，黄霑没有同性恋的倾向。这个陈惠敏不是武打明星的陈惠敏，是位叫云妮的小姐。比黄霑小十七岁，是他从前的秘书。

早在做《今夜不设防》电视节目时，黄霑告诉我们关于云妮的事。

"简直像金庸小说里的人物。"倪匡说，"怎么可以不要？一个男人一生中有多少个像云妮那么死心塌地爱你的，你不要让给我。"

当然倪匡是说着玩的，黄霑是死都不肯让出，所以才搞到今天结婚这种结果。

在十一月初，黄霑和云妮从香港直飞旧金山，先拜访倪匡这个老友。黄霑前一阵子每天上镜，累死他了，和倪匡说了一会儿之后便回酒店，大睡数十个小时。我们听了，点头说此时是真睡，不是和云妮亲热。要是洞房那么长时间，怕他已经虚脱。

在旧金山住了三天，便飞拉斯维加斯。大家都知道，这是天下结婚最方便、最快的地方。

"一到了马上办好事？"我们做急死太监状，盘问黄霑。

"当然不是啦。"他说，"我们先去看赌场的表演，又去吃一餐中饭。遇到澳门来的叶汉先生，认得出我还帮我埋了单。"

"后来呢？"我们又追问。

"虽然说是去结婚的，"黄霑回忆，"但是云妮还没有答应。"

我们心里都说："到了这个地步还不点头，天下岂有这等怪事。"

只好等着他耍花枪，耐心地听他讲下去。

黄霑说："到了第三天，我们在街上散步，我才向云妮建议：现在结婚去。"

"她点头了？"我们假装紧张地问。

"嗯。"黄霑沾沾自喜。

"是不是在教堂举行婚礼的？"

"不是。"黄霑说，"不能直接到教堂。"

这又是怪事了。

"先要领取一张结婚准证。"

"什么准证?"

这次是他的第二回,以下是黄霑的结婚故事:

我们必须先去一个政府机构,说出护照号码,登记什么国籍的人等等。一走进去,那个政府人员在看我身后有没有人,又指着云妮,问道:"这是不是你的女儿?你的太太呢?"

我说这就是我要结婚的人。那官员听了羡慕得不得了,马上替我们登记,然后收费。

"多少钱?"我问他。

"七十五块。"

"这么贵!"我说。

"那是两人份的登记费呀!"他说。

我心中直骂:"废话!结婚登记不是两人份是什么,哪里有一人份的。"

也照付了钱,问他说:"附近哪一家教堂最好?"

"都差不多。"他说,"就在我们对面有间政府办的,你要不要去试试看?"

当然是政府办的比私人办的正式一点,我就和云妮走到了一座建筑物。它不像是一个让人结婚的地方,倒像一间医院。

门口有一个黑人守着,这地方是二十四小时营业的。生意好像不是太过兴隆,所以那个黑人翘起双脚架在门上睡觉。

我把他叫醒,说明来意。他即刻让我们进去。

里面只剩下一个女法官在办公,她是国家授权让她替人家结婚的。

她一看到我们,又望我的身后有没有人,指着云妮说:"这是不是你的女儿?你的太太呢?"

差点把我气死了。

她要先收费,又是七十五块美金,两人份。

"跟着我说。"她命令,"我,黄霑,答应不答应迎娶陈惠敏,做我的法律上的妻子,爱她、珍惜她,在健康的情形,或在生病的状况,直到死亡为止?"

我们都说一声:"I do。"

她问我:"有没有带戒指?"

我们哪有准备这些东西?摇摇头。

"不要紧。"她说完从桌子上拿了两个塑胶圈,让我们互相戴上,大功告成。

女法官在结婚证上签了名,盖上印,交了给我。

我一看,看到证婚人的栏上写着一个叫罗拔·钟斯的人,从不相识,便问她道:"谁是罗拔·钟斯?"

女法官懒洋洋地说:"就是他。"

指的是睡在门口的那个黑人。

谁来跟我干杯

古龙的武侠小说大家看得多,原来他也写过一些散文。现在我看的这本《谁来跟我干杯》由天津百花文艺出版社出版发行,有根有据,大概不会是盗版吧!

全书分两个部分。前编的《人在江湖》是随想,后编的《谈武侠小说及其他》是古龙的读书心得。

散文文字最能洞悉作者的心声,和小说不同,不能掩饰自己。古龙在一篇叫《却让幽兰枯萎》的文章中提到,他一生中没有循规蹈矩地依照正统方式去交过一个女朋友。

他说风尘女子在红灯绿酒的互映之下总显得特别美,脾气当然也没大小姐那么火爆,对男人总是比较柔顺。

但是,风尘中的女孩,心中往往有一种不可告人的悲怆,行动间也常会流露一些对生命的轻蔑,变成什么事都不在乎。所作所为,带浪子般的侠气。

古龙形容的这一行业的女性,是那么地贴切,真是服了他。

别人还正常背书包上学,古龙已经"落拓江湖载酒行"了。对于本身就有流浪子血液的孩子来说,风尘女子的情怀正是古龙追求的。

十里洋场之中更少不了酒。古龙说他开始写武侠小说,就开始赚钱,而一个人如果只能赚钱而不花钱,不如赚得愉快、花得愉快。同样的,酒也要喝个愉快。

古龙喝酒是一杯杯往喉咙中倒进去。是名副其实的"倒"。不经口腔,直入肠胃。这一来当然醉,而大醉之后醒来,通常不在杨柳岸,也没有晓风残月,就是感到头大五六倍。他的头本来就很大,不必靠酒来帮忙,我想他喝了酒,别的部位也大了吧,不然怎么应付得了那群有经验的风尘女子?

万荷堂堂主

"你来了?好,好,我派司机来接你。"黄永玉先生的语气是高兴的。

上一次到北京,已是六七年前的事。现在机场是新的,很有气派。街道两旁的大厦和商店林立,比以前多。黄先生住的"万荷堂"离市区要一个小时的车程，车子约好在下午两点，我刚吃过午餐，上车就睡。

一醒来已经到达，简直不敢相信在茫茫的土地上有座那么大的古堡式的建筑，经过的人还以为是什么电视片集搭的外景呢。

车子进入一城门。只听到一阵犬吠，接着就是几条大狗想往我身上扑来，但给黄先生喝了下去。

"地方到底有多大？"是我第一个问题。

黄先生笑着："不多，一百亩。"

我想中国画家之中，除了张大千在巴西的田园之外，就是黄永玉先生拥有最大的一块地了。

"先带你四处走走。"黄先生说。

入眼的是一片长方形的池塘。现在晚春，荷叶枯干。种上一万株荷花绝对不是问题，十万也种得下。若在夏天盛开，当然是奇景。

围绕着荷池的是很多间建筑，都是二层楼的客房，里面摆设着黄先生自己设计的家私和他一生在外国收集的艺术品。

"我说过，你要是来住，就给你一间。"他笑着说，"到了荷花开的时候，请歌舞团在台上表演，你可以从阁楼观赏。"

没经历过，只有靠想象。黄先生一定会约好他的老友，一家人住一间，效古人之风雅。

"我最想看你的画室。"我说。

"这边，这边。"黄先生指着，门上的横额写着"老子居"。好一间"我的画室"。奇大无比，铁板入墙，让磁石吸着宣纸边缘，画巨大的作品。桌子上的画笔和颜色零乱摆着，要些什么，只有黄先生一个才找得到。

"今天早上画了两幅，还没题字。"黄先生说完拿起毛笔。

整张画上一下子题满了跋，题跋是中国画中不可分割的部分，但从来未见过一位画家像黄先生那么爱题跋的。他的跋就像诗人的短章，或是一篇很精简的散文，也是他的语录。时常很有哲学味道，多数诙谐幽默，坦荡胸襟。意味深长的有："世上写历史的永远是两个人：秦始皇写一部，孟姜女写一部。"或者轻松地说："郑板桥提倡难得糊涂。其实，真糊涂是天生的，学也学不会。假装的糊涂却是很费神，还不如别学为好。"

犀利的是，跋在画的空白处一下笔挥之，随想随写，不打稿，也不修改，写到最后刚刚好填满。不松懈，也不过密。最重要的是没有破坏整张画的构图，只增加神采，是"胸有成竹"这四个字的活生生例子。

惹祸的猫头鹰就不必题跋了。他说过："我一生从不相信权力，只相信智慧。"

在一九五三年他和齐白石合拍过一张照片，老人身旁那位大眼睛的少年一看就知道是位聪明绝顶的人物。黄先生是位生存者，在任何逆境之下都能优哉游哉地生存下去。"文革"难不了他。主人轻描淡写地说："我的八字好。"

何止天生？后来的努力也可以从他画的白描树藤见到。那种复杂错综的线条一根搭一根，比神经线还要精密，又看不出任何的败笔，要下多少功夫才能完成！

我们在客厅坐下，湘西来的姑娘捧上茶来。我问她："这么大的地方，要用多少人？"

"就是我们四五个人。"她回答，"还有十几条狗。有人进来先要过狗这一关，然后……"

黄先生从门后拿出一根木棒，要我试试它的重量，木棍双头镶着铜，棒心填满铁砂，重得不得了。他示范着，"这种棍不是用来打人，是对着人家的心脏捅。"

接着他问："你知道打架的艺术吗？"

什么，打架也有艺术？黄先生接着告诉我一个故事："'文革'时期周恩来先生带着我们一群艺术工作者到处避难，有一个出卖过我们的坏蛋专门与我们作对，我们去到哪里他跟到哪里，用小册子记录行踪，看有什么行差踏错，准备把报告写给江青。'四人帮'消除后我找上他住的旅馆，见人就打。打架的艺术，在把自己豁了出去，不怕被人打，只是打人。"

个子小小的黄先生，打起人来，也够呛的。

其他客人陆续来到，有黄苗子和郁风夫妇，都是老友了，他们大部分时间住澳洲儿子家里，在那边也看我的鬼故事，说像在床上写的那么轻松，我很想解释是挨夜逐个字写的，但也只笑着不开口。

接着来的还有作家李辉先生夫妇，六个人一块吃黄先生烧的湘西菜，喝他设计酒壶的"鬼酒"牌白酒，乐融融。想起了有一回带了苏美璐去黄先生香港的画室，可惜这一回少了她。

"荷花开的时候你再来。"临走时黄先生叮咛。

我打定主意，不但去北京，还要跟他去他的家乡湘西凤凰县走一趟。

不做大师

丁雄泉先生的画室广阔无比。还在嗅觉上留给人一个深刻的印象。

这都是因为丁先生喜种洋葱花，买的种子很大，有个婴儿的头那么巨型。这种洋葱头一开就是八大朵红花，他一种数十头，这边开完那边开，永远有灿烂的花陪着他。

洋葱头种在浸湿的泥土之中，产生一股强烈的味道，和切完葱头留在手上的一模一样，闻惯了还觉得蛮有个性的。

最近他还作些小画，画在小小块的油布上，摆在书房，整面墙壁生色。我很喜欢，但没有向他开口。我这个人一贯不大向人讨东西，像从前在冯康侯老师处学写字，如果他不主动送我，我不会出声。

丁先生送我的 acrylic 颜料我倒是欣然接受了。有些紫色是他自己特别请法国的漆厂调配的，店里买不到。

"这些颜料够你画几百条领带了。"丁先生笑着说，"既然你已经开了一间杂货铺，不如拿去卖。钱是另外一个问题。将作品分给大家欣赏，自己也有满足感。"

最喜欢丁先生画的领带。上一次去阿姆斯特丹做电视节目，穿了一套白西装，普通得很。但是一打他送我的领带，路过的人一看都回头。有些还赶上来问我在什么地方买的。

领带是用 acrylic 画在白色底上的。这种颜料很特别，能溶于水，像水彩一样用。但是干了之后，被雨淋湿了也不会脱色。

丁先生虽然说"大家作风不同，怎么画也不要紧"，但我只是一味抄袭。不期望成为大师，心里便没负担。做人，逍遥快活最要紧。

拜访蔡志忠

蔡志忠已不必我多介绍。凡是爱书的人，都会涉足他的作品。他一早已洞悉年轻人看漫画的倾向，以最浅白和易懂的说故事方式，将所有的中国文学巨著改为图画，深入民心。

其作品已在三十一个国家和地区出版，总销量超过三千万册。大陆的书迷众多，杭州市最近还发了一块地给他，在那里创立了"巧克力国际动漫"。将计算机动画辑入手机里面，随时下载。

他的记忆力厉害。他对我说："三十几年前我在日本住下，在东京的邵氏办公室书架上看到你的书，有一篇写关于韩江船夫的散文。那种情景真令人羡慕，我去了韩国之后已找不到了。"

他台北的工作室就在"总统府"附近一个市中心的大厦里面，住宅在楼上，一般不让人家去。我十多年前来过，记得是全屋挤满佛像。

"现在有多少尊了？"我问。

"三千多。"他笑着说，"我一生画漫画赚到的钱还只有收藏佛像后升值的十分之一。"

客厅墙边、书架上、书房周围甚至卧室里都是钢制的佛像。有些精致万分，头发一根根，衣服上的刺绣一条条表现，美不胜收。

"你睡在哪里？"我问。

他指着被佛像包围的三张榻榻米："遇到地震，佛像掉下，被压死了也是一种相当有趣的走法。"

知道我最爱读《聊斋》，他从书架上拿下一册。连同新书《漫画儒家思想》，在插页上画了两幅画送我。见他的彩笔都愈用愈短，刨得像迷你佛像，感觉到他对一切物品的爱惜与珍重。

"最近忙些什么？"我又问。

"研究物理学。"说完拿出多册分子和量子的笔记，图文并茂，看得差点把我吓倒。肯定这个人不是人，是外星人。

烧鹅先生

今夜又在中环的"镛记"设宴。

老板甘健成先生和我有深深的交情，常听我一些无理要求。为了答谢参加过我的旅行团的团友，每次都在甘兄的餐厅举办大食会。菜式非特别不可。

第一次和甘兄研究金庸先生小说中的菜。只听过没吃过，做不做得出？

"试试看，试试看"是甘兄的口头禅。

做出来的结果令人满意，唯一不足的是"二十四桥明月夜"。书上说是黄蓉把豆腐镶在火腿中给洪七公吃的，简直不可思议。经三番四次地商讨之后，我们决定把整只金华火腿锯开三分之一当盖，用电钻在余下三分之二的肉上挖了二十四个洞，再用雪糕器舀出圆形的豆腐塞入洞里。猛火蒸之八小时，做出来的豆腐当然皆入味。客人只食豆腐，火腿弃之。大呼过瘾也。

这席菜后来也搬到台湾去，为金庸先生的座谈会助兴。马英九也来试过，大赞"镛记"的厨艺。

之后我又出馊主意，向甘老板说："才子袁枚写的《随园食单》也都只是听闻，要不要办一席？"

"试试看，试试看。"他又说。

当晚客人留下最深印象的是"熏煨肉"。食谱写的是："用酒将肉煨好，带汁上。木屑略熏之，不可太久，使干湿参半，香嫩异常。"

甘兄依足古法做了三次，我前来试过三次，才召集好友。"熏煨肉"分十小方块上桌，一桌十人，每人一块。早知一定有人叫"安哥"，已做定了另一份。大家又一口吞下。第三次要吃，已经没了。

最后这一回是临时举办的，没有时间试做试吃。要做些什么才好？我给甘兄三天去想。

不到三十分钟，他已写好一张菜单传真过来。一看：菜名抽象得很，像"风云际会迈千禧""红雁添香""萝卜丝鱼翅""徽州鱼咬羊""顺德三宝""玉环绕翠""银丝细蓉""佛手蟠桃""菱池仙果"和"上林佳果"。

"我有把握。"甘兄在电话上告诉我。这次他连试试看也不说了。

"镛记"被外国名杂志誉为全球十大餐厅之一,不是浪得虚名。它的烧鹅出名,由一个街边档发迹成为拥有整座大厦,都是靠一只烧得出色的鹅。但今晚的菜没有烧鹅。所谓"红雁添香",是用"熏煨肉"的手法把整只鹅卤后来熏的。未上桌之前先传来一阵香味,一下子被大家吞下。我巡视各处时,发现年轻人的那桌只吃肉,剩下鹅颈和鹅头。即刻向他们要了,拿到自己的座位上慢慢享受。

先将鹅头下巴拆了,吃肥大的鹅舌,味道和口感绝对不逊"老天禄"的鸭舌。双手轻轻地掰开鹅头,露出大如樱桃的鹅脑,吸噬之。

从前皇帝把鹅脑做成豆腐,以为是传说而已。"镛记"就有这种能耐。一天卖数百只烧鹅,取其脑制成,让我们这群老饕享受。可惜今晚人多,不能尝此美味。鹅颈的条状肉是纤维组织最嫩的。法国人也会吃,他们把颈骨头拆出,塞入鹅肝酱,再煎之。聪明绝顶。我想当今的法国年轻人也不会吃。

"顺德三宝"是哪三宝?上桌一看,平平无奇的炒蛋罢了。但一股异常的香味何来?出自礼云子。

礼云子是由每一只像铜板般大的螃蟹中取出的蟹膏。此蟹江浙人称之螃蜞,卤咸来送粥。蟹已小,膏更小。集那么多来炒蛋,奢侈之极。

另一宝是"野鸡卷"。是用糖泡肥猪肉三日,卷好炸成。吃时又肥又多汁,有如骚妇,故名之。还有一宝"金钱鸡"也和鸡肉无关。取其肝,夹了一片猪油,另加一片叉烧烤成。

"鱼咬羊",是把羊腩塞入鱼肚中炮制的。鱼加羊,成一个鲜字,当然鲜甜。用的是整条的桂鱼。我认为用鲤鱼效果更佳,甘兄称原意如此,只是前三天买不到活鲤鱼。因为要用清水喂这么一段时间才无泥味。

"萝卜丝鱼翅"是上次吃过《随园食单》中取过来的。一斤半肉煨一斤上汤,将萝卜切成细丝渗入翅中煨之。我向甘兄建议,下次做只用萝卜丝不用翅。我们这班人翅吃得多，不珍贵。全是萝卜丝当翅，更见功力。

"试试看，试试看。"甘兄又说。

最后的咸点还有"银丝细蓉"。所谓细蓉，是广东人的银丝蛋面加云吞。昔时在街边档吃时用的碗很小，面也是一小撮。碗底还用调羹垫底，让面条略略浮在汤上，才算合格。云吞则以剁成小粒的猪肉包的，肥四瘦六；加点鲜虾，包成金鱼状，拖了长尾巴。云吞要即包即煮，如果先煮好再浸滚汤的话，那鱼尾一定烂掉。今晚上桌的细蓉云吞完整，面条爽脆。我指出，在街边一碗碗做，也许完美。我们十三桌人，共一百三十碗，碗碗都那么好吃，才叫细蓉。甘兄听后拥抱了我一下。

"怎么没有腐乳？"客人问。

"饶了他吧！"我指着甘先生说。

"镛记"的腐乳是一位老师傅专门做给甘兄的父亲吃的，又香又滑。最重要的是：又不咸。

因为老人家不可吃太多盐分。上次聚会，我忽然想起，说要吃他们家腐乳。甘兄勉为其难把所有的都拿了来，吃得大家呼声不绝。但害老人家几星期没腐乳送粥，真是过意不去。

悼张彻

第一次遇到张彻，他已经四十出头。但还是很愤怒，不满目前的工作，对电影抱着一套自己的理想。

跟他一齐来富都酒店找我的是罗烈和午马。二十几岁的小伙子，傍着张彻吃吃喝喝。

张彻大谈中国电影为什么不能起飞,什么时候才能和好莱坞作品争一长短。身高六尺的他,穿着窄筒的裤子,留着一撮钩状的短发挂在前额,不断地用手指整理。

趁他走开时,罗烈偷偷告诉我:"他原本是徐增宏的副导演,也写剧本。后来自己拍了一部,公司很不满意,说要烧掉。"

徐增宏,绰号毛毛,摄影师出身的天之骄子导演。出道太年轻,喜欢骂工作人员,据午马说张彻给他骂得最厉害了。

当年我被邵逸夫先生派去东京,当邵氏驻日本经理。半工读,负责购买日本片在东南亚放映的工作。香港没有彩色冲印,拍完后送到东洋视像所。拷贝送去之前由我检查,所以也看了所有的邵氏出品。

后来看到张彻的《独臂刀》,实在是令我耳目一新,拍出了他谈过的真实感和阳刚之气。

尽管他已成为很有势力的所谓"百万导演"。我人在日本,不知他的威风。当公司说他要来拍《金燕子》这部戏的外景,我负责制作。重逢时还是当普通同事看待,平起平坐,公事公办。

研究完剧本后,我们在一家日本寿司店的柜台坐下。张彻不停地用他的打火机叮的一声打火抽烟,又不停地用钢笔做笔记。还有最奇怪的是他不停地玩弄露在西装外的袖口。我对他那些怪动作不以为意,到最后他忍不住了问:"你没注意到打火机、钢笔和袖口扣是一套的吗?"

在拍摄现场,张彻大骂人,骂得很凶。对副导演、道具和服装,一不称心即刻破口大骂。张彻似乎在徐增宏身上学到的是骂人。我觉得人与人之间总要保持一份互相的尊敬,但张彻绝不同意。每一个人都不同,只有由他去了。

当年张彻的片子,除了武打,还带一份诗意。在《金燕子》中,他自己写字(他的书法不错),把字放大在片场的白色墙壁上,再由一身白衣的男主角王羽慢动作走向镜头。我很欣赏这场戏。但是午马说大陆片《林冲夜奔》中也出现过，我没看过那部电影，不知道张彻是否抄袭别人的。

金燕子这个角色是承继了胡金铨拍的《大醉侠》中的女捕快，由郑佩佩扮演。她当年也是邵氏的大牌，公司让她来东京学舞蹈，由我照顾她的起居。佩佩早闻张彻一向喜欢男性为主的电影，肯不肯接她的戏还是一个问题。张彻来到日本之后，花了整个晚上说服她她才是真正的女主角。不过，当片子拍出来之后，戏还是放在王羽身上。

当大家工作一天辛苦之后，都跳进旅馆的大池子泡的时候，工作人员就从来没有看过张彻出现。房间没浴室，也不见他三更半夜偷偷跑出来冲凉。一连两个礼拜，谣言就四起了。日本职员纷纷议论："导演是不是Okama？"

Okama，日语屁精的意思。

到底是不是呢？张彻从来没有和女主角闹过绯闻，后来也娶了梁丽嫦为妻。在当年呼风唤雨的地位上，张彻要利用权威搞同性恋的话，机会大把。

不，我并不认为张彻有断臂之癖。

张彻的同性恋是属于精神上的，有点像《死在威尼斯》的音乐家暗恋美少年的味道。他一向欣赏男人的肌肤筋骨，大多数片子的男主角在决斗之前总是脱光上身，打杀至血淋淋为止。

就算是对长得极美貌的傅声，张彻也只像摸小狗一样摸摸他的头，从来不见他有任何越轨的行动。我可以说得上是一个很了解张彻的人，毕竟，我们共事了二十年。

王羽离去之后，张彻培养了第二代的姜大卫和狄龙。他们翅膀丰满后张彻又把陈观泰捧为银星，第四代的又有傅声，第五代是一群台湾来的新人。

暴力在张彻的电影占据重要的位置，《马永贞》最具代表性。陈观泰光着身子和拿着小斧头的歹徒对斩，血液四溅。道具血浆是日本方面进口的，一加仑一加仑用塑料罐空运而来。日本血浆最好用，可浓可稀。又可以装进一个避孕套中放进口里，被对方重拳击中胸口，演员用牙咬破套子，由口喷出。而且道具血浆主要原料为蜜糖，吞下肚也是美味。

血还满足不了张彻。坏人的武器叫道具设计成铁钩，要把肠也挖出来才算过瘾。

当年电检处高官拉彭和我们关系良好，他的思想又开放，张彻怎么搞都不皱一下眉头。但是新加坡和马来西亚的就没那么客气，张彻的片子送检总有问题。发行工作由我哥哥蔡丹负责，他在片子上映前总得四处奔跑才获通过。

星马是一个很重要的市场，邵氏公司再三要求张彻不要拍得那么血腥。但张彻一意孤行，照拍他的破肚子、挖血肠的结局。

张彻在高峰期一口气同时拍四五部电影。

邵氏的十四个摄影棚他要占七八个，让他一天可以拍两三组戏。但从第二棚到第五六棚他都不肯走路过去。

他住的是影棚附近的宿舍，一下楼就坐上车子，拍完戏坐车回来。他和董千里、杨彦歧，三人一起和邵逸夫先生开会，订出制作大计。

因为他导演的每一部戏都赚钱，多多益善，三人献计创造出"联合导演"的方案：张彻挂名，由桂治洪、孙仲、鲍学礼等年轻一辈导演去拍。张彻只看毛片，决定戏的好坏，是否要重拍等等。后来演变为监制制度和执行导演的制度，影响至今。

年轻导演总有点理想，希望在片中加点艺术性或探讨社会性的东西进去。商业路线就走歪了，变得不卖座。张彻绝对不允许这些行为，又开始大骂人。（我亲眼看到一些已经三十多岁的导演被张彻骂得淌出眼泪来，深感同情，对张彻甚不以为然，发誓有一天和他碰上一定和他大打出手。张彻从不运动，打不过我的。）

但是我们之间好像没有冲突过。他一有空就跑到我的办公室，聊聊文学和书法，喝杯茶。偶尔也约金庸先生和倪匡兄一起去吃上海菜。这期间倪匡兄为他写的剧本最多，大家坐下来闲谈一会儿主意就出来了。倪匡兄照样说："好，一个星期内交货。"其实他三天就写好，放在抽屉中再过四天后等人来拿。

剧本是手抄后用炭纸油印出来装订的。张彻在等摄影组打光的时候用笔在动作和对白之间画线，分出镜头来。夏天炎热，整个片场只有李翰祥和他有一台移动冷气机，由这个角落搬到那个角落，只在分镜头时张彻没有开口骂人。

一九七四年他在香港感到了制作上的限制，向邵逸夫先生提出组织自己的公司"长弓"。带了一大队人去台湾拍戏，资金由邵氏出，张彻自负盈亏，但票房收益可以分红。

这是张彻兵团走下坡的开始。在台湾的制作并不理想，两年后就结束了长弓公司，欠下邵氏巨额的债务。

换作别人，一走了之。但是张彻遵守合约，用导演费来付清欠款，一共要为邵氏拍二十几部戏抵还。每天再由片场回到宿舍，从宿舍到片场，一个摄影棚到另一个摄影棚，剧本上的镜头分了又分。

因为他完全不走动，骨头退化，腰逐渐弯了。有一天从楼上走到车子，司机等了好久从倒后镜中也不见人。打开门去看，才知道张彻倒在地下，动也不动。

病过之后，他照样每天拍戏。闲时又来我的办公室喝茶，向我说："人在不如意时可以自修。"

我在张彻鼓励之下做很多与电影无关的学问，但张彻本人能劝人，自己却停留着。动作片的潮流更换了又更换，李小龙的魄力、成龙的喜感、周润发的枪战等等，张彻的动作还是京剧北派式的打斗，一拳一脚。

合约满了后，张彻到内地去拍戏，带动了早期内地的武打片，至今的许多电视动作片集中还能看到他的影子。

从电影赚到的钱，张彻完全投资回去。有过光辉的人，不肯退出舞台。我曾经写过，张彻像他戏中的英雄，站在那里被人射了一身的箭还是屹立不倒。

我在嘉禾的那段日子，和张彻的联络没中断过。出来吃饭时他的听觉已经丧失，眼又不大看到东西，互相的对话有困难就用传真书信。张彻的身体不行但思想还是那么灵活，传真机中不停地打印出他种种的要求。

我也曾经帮他卖过一些小地方的版权。张彻在大陆拍的戏我没有力量为他在香港发行。

老态愈来愈严重的他实际年纪并不比李翰祥大。李翰祥在晚年还是大鱼大肉到处跑的时候，张彻已经连门口也不踏出一步了。

二〇〇二年四月，香港电影金像奖发出"终身成就奖"给他时看到他的照片，已觉惨不忍睹。英雄，是的，不许见白头。

我一方面很惦记他，一方面希望他早点离去。

不能够平息心中的内疚，我只有怨毒地想："当年那么爱骂人，罪有应得！"

但是，这是多么可怜的想法。

张彻终于在二〇〇二年六月二十二日逝世。后事由邵氏和他的太太及一班契仔处理。邵逸夫爵士对这位老臣子不薄，一直让他住在宿舍里头。

书至此，半夜三点，旧金山中午十二点。打电话给倪匡兄，他也看到了报纸。

"临走之前他的头脑还是很清醒的。"我说。

倪匡兄大笑四声："人老了，头脑清醒身体不动有什么用？不如老年痴呆症，身体还好头脑不行。像个小孩或像老顽童那才好。张彻这个老朋友，也认识了四十多年，早点走好过赖在那里不走。"

拼命三郎成龙

我们在南斯拉夫拍《龙兄虎弟》的外景，已经拍了三个星期的戏。中间成龙必须去东京宣传要上映的《龙的心》，他一去五天，我们只好拍没有他的戏，他一回来即刻要上阵。五天里坐飞机来回已花去四十八个小时，这趟在日本时昼夜有记者招待会，他够辛苦的了。

精力过剩的他不要求休息，当天拍了一些特写之后接着便是难度很高的镜头。

外景地离市中心四十分钟车程，是座废墟。两栋墙中隔着一株树，戏里要成龙由这边的墙跳出去，抓到树枝，一个翻身，飞跃到对面的墙上。

由树枝到地面有十五米那么高，地上布满大石头。为了要拍出高度，不能铺纸皮盒或榻榻米。

"行不行？"工作人员问。

"行。"成龙回答得坚决。

更高的都跳过，《A计划》和其他戏里的压轴场面比这更危险。成龙自己认为有把握做得到。

摄影机开动，成龙冲前，抓到树枝，翻到对面，一切按照预料的拍完。南斯拉夫工作人员拍掌赞好，但是成龙不满意。用他们的术语是动作"流"了，一举一动没有看得清清楚楚。

"再来一个。"

第二次拍摄过程是一样。动作进步了，已经很清楚，而且姿势优美，大家认为能够收货。

成龙的意见是：看准了目标跳过去像是为做戏而做戏，剧情为被土人追杀，走投无路慌忙中见那棵树而下此策，所以最好是接他回头看土人已追到再跳上树才更有真实感。

照他的意思拍第三次。一跳出去，刹那间，大家看到他抓不到树枝往深处直落地掉了下去。

大概是成龙的本能吧。明明是头部往下冲的，后来我们一格格地看毛片，成龙掉下去的时候还在翻身，结果变成背着地。

传来很重的"咔嚓"一声，心中大喊不好。

成龙的老父也在现场。他心急冲前想看儿子的状况，要不是给南斯拉夫工作人员拉住差点也跟着摔下去。

爬下围墙的时候，只求成龙没事，他已经摔过那么多次都安然无恙。冲上前看到成龙时才知道事情的严重。

成龙的身体并没有皮外伤，但是血像水龙头出水一样地由耳朵流出来。他的头下面是块大石。

大家七手八脚地用最顺手的布块为他止血。现场有个医生跟场，他跑过来递上一片大棉花掩住成龙的耳朵。

"怎么样了？"成龙并没有昏迷，冷静地问道。

"没事没事，擦伤了耳朵。"化妆师阿碧哄着。

"痛吗？痛吗？"成龙爸爸急得不知说什么才好。

成龙摇摇头，血流得更多。

担架抬了过来，武师们把成龙搬上去："千万要清醒，不能睡觉。"

十几个人抬他到车上。这条山路很狭窄，吉普车才能爬上来，十分钟后才能走大路。

崎岖颠震下，血又流了，棉花一块浸湿了又换一块。成龙爸爸担心地一直向他另一边的脸亲吻。

上另一辆快车直奔医院，但是最近的也要半小时才能抵达。成龙一直保持清醒，事后他告诉我们头很晕、很痛、很想呕吐，还是强忍下来。终于到医院，这段路好像走了半生。一看这医院怎么这样地简陋和破旧。冲进急救室，医生一连打了四针预防破伤风的药，再为成龙止血。可是血是由脑部溢出，怎么止得了。

"不行，一定要换脑科医院。"医生下了决定。

又经过一场奔波，到达时发觉这家脑科医院比上一家更残旧。心中马上起了疙瘩。

过了一阵子，医生赶到，是一个外形猥琐的老者。满头零乱的白发，那件白色的医袍看得出不是天天换的。

他推成龙进X光室扫描，拍了数十张照片。

经理人陈自强趁这个时候与香港联络，邹文怀和何冠昌两位得到报告，马上打电话找欧洲最好的脑科医生。

医院的设备和它的外表不同，许多机器都是先进的。X光片出来后，医生们已组成一个团体，共同研究。

"病人的脑部有个四英寸长的裂痕。"医生以标准的英语告诉我们。

"流了那么多血有没有危险？"陈自强问。

"好在是由耳朵流出来。"医生回答，"要不然积在脑部，病人一定昏迷。"

"现在应该怎么办？"

"马上开刀。"老医生说，"病人的头颅骨有一片已经插上脑部。"

一听到要在这山卡拉地方动手术，大家更担心起来。

"不开刀的话，血积在耳朵里，病人可能会耳聋。这还是小事，万一碎骨摩擦到脑就太迟了。"那猥琐医生说。

犹豫不决，要得到成龙爸爸的许可医生才能进行。怎么办？怎么办？开刀的话，一点信心也没有，手术动得不好那不是更糟？长途电话来了，现在搬成龙去别的地方已来不及，由巴黎的国际健康组织介绍了南斯拉夫最出名的彼得逊医生开刀，必定没错。

"我们要由彼得逊医生动手术！"大家激动地喊，"快请彼得逊医生来，彼得逊医生到底在哪里？怎么找得到他？"

其貌不扬的猥琐老头微笑地对我们道:"别紧张,我就是彼得逊医生。"

成龙的爸爸在证书上签了字。

彼得逊医生安慰道:"请不用担心,这个手术说起来比接上碎了的手骨脚骨更简单。问题是动在脑部,你们以为更严重罢了。"

说完,他把烟蒂摁熄,带领了一群麻醉师、护士和两个助理医生走入手术室。

一个钟头,过得像爬着般的慢。开这么久的刀,医生还说不严重。

手术室外有个小房间,几名辅助护士在等待,有必要她们才进去。南斯拉夫人都是大烟虫,这几名女人大抽特抽,弄得整个小房间烟雾朦胧。

门打开,彼得逊医生走出来。

我们以为手术已完成,想上前去询问。岂知他向我们做一个等一下的手势,向护士们讨了一根烟,点火后猛吸不停,抽完后才又回手术室去。

天哪!天下哪有这样的医生,要不是说他是名医,我们早就吓破了胆。

再过了一小时,整队医务人员才走出来。

"情况怎样,医生?"陈自强问。

彼得逊摇摇头,大家都吓呆了。

"我从来没有看过这么样的一个病人。"彼得逊点了烟说道,"从他进院、照X光到动手术,血压保持稳定没有降过。真是超人,真是超人。"

"危险期度过了吗?"陈自强大声地问。

"度过。不过要观察一个时候看有没有后遗症。"

大家都松了一口气。

彼得逊又猛吸烟:"你们在这里也没用,回去吧,病人要明天才醒。不用担心,包管他十天以后像新的一样。"

护士把成龙推出来,我们看到他安详地睡着,像个婴儿。

病房是六个人一间的,环境实在太恶劣。陈自强吵着要换单人房,出多少钱也不要紧。

彼得逊又摇头摆手："紧急病房大家共享，不是为钱，为的是人道主义。"

彼得逊嘴是那么讲，但是第二天终于把成龙换到一个两个人的房间。里面什么急救机器都齐全，以防万一。我们看这个情形，也不能再要求成龙住一间私家病房了。

护士们一面抽烟，一面啧啧称奇。我们去看成龙的时候，她们说："这位病人醒来还能吃早餐，而且胃口来得奇好。普通人现在只吐黄水。"

这一天，医生只让我们几个人看他。进入病房时要穿上特别的袍子，见成龙躺在床上，他爸爸又去亲他。他与我们握手，没有多说话，昏昏地入睡。

第三天他开始头痛。"这是必然的现象。"医生说完叫护士为他打止痛针。每一次打针成龙都感到比头痛更辛苦，这个人什么都能挨，就是讨厌打针。

有八个护士轮流照顾着他。其中有一个特别温柔，打起针来也是最不痛的。可惜这个护士很丑，她有一个大鼻子。可能这一点成龙能够认同。

已经可以说笑话了，成龙说都不辛苦，最难受的是醒来的时候发现有两根管子，一根插入尿道。另一根在后面，动一动就痛得死去活来。后来不用，拔出来时更是杀猪一般地惨。

阿伦来看他，护士叫他在外面等，阿伦一边等一边吹口哨，是戏里两人建立感情的友谊之歌《朋友》。成龙在里面听到，便跟着把歌哼出来。

香港方面开始以为这是小伤，因为传说成龙已经能够又唱歌又跳舞了。这是错误的消息，因为当时医生还不知他治好之后会不会变成白痴。

过了一星期，彼得逊见他恢复得快，便为他拆了线，是分两次进行，先拆一半，停一天再拆另一半。缝了多少针大家都不敢问。

"可以出院了。"彼得逊说，"相信酒店环境比这里更好。"

伤了这么久才发消息，是因为不想惊动成龙在澳洲的老母亲。

"我们三星期后继续拍摄,不影响戏的质量。上次失败的镜头还要再来。"成龙说。

洪金宝餐厅

我们一来到新泽西,是一面看外景,一面把成龙下一部戏的剧本度得尽量完善为止。

住的地方离开纽约约一小时车程。为什么不干脆住在纽约?理由很简单,导演洪金宝在这里买了一间屋子。

而洪金宝为什么会选上这地方?因为他的老友郑康业住在附近,洪导演的女儿在这里上学。两个家庭大家有个照应。

一行五人,两位编剧、副导、策划与我,本来租了酒店。但洪导演说方便大家聊至深夜,便搬进他的家。

三千英尺左右的居处,前后花园。整间屋子最吸引人的就是这个大厨房了。

餐桌在厨房的旁边。我们除了睡觉,一切活动完全围绕在厨房之中。

厨房一角是个大煤气炉,兼有焗炉和微波炉。所有餐具应有尽有,当然有各色的调味品,柴米油盐更是不在话下。公仔即食面每箱二十四包,一叠数箱。贮藏室中罐头食物数百罐。煲汤材料、清补凉、梅菜干、墨鱼干、南北杏、蜜枣、五香八角,数之不尽。

大冰箱被火腿、香肠、鸡蛋、牛奶、蔬菜塞满,冰格中有大块的急冻肉类,随时取出在微波炉解冻,即能煲出各种比阿二靓汤更靓的汤。

基本上,一天七餐是逃不了的。六点钟起来,先来咖啡面包;到九点正式早餐，有人吃奄姆列，有人下面，中西各凭爱好决定；中餐十二点，炒饭、炒河粉，加各色菜肴；四点钟吃下午茶，饼干、蛋糕、三文治和汉堡包；晚上七点正式晚餐，最为丰富，大鱼大肉；半夜十二点吃第一次宵夜；谈剧本谈至清晨三点，第二次宵夜；第二天六点，又是早餐，不断地恶性循环。间中有人疲倦了就去小睡，起来看见的又是一碗热腾的靓汤等着你。

由第一天住洪金宝导演家开始，已经吃得不能再动。从此我们每天喊着要吃清淡一点。

"好。"洪导演说，"今晚只吃水饺如何？"

大家举手同意。

但一到餐桌，发现除了那一百多个水饺，至少加了七八道菜：炖鸡汤、豆腐干炒芹菜辣椒、猪扒洋葱、炒西兰花、冬笋焖肉、蒸一条鱼、蚝油菜心，等等。饭后的红豆沙冰淇淋、酒酿丸子……

看外景的那数天中，回家之前必定到附近的超级市场或唐人街菜市场进货，大小包裹几个人提着。分类之后把塑料空袋一数，至少四五十个。

剧本一天天地完成。

食物也一天天地增加。众人技痒，加入烹调队伍。洪太高丽虹中西餐都拿手。工作人员之中，厨技幼稚的炒蛋煎香肠。客串厨师的高手偶尔表演，化腐朽为神奇，简单材料煮炒得像满汉全席。晚上将要扔掉的西兰花梗切片，浸在蒜茸指天椒和鱼露之中，第二天便成为一道惹味的泡菜。

一边吃饭一边谈论香港的餐厅哪间最好。"但是我在台北吃到更好的。"有人说。这一来话题又扯得越来越广，全世界的食物都有一个故事。

在美国最浪费时间的是坐在车上，有什么比谈食物更容易打发。行车途中必商量明天吃什么，下一餐吃什么。利用这段空间把食谱设计、记录下来，看要买什么材料。一写就是数页纸，大家感叹："写剧本的速度和效率有这么高就发达了。"

厨房和整间房子的清洁工作全交洪太处理。她除了洗烫各人的衣服之外，还将碗洗得一干二净，又拖厨房地板。真想不到这位大美人那么贤淑。

洪太是位混血儿，但比许多纯种的中国人更中国人。喜读金庸小说，为丈夫当英语翻译兼秘书，对我们这群恶客的照顾更是无微不至。金宝兄不知是何时修来的福气，娶到这位娇妻。最大奇迹是高小姐跟了洪金宝那么久，竟然不会和他一样肥胖。

洪导演是一位很孝顺父母的人，爱小孩，爱狗爱马匹，厨艺并不逊演技和导演功夫。我们吃他的菜吃得大喊救命时，他又来一道新的佳肴，我们忍不住又伸出筷子。听我们大赞之后，他的口头禅永远是："你们还没有吃过我妈煮的饭菜呢。"

我们自从在西班牙拍《快餐车》至今已有十多年交情，当时在西班牙也是他从头煮到尾。摸清他的个性，唯一应付他的方法是带大量普洱，沏出浓如墨汁的茶。一天喝它数十杯，便不怕洪导演的食物攻击。

眼见其他人的脸都逐渐圆满，每人重出十来公斤，不禁窃笑。早叫他们喝茶，还是不听话去喝咖啡，加乳加糖，不增肥有鬼。

终于到了返港的前一个晚上，众人又再要求吃得简单。"好，"洪导演说，"今晚只吃咖喱饭，如何？"大家举手同意，他又说："买四只大波士顿龙虾，切来灼咖啡汁。头尾和壳用来熬豆腐芥菜汤……"

洪金宝餐厅又开始营业了。

纪念胡金铨

又一位朋友离我而去。

记得家父常说："老友是古董瓷器，打烂一件不见一件。"

家中挂着一幅胡金铨的画，描写北京街头烧饼、油条小贩的辛勤。他没有正式上过美术课，其实他也没有正式上过任何课，但样样精通。英文也是自修；画，是在摄影棚中随手捡来的手艺之一。

金铨电影的画面常有宋人山水的意境，如花似雾地引出渺小的路人。或许是书生，也许是大侠。每一幅都是用镜头画上去的佳作。

因为当年政治因素并不允许他到大陆拍外景，他只有利用中国台湾或韩国的峻岭来重现。山水画中，云朵的位置十分重要。他叫了大批工作人员去放烟。小小的发烟筒不够用，当地制作环境又恶劣。胡金铨跑到农夫家里，把他的杀虫喷雾机买了下来，看准风向制造烟雾，构图完美。

土法炼钢占了他的作品中极大的部分。在他不断地要求下，武侠电影才有了真实感。

《大醉侠》之前，男女主角用的刀剑都以木条包锡箔充数。胡金铨叫道具找了钢片，锯出剑形。打磨之后那把剑舞了起来，霍霍生风，微微颤抖。这才有了中国电影中第一把像剑的"剑"。

胡金铨对元朝特别钟爱，所以对服饰也有很深的研究，重要的是穿在人物身上，他要求是一件平时也可以穿的衣服，绝非唱大戏中的服装。在他的作品中，单单欣赏这一点已有满足感。

至于发饰，胡金铨深恶戴起来额前还有一道胶水痕的假发。他宁愿利用演员的真发再加上假髻来造型。胡金铨之后，港台两地制作了不少古装武侠片，但没有一部有时代考据。片中的男女主角还是很退步的，在额前有一道胶水痕，至今如此。

因对细节的要求而影响电影拍摄的进度，胡金铨一拍就是一年。这在以三十天制作一部的电影黄金时代来说，是件不可饶恕的事。因此胡金铨拍电影时谣言四飞。

为了求证，我问过他："人家说你搭外景石阶，要洒水等它长出青苔才拍。有没有这一回事？"

胡金铨哈哈大笑："要看起来长满青苔还不容易？只要把木屑浸湿，加绿色染料，一把一把打向石阶，谁也看不出是真是假。"

"那么大厅中的圆柱呢？人家说要砍一棵那么大的树干，你才收货。"

胡金铨再次大笑："中间空的，用木头包起来漆红的柱子，的确不像样子。我的方法是拿喷火筒来将木头表面烧焦，再用砂纸一磨，木纹不就都显出来了吗？"

拍《侠女》时进度慢，按我所知，也不全是他的责任。制片场想搭一条永久性的街道，留着以后所有古装片用，也是原因之一。胡金铨花了毕生精力，一砖一瓦地设计。期间他并没有领取美术指导的费用。

此片用的电影技巧令资深的外国电影工作者惊讶："女主角徐枫在奔跑的那个镜头，摄影机跟得那么长、那么久，怎样把焦点对得那么准？"

问他窍门，胡金铨轻描淡写地说："我用一条长绳，一头绑在摄影师的腰部，另一头绑在徐枫的腰部。叫她绕着圆圈跑，焦点怎么会不准呢？"

闲时胡金铨便读书，他属于过目不忘的那种人。金庸、倪匡都是。他们一谈《三国》，什么人的名字、穿什么衣服、说过什么话，都能一一背出。

这种人身边有许多朋友，但他们都渴望和水平相同的人谈话。讲些什么一提即通，但并非每天都有这种机会，所以相当地寂寞。

胡金铨的北京情结不止于他送我的那幅画。他敬仰熟悉北京的作者老舍，曾经到世界各个图书馆找录数据，要为老舍作一传记。虽然他也出版过一本研究老舍的书，但他本人并不满意，说只能当成一篇序罢了。

晚年他独居洛杉矶，没有工作，生活费怎样来的？老友们都打趣说他是在领取"美国之音"的政治佣金。这当然是笑话。

胡金铨的起居简单，近年又有本港一家周刊的散文稿费支持，听说数目不菲。这点要感谢他们。

有位少女仰慕他的才华，一直跟着他在美国居住。我们这群朋友听了也老怀欢慰。

这么一位有学问的导演，在外国已是人间国宝。他在得不到任何援助之下，还是不放弃地筹备着一部美国华工史诗，做了很多资料搜集。这部片的题名叫《I Go，Oh No！》，在美国的确有"I Go"和"Oh No"两个市镇，他都走过。希望接班的电影人记住胡金铨，别让我们看到男女主角的额上有道胶水痕。

胡金铨擦脸的动作与一般人不同。他是左手握着酒杯，右手抚着额头，一二三地从上到下唰的一声擦下。然后瞪着他那两只大眼睛，笑嘻嘻地望着你。记忆犹新。

导演，安息吧。您在中国电影历史上已留名，每一个人都有达不到的愿望，您已得七八成。可以放下一切，往生西方，早成佛道。

和周润发谈摄影

润发老弟：

报纸周刊上报道你对硬照摄影很感兴趣，但从不见到你的作品。今天，到"Hair Culture Cafe"吃中饭，老板 Billy 介绍说墙上有一幅你拍的照片，是个瑞士钟，只剪取了一部分。构图优美，光暗调和。看得出你有一对尖锐的眼睛，很有天分做一个好的摄影工作者，勉之勉之。

我也喜欢硬照摄影，但看的比拍的多，自然眼高手低。我的书法老师冯康侯先生说过："眼高至少好过眼不高。"我只能用一个业余爱好者的身份和你分享我学习摄影的经验。你我都忙，见面时间少，还是写一封信给你吧！

从十五岁开始，借了父亲的 ROLLIFLEX 双镜头反光机到处乱拍，自已冲洗菲林，然后在黑房中放大。

记得那台放大机拉得多高也不够我要的尺寸，最后要把镜头打横放映。照片纸贴在墙上，感光过后用布浸湿显像液涂之。看见那一幅幅的形象出现在眼前，感到无限地欢乐。

所以说，拍照只是一个前奏，冲印才是真正的做爱。

当今的摄影爱好者都不显像和放大了。黑白还容易自己动手。搞到彩色，则非托专业黑房人员处理不可。我要说的是即使不亲力亲为，也要站在旁边看一幅心爱的照片的诞生，才算完美。

任何一种艺术都要先利其器。我认为，拥有各种摄影机和镜头不如先选一个机身、一个镜头。摸熟之后，成为身体的一部分，好过拈花惹草。

我的首选是 Leica M3，加上一个 90mm TESSAR 镜头。我认为这两种东西的配搭是天衣无缝的。徕卡的对焦不易，但久了就能控制。而那个镜头，我曾经用来拍老虎，每一根胡须都清清楚楚。

一般人拍完后交给冲印公司，只洗些明信片大小的照片。那么买名贵相机干什么？任何傻瓜机都足够应付矣！

我用 90mm 镜头，因为我喜欢拍人像。你有了工具之后，就要选择在摄影上走的是哪一条路了。

虽然一幅经典之作会影响到我们的兴趣，但我始终觉得是个性使然。个性由遗传基因决定，天生也。

静物总是入门，风景也是最初接触的对象。常笑自己当年看到海边的一条破船就拼命拍它，英语中对这种现象叫为 Boat In The Mud。

除了那幅钟，我没看到别的，不知道你的爱好是在哪里。静物和风景局限于光与影，要追求风格，这两种对象是难于满足的。

要走哪一条路很容易决定，看大师们的作品好了。

Robert Capa 的那幅中枪死亡之前的兵士照片，令你震撼的话，就当战地记者摄影师好了。任何地方有天灾人祸，都是你的机会。

抱婴儿、两个小儿女依偎的母亲，那种无奈表情虽然没一滴泪，但充分表现人间疾苦，是 Dorothea Lange 的作品。看后令人想当义工。

但是人性也有另一个角度的描写。像 Cartier-Bresson 的那幅儿童，为父亲买了两支大红酒捧回家的照片，对人类是充满希望的。

大家都会记得 Harold Edgerton 的那一滴牛奶变成一个皇冠和 Man Ray 发明的叠影浮雕摄影。这又是另一派了，他们走的是技巧而不是内容。不过任何新技巧一被用上已变旧了，也是学我者死的路。

人体摄影总是有幻象的空间，Frantisek Drtikol、Franco Fontana、Toto Frima、Helmut Newton 都是佼佼者。他们对裸体的魔，变成了艺术。

观察你的个性，人体摄影似乎与你无缘。你也已经超越了抛头颅洒热血的阶段。人像，还是你最好的选择。

你有拍人像的条件：自己是名人，要请什么人拍，大家不会抗拒你。人的表情千变万化，实在有趣。

当然我讲的不是什么加了数层纱，拍得朦胧的美化次货，而是把对象的灵魂都能摄出来的作品。

人像摄影也有危机。那就是大家都记得你拍的人，忘记是谁拍的。像 Che Guevara 的照片就是例子。

但也有不管对象是哪一个名人，一看就知道是什么人拍的。像 Yousuf Karsh 的丘吉尔、Phillippe Halsmah 的达里和 Margaret Bourke-White 的甘地。

拍人像也不一定要在影楼进行，Karsh 就最喜欢在人家的工作环境之下拍。因为那样，对象才更能放松。而放松是拍人像的秘诀。老明星 Gloria Swanson 有两张照片，一张是老太婆，一张看起来不过四十左右。前者是她刚遇到摄影师，后者他们做了朋友。你老兄人缘好、朋友多，合作对象无数，再也没有比你更好的人选。

一个人把头钻进一种工作，看东西就不立体了。我看过许多电影人说来说去还是电影，久了就刻板无趣。你选择了摄影，我为你高兴。

最后，是成"家"的问题。学一样东西，众人都想成"家"：画家、书法家、篆刻家和摄影家。这都是精神负担，到头来成不了"家"的居多。我们爱上一种东西，只管爱好了，成不成得了"家"又如何？百年之后的事，与吾等何关？管它什么鸟？

祝福

蔡澜顿首

方太的滋味人生

如果每一个女人都像方太，那么天下就太平了。

做电视节目之外，她说话不多，但总是一针见血。对婚外情，她觉得"背叛"那两个字很吓人，其实并没有卖身给对方，只是违反了承诺，而承诺这回事是一刻的，之后大家都会变。

方太离了婚，带着一群孩子，一手把他们养大，到最后，还要陪孙子们。她就是那么一个坚强的女人，一切，都可以用肩膀扛着，不哼声，乐观地活下去，也把这种生活态度传了下去。当今出书，由她的经验中，我希望每一个女人都能和她一样，别再一哭二闹三上吊了。

和方太深交，是在她做亚视的烹调节目的时候，她当年很红，由家庭主妇到的士司机都知道她是谁。有一次在饭局中，友人介绍我们认识，我向她说："还是不适合用太深颜色的指甲油。"

方太即刻会意，也知道我看她的节目看得仔细，后来请过我上她的节目。

人家以为我只会写，其实我们做半工读的穷学生，如果爱吃好一点的，谁不会亲自动手呢？说煮就煮，我胆粗粗地上了她的电视，从来没有在众人面前表演过，但也不怕，做的是"蔡家炒饭"，拿手好戏，放马过来吧！可惜没有录下来，不然重看，也会觉得我烧得还是不错的，但把厨房弄得乱七八糟当然没出现在画面上。

方太和我都住九龙城区，有时买菜相逢，相约吃饭。有时飞新加坡也遇到，每次都相谈甚欢。她时常教导我，比方煮青红萝卜汤，她说加几片四川榨菜即能吊味，照做了，果然效果不同。

有方太这个朋友真好，她会处处保护你。《方太广场》是一个有观众的现场节目，有次做完，一个八婆问："你认识蔡澜吗？"

"认识呀。"方太回答。

"他是一个咸湿佬（好色之徒）呀！"八婆说。

方太语气冰冷："他看人咸湿，对方要是你的话，你可得等到来世了。"

郑佩佩印象

二十世纪六十年代末期，我在日本半工读，担任邵氏机构的驻日本代表。一天，公司来telex(电传，这种通讯方法相信当今的年轻人听都没听过)，说有三个香港女子要来东京，让我照顾，我可真的不知道如何"照顾"法。

第一个是郑佩佩，第二个是吴景丽，第三个是原文秀。佩佩当年红极一时，不用介绍。吴景丽是片场中的演员训练班学员，而原文秀则是原文通的妹妹，和佩佩在台湾拍拖的那个人，后来也成为佩佩的夫婿。

安排了她们三人的住宿和芭蕾舞学校，之后便带她们去吃吃喝喝（当年已拿手）。和我们一起去的还有我日本大学的一位同学叫王立山，山东人，日本华侨。大家都年轻，拼命认老，我叫他老王，他叫我老蔡，佩佩从此也学他叫我老蔡，至今真的是老蔡了。

和她聊天，发现她是一个很有抱负的女子，我们都很有理想，很谈得来，就成了好朋友。三人学成回去，我到香港述职时，佩佩一直陪着我，当年的狗仔队未流行，在八卦杂志中也未出现过佩佩未婚夫的照片，有记者见到，还以为我是原文通呢。

回到日本，我学的是电影编导，香港电影来日本拍外景的工作，也自然而然地由我负责起来。因此又和佩佩见了面，当时她是来拍《金燕子》的外景。张彻一心一意地想拍性格刚强的男人戏，金燕子这个角色由胡金铨的《大醉侠》承传，本来应该写她的，但剧本逐渐改动，戏重点放在白衣武士王羽身上，佩佩向我暗暗诉苦，我也曾经向张彻提出，但我的权力不大，当然不受理会，无可奈何。

后来罗维又和佩佩来日本拍雪景，是一部叫《影子神鞭》的戏，罗维是大导演，在现场躲了起来，文戏叫副导拍摄，打戏交给武术指导，我年轻气盛，认为导演不在现场，就像战士抛弃了武器，和他吵了起来，差点给当年掌握大权的罗维太太刘亮华炒鱿鱼，佩佩做和事佬，香港方面又不允许，才保了下来。

一九七〇年大阪举行世界博览会，我去拍纪录片，在美国馆中展示了最有权威的杂志《POST》中名摄影师所拍的世界最美的女子一百人，中间有张佩佩的黑白照片，长发浸湿，双眼瞪着镜头，的确是美艳得惊人，记忆犹新。

一九七一年佩佩退出影坛，嫁到美国去，我们还一直保持书信联络。她的字迹，完全不依常理发牌，字忽大忽小，一个字可能占了数行，也许只有我看得懂，哈哈。

在美国，她当了一个贤妻，为原文通生了一个又一个的女儿，但原家希望有个男孩子，佩佩不断地生，我们这些老友都说够了吧，够了吧。终于，生了个儿子，大家都替她舒了一口气。

在美国的那些年，只知道她顶下一家人的生活，又去做什么电视的小节目，又去教人跳舞，再是做什么地产经纪，没听过她先生做点什么。

又一年，她说先生要经营杂志摊，要我在香港寄刊物给他们去卖，我当然照办，长时期运了不少过去，但后来也没有了声息。

有一次，我去了加州，佩佩也老远跑来见我，两人在友人的游泳池畔聊至深夜，年轻时大家想做的事，和现实生活中还是有距离的。

后来我们书信在不知不觉中疏远了，听到她和夫婿离婚的消息，经过一段长时期，永远有无穷精力的她，又回到香港来了。

我们又见了面，这时她笃信佛教，大概也只有宗教可以解答她人生的困扰，佩佩一身教徒的简衣便服，真是有"尼"味，后来更是居住在佛堂中去了。

在一个电台节目之中，我们两人出现为嘉宾，听到她发表的宗教理论，也不是我这个又吃又喝的凡人可以理解，只是默默地祝福她。

在李安的《卧虎藏龙》中又见到了她，佩佩很安然地接受了反派，也不在乎年老的角色，这是她一向敬业乐业的精神，电影得到认可，要佩佩拍的戏也愈来愈多了。

忽然在报纸上看到她摔断了腿，为什么这些悲剧，出现在娱乐版上呢？真为她心痛。这个人就是那么刚强，年轻武行没有拉威亚的经验，拼命叫佩佩姐，上吧，上吧，她就上了，唉！

一生，好像是为了别人而活的，最初是她的母亲，一个名副其实的星妈，干劲十足。后来又为丈夫，到现时还不断为子女，佩佩像她演的女侠那么有情有义。胡金铨导演在加州生活时的起居，他死去了的后事，她都做得那么足。杀母后捉着头颅到处跑的邢慧，在美国被判刑后，佩佩为她四处奔跑，又常到狱中探望。两人在邵氏期间不是很熟，只是个同事，佩佩也做尽身为香港人，为香港人出一份力量，实在是可敬的。

第二章 女人花

两位长眠了的淑女

淑女,并不一定指年轻的女子。我认识的两位,老得不能再老,但在我心目中,永远是淑女。

我在日本学电影时,最大的得益是看到所有的法国与日本导演的经典精华。法日两国文化交流,各寄一百多套电影给对方。我在"近代美术馆"看完了法国的,再看寄回来的日本片。近一年时间,我每天风雨不改地看片,加深对电影的认识。

促使这件盛事的是川喜多夫人,她答应了法国电影图书馆的提案后就去各日本电影公司收集。五间大公司之中,人缘最差的是"大映"的老板永田雅一,和所有的人都过不去。川喜多夫人的丈夫所创立的东和公司和东宝合并,更属于"敌方",但她低声下气地跑去求永田雅一,请他捐出"大映"旧作,永田受她的热诚感动,交出拷贝来,这个收集才齐全。

上映的日本片中,包括了当年还在国际电影圈籍籍无名的小津安二郎、成濑巳喜男、沟口健二等,更有我喜爱的冷门导演伊丹万作,他是伊丹十三的父亲。

这都是川喜多夫人努力的成果。她和先生川喜多长政很爱香港,对大闸蟹尤其有兴趣,每年到了秋天必来一次,我们常在"天香楼"相聚。川喜多夫人长得矮矮胖胖，衣着一直是非常整齐，更深爱穿和服，面孔非常慈祥。

招呼川喜多夫人，我无微不至。她一直不知道是为了什么，在公在私，我们的交往不深，不必付出那么多，她常向人说："蔡澜真是好人。"

其实，很简单，我很佩服她对日本导演的栽培，也让我有机会看到那么多名作，就此而已。但我也从来不为此事向她解释，我和她的女儿川喜多和子又是好朋友，她嫁过伊丹十三。后来离婚，再和我们共同认识的柴田结婚。

为了保存日本电影，川喜多夫人把私人财产拿了出来，"近代美术馆"刚成立时才有百多部片子，而法国的电影图书馆已有六万部，当今，日本的也存了四万套电影。

川喜多夫人还是迷你戏院的原创者，她说服丈夫，成立了"ATG 艺术剧院协会戏院"，二百位左右，专放一些外国片艺术片，像印度的雷伊《大地之歌》、意大利费里尼的《八部半》和法国阿伦·雷乃的《去年在马里昂巴德》等等。一群爱好艺术电影的影迷聚集，钱不花在宣传费上，也做得有声有色。当年都是大戏院，坐一两千人，行内起初都当迷你戏院是笑话，后来才发现可以生存。在今天，更成为天下电影院的主流。

除了发行外国片，ATG 更以小成本制作电影，造就了羽仁进、大岛渚、筱田正浩、寺山修司、冈田喜八、新藤兼人等等新人。

如今，川喜多长政、女儿、夫人三人都已去世，但川喜多这一家族的往事，在国际电影圈中一直流传，法国电影图书馆的局长亚伦兰哥华更赞川喜多夫人说："这是一位毫无利己心的淑女。"

在一个专栏中，我曾经提过一位已经一百岁的酒吧妈妈桑。

前几天，我又去她的酒吧"GILBEY A"。一走进门，看到柜台上摆一个镜柜，有她一张彩色照片，样子端庄和蔼，我已知道发生了什么事。

"去年逝世的。"酒吧经理说，"活了一百零一岁。"

"不是说过吗？她一死，这间酒吧就做不下去了，怎么还开？"我问。

经理回答："老客人都要求她的儿子继续下去。"

"儿子是做些什么的？"

"普通的白领，对喝酒一点兴趣也没有，不常来，几个月都看不到他一次，他说妈妈留下的财产也足够经营，就让这间酒吧一直开下去，等到一天全部花完才关掉吧。但是客人不断上门，还有钱赚呢，我想可以开到我也死去为止吧。"经理说。

"你跟了她有多少年？"

"三十几年了，和她一比，我做这一行，不算很久。妈妈桑说过，一种行业，不管是做护士或是秘书，只要终身努力，做得最好，就是一个成就，做酒吧也是一样的，我永远记得这句话。"

"死得不痛苦吧？"

经理娓娓道来："起初已是不舒服了，打电话来说要迟到一点，这么多年来她一直很准时，八点钟一定到店里来，所以我们都感到不妥了。后来见她勉强出现，但是把头伏在柜台上休息。听听客人的欢笑，她又兴奋起来，和普通时一样，像一点病也没有。有些从乡下来的客人要求和她合照，更是四处走动，最后才支持不住坐了下来，我一直劝她进医院，她不肯。她说过：'我一进医院就会死的。'看她的脸色愈来愈不对，我只有把她儿子叫来，她还是说只肯回家。坐上的士时，已经昏迷，送进医院，一个星期后去世了。我心中知道，她不肯走，是想要死，也要死在酒吧里，这到底是她最喜欢的地方。"

把这两位淑女的故事说给友人听，大家唏嘘不已，都说在她们活着没有机会见面，是多么可惜的事。

这世间，有很多坏蛋，死后给人加油加醋，变得面目可憎，讨厌到极点。反观这些值得歌颂的人物，死去愈久，传奇性更为丰富，不是发生在他们身上的美谈，都贡献了进去。见不见到本人，已不是重要的了。

最美王妃

有篇外国报道，列出史上最美丽的王后和王妃，看名单有感。

排第一的是摩纳哥王妃嘉丽丝·姬莉，这是不容置疑，她未嫁时已是好莱坞巨星，东部的美国人，教养好，英语又标准。在希治阁的《后窗》中，也显出她性感的一面，真是美艳得不得了。年纪大时来过香港，我曾见过一面，虽然已略肥胖，但那种气质是空前绝后的。

第二位排到约旦王后拉尼亚，我去约旦旅行时到处看到她的照片，但不觉得有什么过人的美貌，没有留下印象。

英国戴安娜王妃反而排到第四，她的确是英国美人，也有性格，勇敢于反叛，金发蓝眼，年轻时的确能迷倒众生，还没有老就遇车祸死掉，只留下倩影，是她的运气。

和她一比，嫁给威廉王子的凯特爬上一位，是第三。这点我永远不会明白，她怎么看都只是一般的角色，出身平庸、教育平庸、衣着平庸，连姓氏也带一个平庸的字眼。年纪不大，但和威廉王子一比，像是姐弟恋，大家说她的新闻价值正在直逼戴妃，成为皇室的头号明星。我不赞同，平庸的人，怎么会做出惊天动地的事？

如果各位记得，英女皇伊丽莎白二世还有一个妹妹叫玛嘉烈，她年轻时清秀无比，较她姐姐漂亮得多，因皇室反对而嫁不到如意郎君，晚年酗酒抽烟，但我还是很喜欢她的，可惜只是排名第九。

也许审美眼光各有不同，最美的是谁不能独定，但如果是选最丑的王后王妃，大家会一致赞同，那就是查尔斯王子的现任老婆。

不脱衣的尤物

第八十三届奥斯卡颁奖礼刚刚怀念完去世的电影人,翌日又有一位死去,那就是简·拉赛尔(Jane Russell),享年八十九,算是长寿的了。

我们都知道她是一代尤物,当年最性感的女人之一,但是她和梦露等其他艳星不同,从来没脱过衣服,也不露一点胸。那张被美国士兵贴到通街都是的照片,简·拉赛尔躺在一堆稻草之中,手上拿着支枪,也包得密密实实。

她的老板影坛及飞行界大亨霍华德·休斯,为她在《The Outlaw》一片中设计了一个胸围,大肆宣传。在她的传记中,简说:"那是一个没有带子的奶罩,在当年他的设计算是先进,但我从来没有戴过,觉得太老土。他也不知道,因为他没有脱了我的衣服去查。"

我们记得她的电影,当然是那部和梦露合拍的《绅士爱美人》,一部不值一提的歌舞片,除了梦露那首《钻石是女孩最好的朋友》。在戏里,简的服装左剪右剪,露出几个大洞,但没有看到她任何一个重要的部位。

官方报道,她的身材是五尺七寸,三围为38D、24、36。息影后,她积极参与宗教活动,当有人问她,怎么将性感女神的形象和宗教混在一起?

她回答:"基督教徒也有胸部的!"

至于为何要退出影坛?她说:"因为我已太老了,我那年代,三十岁已不能当明星了。"

不过,简的确不止是明星那么简单,她和罗伯特·米彻姆拍的两部电影《His Kind of Woman》(1951)和《Macao》(1952)是黑白侦探片的典范,后者的背景虽是澳门,但她没来拍过外景。

也和鲍勃·霍普拍过两部胡闹的西部片,他说:"简是唯二的明星。"

指的当然是她的胸部。

简的名言还有："宣传是一件恐怖的事，如果你没得宣传。"

一生嫁过三次，记者问她喜欢怎样的男人，她回答："一个跑得比我更快的男人。"

琉璃

见面时，我们情不自禁地拥抱。

岁月在我们身上都留下痕迹，但她还是回忆中的那个少女，一个不断地追求精神上更高层次的女人。

刚认识时，她已是位出色的演员。我们一起在东京拍戏，工作完毕，到一家小酒吧去。本来清清静静，给我们又唱歌又闹酒，气氛搞得像过年。是的，那是旧历年的除夕，日本不过农历年，只是个平凡的晚上。我们身处异乡，创造自己的年夜。

另一年的元宵，我们一起到台湾北港过妈祖诞，鞭炮的废纸，在街上铺了一层又一层，有如红色的积雪。

从来没见过人民那么热烈地庆祝一个节日，各家摆满十数桌酒席，拉路过的陌生人去吃饭，越多人来吃，才越有面子。

烟花堆成小山，已不是噼噼啪啪地放，而是像炸弹一声轰隆巨响，刹那间烧光一切。

看个地痞变本加厉地拿个土制炸弹掺进烟花中，爆炸的威力令我们都倒退数步。

"虎爷不见了！"听到人家大喊。

这个虎爷是块黑漆漆的木头公仔，据闻是在百多年前由大陆请神明请到台湾来的。北港的人民当作是宝，给那个土炸弹爆得飞上天空失踪了，找不到的话，人民迷信将有一场大灾难。

混乱之中，有些流氓趁机摸了她一下，我们这群朋友看了火滚①，和他们大打出手，记忆犹新。

好在大家都没有受伤，虎爷也在一家人的屋顶上找到了，一片欢呼，结束了疯狂的一夜。

从此，二十年来我们再也不碰头，但在报上、电视上常看到她的消息，由一个专演娱乐片的明星，到拍艺术片，连续了两届影后的她，忽然地息影了。

电影这一行，始终是综合艺术，并不个人化。好演员要靠好的导演栽培。成为大师级的导演，又是谁出钱给他拍戏的呢？还不都是庸俗的商人。

她寻求自我中心的满足感，终于找到了琉璃艺术这条路。

听到这消息，真为她高兴。这个艺术的领域，还是很少人去琢磨的。

书法、绘画、木工、石雕等等，太多大师级的人物霸占着一席。如果大家都是以艺术家身份来互相欣赏，那倒无所谓。令人懊恼的是浑水摸鱼的人太多，攻击来攻击去，已不是搞艺术，而是搞政治了。

琉璃艺术在西周，三千多年前已兴起。历代中产生不少的光辉，到清朝还在鼻烟壶上努力过。近代东方人一直忽视了这门工艺，反而在西方，它深受重视。

美国的 Tiffany、捷克的 Libensky 的作品，我到世界的各大博物院中都曾经见过。二十世纪初的西方装饰艺术 Art Deco 中，琉璃作品里也大量运用中国器皿为概念，这门艺术，应该在东方发扬光大才对。

有时看来像翡翠，有时看来像玛瑙，有时看来像脂玉，有时看来像田黄。琉璃艺术的颜色变化多端。

---

① 火滚，粤语，指很生气。

这种法国人所谓的水晶脱蜡精铸法（Pate-De-Verre），是将水晶的原粒，加入发色的酸化金属，在炉中高温数字化而成，过程复杂到极点。多年来，她一天十几小时，就算酷暑炎午，她还是在四十摄氏度的高温下工作，失败又失败地重复之下，得到的成果，来得不容易。

作品《玫瑰莲盏》中，水晶脱蜡精铸法已发挥到淋漓尽致的地步。碧绿的莲叶，含着那朵鲜红的小花朵，像一块刚挖出来的鸡血石，是大自然浑出来的斑点，意境极高。

众多作品中，我最喜欢的是《金佛手药师琉璃光如来》。一只金色的手臂，隐藏着面孔慈祥的佛像，概念是大胆而新颖的，这是从来没有看过的造型，应该说是她的代表作吧。

法国的巴克洛和达利克把琉璃艺术发展在商业装饰里，开拓了广大的世界市场，为国家争取不少的外汇。

我们见面时，问过她是否会走法国人的商业路线？

她笑笑，表示留给她的伙伴张毅去做，自己只攻创作。其实她的作品中的"悲悯"和其他不同的主题，是外框很厚的玻璃砖，中间藏着各类雕塑，很适合建筑美学上用，能将一面平凡的墙砌成一件艺术品。

在我三十多年的电影生涯中，认识的女明星不少。家庭破碎的也有，潦倒的也有，消失的也有。

我也认识很多后来成为贤妻良母、家庭美满的演员，俗人知道也好，不知道也好。

她应该是最幸福的一个吧。看到她的表情，很像《芭贝特的盛宴》一片的女主角，用尽一切为客人做出难忘的一餐。

人家问她："你把时间和金钱统统花光，不是变成穷人吗？"

芭贝特回答："艺术家是不穷的。"

朋友常问说我写的人物，是不是真有其人？在她的例子，是真的。她的名字叫杨惠珊，又叫琉璃。

新井一二三

从好几年前开始读《九十年代》杂志时，留意到一个叫新井一二三的日本人，用中文写时事评论。

好几位文艺界的朋友都在谈论，说此人中文没有瑕疵，一定是中国人化名写的，但也研究下去为什么好端端的一个中国人，要用日本名干鸟？

新井一二三，是男的是女的也不知道。日本名字一二三，男女都可以用，不像什么郎、什么子，一看就分辨得出。但作者用的文字和语气，都相当阳刚，大家推测说是个日本报社的驻中国记者，一定是个男的。

是男是女，最好问《九十年代》的爷爷李怡兄。他卖个关子："新井人不在香港，等有机会的时候，才介绍给各位认识。"

后来，新井果然来了，在《亚洲周刊》当全职记者。有一次李怡把新井带来，证实是位女的。

像罗展凤在《明报》副刊写她：新井有着日本女孩传统的娃娃脸蛋、清汤挂面，不施脂粉，简单服饰却又流露着一种说不出的Charming（吸引力）……

给人家称作有吸引力的女子，就是说她不漂亮。的确，新井并不漂亮。

但是，试试看找一个会说流利普通话，又能用纯正中文写作的日本人给我看！

日本出名的汉学家很多，翻译不少中国文学巨著，但是叫他们写中文，数不出一两个。

"我叫新井一二三，是因为我是一月二十三日出生的。日文读起来不是音读的Ichi，Ni，San，而是训读的Hifumi。"新井大声地自我介绍，你要是和她交谈，便会发现她讲话是很大声的。

新井简单地叙述自己的生平：早稻田大学政治系毕业，期间学中国文学、政治和历史，后来公费到北京和广州修近代史。在《朝日新闻》当过记者，嫁去多伦多，六年之后离婚到香港来。

一九八四年邂逅李怡，当了他的宠儿，他一直鼓励她以中文写作。她前后在《星马》《信报》发表过多篇文章，终于出版了第一本中文书《鬼话连篇》。李怡说："我感到似乎比我自己出一本书还要高兴，甚至有一种难以形容的骄傲。"

"很少中国女作者有那么勇敢，肯把自己堕胎的赤裸裸经验写下来。"张敏仪说，"我想见她，是不是可以约一约？"

新井在《亚洲周刊》时，我曾经和她在工作上有些交往，有了她的电话号码，找到她。

新井对这位广播界的女强人也很感兴趣，欣然答应赴约。

我们去一家日本餐厅吃晚饭，大家相谈甚欢，也提起她加拿大前任丈夫的事。

"我以为他是一个思想开放的西洋男人，他以为我是一个柔顺体贴的东方女子，结果两者都失望。哈，哈，哈！"新井笑起来，和她讲话一样大声。

香烟一根接着一根，张敏仪不喜欢人家抽烟，被新井和我，左一支，右一支，熏得眼泪直流，但也奈何不得我们。

天南地北，无所不谈，讲到文学，她们读过的许多世界名著，都是共同的。敏仪日文根底好，记忆力尤强，能只字不漏地朗诵许多诗词，这点是新井羡慕的。

她大声说："如果我是中国人，便会像你一样有吸引力得多。我虽然略懂中文，但是在诗词上的认识，总有不能意会的地方。"

"坏在我们太过含蓄，太过保守，不能像你们那么开放！"敏仪的声调也让新井影响，高了起来。

坐在旁边的客人转过头来看这两个高谈阔论的女子，令我想起南宋刘克庄的《一剪梅》：

"束缊宵行十里强，挑得诗囊，抛了衣囊。天寒路滑马蹄僵，元是王郎，来送刘郎。酒酣耳热说文章，惊倒邻墙，推倒胡床。旁观拍手笑疏狂，疏又何狂，狂又何妨！"

敏仪酒量不如新井，一杯又一杯，当晚干了数十瓶日本清酒。

新井又谈起她的加拿大丈夫："我们是用普通话对谈的，在广州认识，我当年才二十三岁，就糊里糊涂嫁了给他。离婚后才第一次和他讲英文。"

敏仪说："不如单身的好，现在是什么世界？还谈什么嫁不嫁人？"

话题又转到同性恋上去，新井嫁过人，堕过胎，当然不是女同性恋者。

"许多搞同性恋的男人，都蛮有天分的，尤其是干艺术的，越来越多。"敏仪说。

新井也认为男同性恋很有才华，她越说越大声："但是，没有用呀！没有用呀！"

她那"没有用"三个字可圈可点，笑得敏仪和我，差点由椅子上掉下来。

微笑的小红

小红只有一个表情，那是她的微笑。

要是长得丑，人家一定当她是白痴，但是小红很漂亮，从小就惹人喜欢，长大后，她的笑容，更是迷倒众生。

本名叫什么已没人记得，我们只管叫她小红，是因为她的皮肤白里透红吧。喝了酒，她的脸色略红也是原因。也许，她的个性有点像红拂女，不知什么时候开始，她便变成永远的小红。

和老套的故事一样，小红生长在一个有七八个兄弟姐妹的农村家庭，在十七岁那年,已要进城当酒女。

经理看到那么好的一块材料,高兴得不得了,即刻叫她上班,令经理更惊奇的,是小红的酒量。

任何客人要和小红斗酒者,她从不拒绝。

"来,干掉它!"客人命令。

小红一句话不说,那么大的一杯满满的白兰地,咕噜咕噜地,喝得一滴不剩。

再来,再干,再来,再干,十几杯下来,客人已倒在桌下,小红还在微笑。

小红一炮而红,全城的酒客都来找她,要灌醉她为止,但是,没有一个人做得到。

客人之中,有位政治家的儿子,每晚必来捧场,他人长得高瘦,神情略带忧郁。小红注意到他那十根手指,纤细修长,像钢琴家所有,这是她在乡下的男人身上,从来没有看过的。

他从不勉强小红干杯,只顾着自己喝。小红来敬酒,他也一口干了,那种豪迈,在其他客人那找不到。而且这个人的钱好像花不尽,每晚的酒钱,加起来,已经足够小红一家人吃一辈子。

和政治家的儿子一比,那个纱厂大王的儿子就显得污秽,他常毛手毛脚,醉后大吵大闹,讨厌到极点。到酒吧,一定带着和他父亲有生意来往的商家,让他们请客,自己从没出过一个子儿。

小红一看到他出现,即刻躲在休息室内,要等他离开才肯出来。经理看在小红是红牌阿姑的份上,也不敢勉强她陪酒。

血腥事件发生了。

一晚,政治家的儿子和纱厂大王儿子吵了起来,被酒家的经理和打手劝息。

当政治家的儿子走出酒吧后,纱厂大王儿子带了一群人,拿了武士刀向他狂斩,政治家儿子赤手空拳地打倒几个。但纱厂大王儿子从他身后偷袭，他转过头来，用手挡住。一刀之下，把他的三根手指削断了。

警察来到，大众鸟散。

救伤人员把那三根手指拾起，在医院施了精密的手术，把手指缝上。复原后，指头能动，但是连接处样子古怪，已经不像从前那么优美了。

小红终于嫁了他。

当然，家里也得到完满的照顾，小红亦是对得起所有人，决心做个好家庭主妇。

因为政治家需要大笔的竞选基金，开始和纱厂大王的关系密切，下一辈人的纠纷也在庭院外和解，官司不了了之。

婚后，小红为丈夫生下两个白白胖胖的儿子。小学、高中，儿子十六七岁那年出国留学。这段期间，小红一滴酒也没喝过。

政治家的儿子，生意做得并不理想，每晚借故应酬，从不早归。家里一切，都是小红处理，用人也不请一个，衣服也是手洗的。

新婚时期，他曾带她到外国各地旅行，当年老爸还是有点财势。日子一久，他们什么地方都没有去过。有一天丈夫忽然心血来潮，向小红说："去一个我从来没有去过的地方玩玩吧！到哪里去好呢？"

小红微笑："厨房如何？"

渐渐地，丈夫更不回家睡觉，也不打一个电话。

"我要去当妈妈桑。"小红有一天向他宣布。

"我们家有名有望，怎么可以让你去丢脸？"

"家用不够，儿子的学费呢？"小红问，丈夫不答。

小红复出，十七岁嫁人，儿子十七，小红只有三十四，样子又长得娃娃脸，是女人一生最成熟漂亮的时候，尤其是那身材，产后保养得好，腰还是二十三寸。

一杯又一杯，小红工作的地方白兰地卖得特别多，生意兴隆，她得到许多奖金，都存进户头。

照样没有人看到小红醉过，直到一个晚上。

一位中年男人几杯就把小红灌倒，搂着依偎在他身上的小红，那男人把她带进旅馆开房。

事后男子又醉又筋疲力尽，呼呼大睡时，小红将两张椅子并排，把那个男子抱起，将他的臂放在椅背与椅背之间，然后爬上桌子，从高处一跳，以全身之力，压断他的手臂。那男的痛得晕倒。小红把他的手臂换一个角度，依样画葫芦地摆好在椅背与椅背之间，再跳一次。咔嚓的骨碎之后，小红确定这人的手臂已不能接驳，才满足地离开。

读到这里，各位必已猜到这个男人，就是纱厂大王的儿子。

小红从此退出江湖，等待儿子毕业回来，养乐天年，没有停止过微笑。

谈我喜欢的女演员

"你喜欢的西片女主角都是美人吗？"小影迷问。

"不，不，平凡的也有，像米歇尔·威廉姆斯（Michelle Williams），她在《断背山》中的光芒完全被安妮·海瑟薇（Anne Hathaway）抢去，观众从来认不出她是谁，后来她拼命地把戏演好，像《Blue Valentine》等片子，你看到她的成长，一部比一部进步。"

"但是她在《My Week With Marilyn》（2011）中，她一点也不像玛丽莲·梦露呀。"

"对，一点也不像，也可以把梦露的神态、小动作和那风情万种完全表现出来，这才叫厉害，这才叫美，美到最近的LV广告也要请她来拍。"

"卖皮包的那个？"

"你认出是她了?"

"真认不出。从前的女演员呢,伊丽莎白·泰勒?"

"那是大明星,我喜欢的都不是那些,反而是什么戏都演的,举个例子,像一位叫埃莉诺·帕克(Eleanor Parker)的。"

"她是不是演过《Sound of Music》(1965)?"

"对,但这部戏不值一提,如果你看经典台,有一部叫《Scaramouche》(1952),中文译成《美人如玉剑如虹》的,就能看到她。"

"这部片子有什么特别?"

"它是武侠片的典范,有复仇、有练功、有决斗,几乎所有功夫片的元素都已经在这部片子拍过,又把埃莉诺·帕克拍得非常吸引人,将年轻貌美的珍妮特·利也比了下去。"

"漂亮罢了,你还没说出真正喜欢她的原因。"

"在电影工厂制度下,你是一个配角就永远是配角,埃莉诺拼命努力,逐渐冒起,曾三次获得最佳女主角提名,最后在二〇一三年去世,九十一岁。"

"还是谈我们这一代的吧。"

"那你看 Lena Headey 吗?"

"中文译成琳娜·海蒂的那个?"

"应该发音为 Lee-Na Heedee,叫她为丽娜·希娣吧。你看过她什么戏?"

"当今最红的电视剧《权力的游戏》(Game Of Thrones)演女皇的那个。她长得不美嘛。"

"对了,最初看还难于接受,她的门牙有条缝,下齿也不整齐,大概小时给人家笑惯了,养成一个忽然把嘴巴紧紧合起来的习惯。"

"你怎么会喜欢她?"

"《战狼300》是一部讲斯巴达民族的戏,男人个个强悍,国王更加英武，演皇后的如果不是一个值得令国王爱上的女人，怎能说服观众？"

"你现在一说，我记起了，还拍了续集，也是由她演出的对不对？"

"唔，这演员有种别的女演员没有的气质，她一出现，就有坚强、独立和果断。同时，她有时神情也很忧郁，也有脆弱的一面，这才吸引人。"

"你从什么时候开始注意到她？"

"她十七岁时，和 Jeremy Irons 及 Ethan Hawke 演的一部叫《Waterland》（1992）时，已露出光芒。接着在一九九三年的文艺片《Remains Of The Day》里，挤在大堆性格演员之中，角色虽小，也留下印象。"

"她还演过什么片子？"

"后来的《The Jungle Book》（1994）已担任女主角，还有一些名不见经传的电影，像《Face》（1997）、《Mrs. Dalloway》（1997）、《Olyegin》（1999）、《Aberdeen》（2000）。到了二〇〇五年，和 Matt Damon、Heath Ledger 合演《The Brothers Grimm》，《旧金山年报》的影评家 Mick Lasalle 说她有豪爽和有张吸引力不可抗拒的脸，尤其是她在微笑时，暗示着智慧、诚信和调皮。"

"你这么一说，我还记得她演出过电视剧的《未来战士》（Terminator）。"

"对，叫《The Sarah Connor Chronicles》，演那坚强的母亲，一共拍了两季三十一集，还得到电视剧最佳女主角提名两次呢！"

"之前她在电影中演过反派吗？"

"一部重拍机器人警员的 3D 电影，叫《Dredd》（2012）里，她演大毒枭，角色名叫妈妈。"

"说回《权力的游戏》，她的皇后角色令人难忘，一出场就有裸体戏。"

"何止，在第五季的终局篇中，最多人谈论的是琼恩·雷诺的死和女皇被脱光衣服当众游行。"

"那场戏很难拍吧？"

"她在拍《战狼300》时说过：在两百多个工作人员面前裸露，放映时更多人来看，的确是一件难于接受的事，但剧情需要，而且又拍得有品位，又如何呢？不过，拍这场《权力的游戏》第五季时，是用替身，加上当今的特技，是看不出来的。"

"既然已豁出去，为什么不自己来呢？"

"她当时怀孕，已大了肚子。"

对韩国女人的迷恋

亚洲的女人，各有不同的个性，不能一概而论。

其中我最迷恋的，是韩国女人。

第一，韩国女人是全亚洲中最美丽的。在街上走，一个小时之内会遇到三个漂亮的。中国女人，三小时中遇到一个长得好看；但日本女人，三天看中一个，算你好彩。

虽然，大家都说当今韩国的都是人造美女，整容技术发达，个个都割过双眼皮，但是四十年前全国还是处于穷困的年代，只有极少数人有钱到可以去日本动手术，但一般的女子，已很漂亮。

如果强辩说其他国家也有更多的美女，那么，不管整容手术多发达，也不能把整个身体的结构改造。一般的亚洲女子，和外国的一比，尤其是南美的，就显然地看出缺点。人家的是腰短腿长，亚洲的刚好相反，腰一长，屁股就有垂了下去的感觉；腿一短，穿起牛仔裤来更是不像样。韩国人具有林青霞和巩俐等的山东种，个子比较高大，她们的细腰腿长，绝对不是任何整容手术能够做手脚的。

第二，她们在个性上多数是开朗的，大情大性，爱得如火，恨得似仇，和日本女人的阴沉有强烈的对比。自古以来，女性的人口比率占全国的三分之二，她们也养成了懂得服侍男人的传统，更是社会经济的支柱，但她们绝不像香港女子那么处处抢男人的风头，一向是默默地耕耘。

强烈的个性令她们敢爱敢恨，时至今天，还可以在街头上看到两个女人相骂或打架。有时也见过她们被男人搧了一巴掌后不出声，好在现在已是女权复活，再也不见过分地被男人欺压。从前在大排档中，大学的男生坐下来就吃东西喝酒，女同学抱他们的书本，站着没有的吃的现象，已不复在。

二十世纪六七十年代中，香港电影界到韩国去出外景的例子很多，从演职员的口中，传出半夜三更被声音惊醒，发现女朋友正在替他们洗袜子的现象。这种情形没有发生在我身上，但梦中似乎有人在抚摸我的脸，醒来发现女友含情脉脉地望我，倒是亲身的经验。大概是我们不像韩国男人那么粗鲁，比较起来，有如我们听到苏州女子吴侬软语，感到特别柔顺之故吧。

与韩国女子做起爱来，也明显地和其他亚洲的不同，她们多数个性比较强烈，也许是想为对方生出一个男孩的遗传基因作祟，她们狂放，简直非把男人最后一滴精子也挤出来不可，嘶声而出。一个不出奇，遇到的几位，都是这样。

也许你没有机会亲身接触到韩国女人，那也只有在银幕上分享一点她们的风情。

最具代表性的有三个：李英爱、全智贤和全度妍。

李英爱像她演的《大长今》的角色，坚强和好学，当今或者较难遇到，但在我一早去韩国旅行的当年，认识的女子都兼有好学的传统，她们认为能够有一门技巧才是美德，大多数会一点唱歌和舞蹈，插花、缝织等爱好也培养了出来，连最基本的送上一个烟灰碟的动作，也要用一张浸湿了的草纸铺在里面，不让烟与灰飞散。

但是李英爱那种过于贤淑的个性，也给男人一种冷冰冰、不容易亲近的感觉，如果娶这么一个女人做老婆，过于追求完美的态度，在日常的生活会是情趣少，较为枯燥的。

全智贤代表了现代的少女，不会服侍男人，她们拥有青春和美貌，爱情一旦冷淡，性生活已感到乏味时，就和亚洲的其他国家女人相同了。这一种女子缺乏传统的教养，步入中年之后，将会变得庸俗。

样子最像我从前女友的，是一位叫全度妍的演员，她一见时并不觉得美艳，但清纯可爱，愈看愈好看，用韩国人对她的评价最为适合：有气质，演技派，能迅速适合新的角色，像变色龙一样深入民心，有一双懂得阅读观众心理的慧眼，身上发出的香气，像菜花一样清淡。

全度妍这个名字不像是为了进演艺圈而改的，本名也是全度妍，一九七三年二月十一日出生，高一六五，体重四十五公斤，水瓶座，O型血液，有汉城大学艺术广播电影专业毕业的学历，爱音乐，弹得一手好钢琴，后来还到高丽大学研究院学乐理。

主演过《伤心街角恋人》《约定》《记忆中的风琴》《快乐到死》《求偶一支公》《无血无泪》《人鱼公主》等片子。《挑情宝鉴》改编于西片《危险的关系》，全度妍演的米歇尔·菲佛的角色，端庄的淑女被多情郎玩弄，最后自尽。戏中和男主角裴勇俊有很大胆的性爱镜头，她演得自然，一点也不介意裸体。

在后来的《你是我的命运》一片，她演患了艾滋病的妓女，从平凡容貌，愈看愈爱上她，等到一笑，更是进入了无数人的心坎。出众的演技，让她得到相当于金像奖的韩国影展最高荣誉。领奖时，她穿一件白色的晚礼服，胸口花，其他半透明，忽然裸出乳尖，大家都以为是走光，但我想她是故意的，在这人生最重要的一刻，给众人看到大家最想看的，又何妨？

韩国女人，就有这种气度，怎教人不迷恋呢？

昨夜梦魂中

为什么记忆中的事，不像做梦时那样清清楚楚？昨晚见到故园，花草树木，一棵棵重现在眼前。

爸爸跟着邵氏兄弟，由内地来到南洋，任中文片发行经理并负责宣传。不像其他同事，他身为文人，不屑利用职权赚外快，靠薪水，两袖清风。

妈妈虽是小学校长，但商业脑筋灵活，投资马来西亚的橡胶园，赚了一笔，我们才能由大世界游乐场后园的公司宿舍搬出去。

新居用叻币四万块买的。双亲看中了那个大花园和两层楼的旧宅，又因为父亲好友许统道先生住在后巷四条石，于是购下这座老房子。

地址是人称六条石的实笼岗路中的一条小道，叫 Lowland Road，没有中文名字，父亲叫为罗兰路，门牌四十七号。

打开铁门，车子驾至门口有一段路。花园种满果树，入口处的那棵红毛丹尤其茂盛，也有芒果。父亲后来研究园艺，接枝种了矮种的番石榴，由泰国移植，果实巨大少核，印象最深。

屋子的一旁种竹，父亲常以一用旧了的玻璃桌面，压在笋上，看它变种生得又圆又肥。

园中有个羽毛球场，挂着张残破的网。羽毛球是我们几个小孩子至爱的运动，要不是从小喜欢看书，长大了成为运动健将也不出奇。

屋子虽分两层，但下层很矮，父亲说这是犹太人的设计，不知从何考证。阳光直透，下起雨来，就要帮妈妈到处闩窗，她算过，计有六十多扇。

下层当是浮脚楼，摒除瘴气，也只是客厅和饭厅厨房所在。二楼才是我们的卧室，楼梯口摆着一只巨大的纸老虎，是父亲同事——专攻美术设计的友人所赠。他用铁线做一个架，铺了旧报纸，上漆，再画为老虎，像真的一样。家里养了一只松毛犬，冲上去在肚子咬了一口，发现全是纸屑，才作罢。

厨房很大,母亲和奶妈一直不停地做菜,我要学习,总被赶出来。只见里面有一个石磨,手摇的。把米浸过夜,放入孔中,磨出来的湿米粉就能做皮,包高丽菜、芥蓝和春笋做粉粿,下一点点的猪肉碎,蒸熟了,哥哥可以一连吃三十个。

到了星期天最热闹,统道叔带了一家大小来做客,一清早就把我们四个小孩叫醒,到花园中,在花瓣中采取露水。用一个小碗,双指在花上一弹,露水便落下,嘻嘻哈哈,也不觉辛苦。

大人来了,在客厅中用榄核烧的炭煮露水,沏上等铁观音,一面清谈诗词歌赋。我们几个小的打完球后玩蛇梯游戏,偶尔也拿出黑唱片,此时我已养成了对外国音乐的爱好,收集不少进行曲,一一播放。

从进行曲到华尔兹,最喜爱了。邻居有一小庙宇,到了一早就要听"丽的呼声",而开场的就是《溜冰者的华尔兹》(*Skaters' Waltz*),一听就能道出其名。

在这里一跳,进入了思春期。父母亲出外旅行时,就大闹天宫,在家开舞会。我的工作一向是做饮料——一种叫 fruit punch 的果实酒。最容易做了,把橙和苹果切成薄片,加一罐杂果罐头、一支红色的石榴汁糖浆,下大量的水和冰,最后倒一两瓶红酒进去,胡搅一通,即成。

妹妹、哥哥各邀同学来参加,星期六晚,玩个通宵,音乐也由我当DJ。已有三十三转的唱片了,各式快节奏的,桑巴、伦巴、恰恰恰。一阵快舞之后转为缓慢的情歌,是拥抱对方的时候了。

鼓起勇气,请那位印度少女跳舞,那黝黑的皮肤被一套白色的舞衣包围着,手伸到她腰,一掌抱住,从来不知女子的腰可以那么细的。

想起儿时邂逅的一位流浪艺人的女儿,名叫云霞,在炎热的下午,抱我在她怀中睡觉。当时的音乐,放的是一首叫《当我们年轻的一天》,故特别喜欢此曲。

醒了，不愿梦断，强迫自己再睡。

这时已有固定女友，比我大三岁，也长得瘦长高挑。摸一摸她的胸部，平平无奇，为什么我的女友多是不发达的？除了那位叫云霞的山东女孩，丰满又坚挺。

等待父母亲在睡觉，我就从后花园的一个小门溜出去，晚晚玩到黎明才回来，以为神不知鬼不觉，但奶妈已把早餐弄好等我去吃。

已经到了出国的时候了，我在日本，父亲的来信说已把房子卖掉，在加东区购入一间新的，也没写原因。后来听妈妈说，是后巷三条石有一个公墓，父亲的好友一个个葬在那里，路经时悲从中来，每天上班如此，最后还是决定搬家。

"我不愿意搬。"在梦中大喊，"那是我一生最美好的年代！"

醒来，枕头湿了。

沟女绝技

我在内地和友人谈起生活之道，通常的反应是："你有钱，所以有条件培养种种兴趣，我们做不到。"

一直强调的是兴趣与钱虽然有点关系，但是并非绝对。像种花养鱼，可由平凡的品种研究起，所费不多。读书更是最佳兴趣，目前的书籍愈卖愈贵是事实，但绝非付不起的数目，而且，图书馆免费地等你。

重复又重复地说，兴趣可以变为财富。一种东西研究到深入，就成专家，专家可以以新品种来换钱，至少也能写文章赚点稿费。

钻了进去，以为自己知识很丰富时，哪知道已经有人研究得比自己还深，原来七八百年前写过论说，便觉自己的无知与渺小，做人也学会了谦虚。

另一方面，身边朋友少一点也无关紧要，我们可以把古人当老师，他们的著作看得多了，又变成他们的朋友。

一大早到花墟的金鱼市场观察鱼类，下来到雀鸟街看哪一只鸟啼得最好听，最后逛花街，看什么花是由什么国家输入，都是一个很好的开始。

前几天的副刊中也教过人种兰花，只要一块就可以买到五盆廉价的兰花，经半年的精心培植，身价一跃到四百八十一盆，足足有九十六倍之多。

故玩物并不丧志，养志还能赚钱，何乐不为？问题在于你肯不肯努力，肯不肯花心机。不但养志赚钱，还可以用来沟女。

近来政府不知为什么那么好心，把街上每一棵树都用小板写了树名钉在干上，我认为这是他们做的唯一好事。

独自散步时把每一棵树的树名牢牢记下，一个钱也不必花。等到和有品位的女友拍拖时，把树名一棵棵叫出，即刻加分。此为沟女绝招，不可不记。

嫁个有钱人

嫁个有钱人，一般女子都那么想，连歌星艺员，也千方百计，想嫁入豪门。有钱人，那么好吗？答案是肯定的。最好能嫁个有钱人，后半生不必忧愁。你说"不好！""有钱有什么用？"那都是虚伪的话。

可是，这么说，是有条件的，条件在这些钱，一定要男人自己赚回来，如果是他老子有钱，那么不如做他老子的狐狸精，也千万千万别嫁给这种纨绔子弟。统计有钱人的儿子，多数是被宠坏。嫁了他们，悲惨收场居多。请你把旧八卦周刊重读，就会发现一百对夫妻之中，能够白头偕老的，只有九十五对。

出身平凡的你，嫁给我儿子，有什么目的？还不是为了我们家的钱！这是有钱父亲的第一个反应。

第二，有钱人并不满足，他们希望更有钱。所以养了一个儿子，如果他能娶到一个也是有钱人家的独女，那么她父母死后，钱不又是我们家的吗？别以为粤语残片才有，当今富有家庭，还是同一观念。

第三，有钱仔从小玩具多，久而生厌。讨老婆，也是一样的，生了几个子女，身体各部位都松懈，哪比得起用各个紧紧部位来讨好你的"北姑"？

旧社会还好，嫁就嫁，想那么多干什么。新的不同：你不想，人家想。当今的闹离婚可是家产一半的损失呀！一辈子辛辛苦苦赚来的，死了留给儿子没话说，才嫁来几年，就要分它一半？开什么玩笑嘛！对了，先让你在律师楼签张纸，说明不分给你。什么？你不肯签？那么你嫁给他，目的还不是为钱？

算了算了，嫁给有钱人，不如自己当有钱人。不嫁又算什么？买个小白脸，不知多好！

受伤的女人

不知不觉中，我的微博粉丝人数，已达一千多万，还不算上来浏览而不关注的网友。

我让各位尽量问各种问题，愈尖锐愈好，网友问的，包括了："你有没有向人示爱而遭到拒绝的经验？"

"无数。"我坦白回答。

对方追问："那有没有别人向你示爱，而你拒绝她们的？"

"也有。"

"举个例子。"他们打破砂锅问到底，"她们是什么人？"

我可不回答了，这一点绅士风度我还是有的，为什么要把她们的名字公开？很威风吗？我认为男人这么做，非常可耻，可以说已经不是人，只是爬虫罢了。

就算不遵守这基本礼貌，大唱谁和谁表示爱我，这么一来，其他的女子都怕了你。断自己的后路，有那么蠢的男人吗？

不指名道姓，又将地点和时间改变，说一些往事，总不会伤害到什么人吧？而且对方也已七老八十，听后觉得有自己的影子，也不会跑来骂我吧？

只记得年轻时半工半读，把自己当成一个精神上的苦行僧，非事业上有点成就，就不去拍拖了。而且，谨记前人教训，不吃窝边草，女明星向我示爱不是没有，即使有了好感，在未发展到另一阶段之前，我已躲避了。

年轻时的另一种愚蠢，是重友情，帮助人家，两肋插刀，一点问题也没有。自己喜欢的女子，要是好友也爱上了，就做《双城记》的男主角西德尼·卡顿状，牺牲自己，来成全人家。这种情形之下，拒绝了对方好意的例子，还是有的。

那么年轻力壮时，怎么压抑自己的欲望？当今想起，二十世纪六七十年代的道德观念，比现在的开放，爱上了对方，即表态，马上来一下，好像不是很难的事。与其说开放，不如说当年大家的思想都简单，没当今的那么复杂。

男人四处狩猎，似乎是本能，但也不一定雄性采取主动，当然也遇过女的主动的。女人一想要起来，比较直接。男人想得太多：她会不会说不？拒绝了我之后，会不会讲给别人听？那时候被人耻笑，可无处容身呀！男人想呀想，到最后那句我们上吧，就是讲不出来。

女人才不管三七二十一，她们出击的方法也最简单不过，那就是在桌布下，把手伸出来，按着你的大腿。

这一招所向披靡，很少男的会拒绝的，要是对方不太难看的话。

如果是位美女，但碍于种种原因，像对方的老公是自己的朋友的话，如何拒绝？我的办法总是再三道谢，因为女人主动，也经过思想斗争的，她们做出这一步，已是相当的大胆，勇气可嘉地，将自己赐予了我，还不多谢？

温柔地把她们的手拉开，轻轻地吻她们的耳鬓："谢谢你，找个机会，下次吧。"从此，避而不见，给足了面子。也许将来她们离婚，也有一条后路呀。

有些女的非常之聪明，用了一个非常古老，又永远行得通的桥段，那就是借酒装疯了。她们可以醉得一塌糊涂，第二天醒来，说一点记忆也没有。

如果还想继续和对方做朋友的话，趁她们只有一点醉意，即刻说要打电话给她们的家人，问父母的手机号多少，很奇怪的，多数一听此句就醒。

要是对方是在外地认识，又比较陌生的话，那么叫一辆的士，问司机目的地多少钱，给多点小费，并抄下的士的号码，请司机把她们送回去。

有时，是用电话来诉心中情的，这比较难于拒绝，不能一下子说不，得让她们有个台阶下，今后还有朋友做。向你示爱，被你拒绝后，还能做朋友的，一定是个好朋友，千万要珍惜，所以这时候非细心处理不可。

最好的办法，还是投其所好，说我对你也有好感，但心理准备一时还没做好，还是暂时保持联络行不行，当然，之后就别主动联络了。几次之后，对方也会意，不再纠缠，若连这一点游戏规则也不遵守，还死缠烂打的话，那么，这个女人也不值得你去尊重了。

被拒绝后，再也做不成朋友的例子，还是居多的。不应该生气，永远地感激，心存半丝后悔，希望来世有缘，再做个伴。

当今在网络上，因为不用真名字，女方更为大胆了，有些直接大叫："我爱你！"

但，千万别自作多情，这三个字，也不一定是自动献身的意思。在微博上已有深交，对方样子又娟好的，也向你这么表白的时候，也同样用三个字便能治退，那就是"止乎礼"了。

第三章 寻开心

教养

我整天说应该提高生活素质，活得一天比一天更好。大家即刻反应："钱呢？"

"并不需要大量的金钱。"我说，"有时反而能赚钱。"

众人示我不信的眼光。

举一个例子。义兄黄汉民曾经教过音乐，上一次我去新加坡时和我聊起男高音，说目前的那三个，还不如吉里（Gigli）和卡鲁索（Caruso）。

我也赞同，小时受熏陶，也是那两位大师的作品。当年收藏的七十八转黑唱片已经不知道哪去，好久没听他们的歌，偶尔在收音机中接触罢了，想买几张送汉民兄，何处觅？

跑去尖沙咀的 HMV 找，好家伙，五层楼都是 CD 和 VCD，男高音属于经典乐部分，在顶楼，和爵士在一起。

一口气跑上去，唱片多得不得了，但客人只我一个，一位年轻人坐在柜后，自得其乐地听交响乐。

看了一阵子，找不到我要的那几张，只好跑去问："到底吉里和卡鲁索的歌还有没有人出唱片呢？"

"当然有。"年轻人带我到一个角落，纯熟地找了出来，"这一排都是。"

嘻，可多得不知要选哪几张，只好先挑些他们的代表作，其他较为冷门的歌剧留下次慢慢听吧。

"你从小喜欢古典音乐？"我问。

年轻人笑着摇头："起先不懂，做了这份工慢慢学的。"

"现在呢？"

"少一点钱我也愿意干。"他回答。

"最大的愿望是什么？"

他又笑了："储够钱，去外国听演奏会。"

种花、养鸟，书局、乐器店，等等，都是让我们活得一天比一天更好的学校。

摘花

回家，一大早散步到附近的菜市场，为母亲买一个粽子当早餐。家母的生活习惯也甚奇特，早上爱吃米饭多过食粥。

"粽子的糯米那么难消化！不可多吃，不可多吃！"看到的朋友多数那么劝我，像见了极严重的犯罪行为。

我总是笑嘻嘻地不理别人管闲事，已经九十岁的老人家，喜欢什么就应该吃什么。

见家母一口口地细嚼，是莫大的享受。再送几口白兰地，味道更佳。

每次与老人家见面，发现她身体越来越健康，皮肤光亮，是长期吃燕窝的关系吧。弟弟一家人照顾家母，但各有工作事忙，现在吃燕窝全靠我的义兄黄汉民处理。每次炖了，早一天放入雪柜，翌日由用人温热，清早六点钟就进食,多年不变。

每天,弟弟带用人一起,让家母坐上轮椅,推到屋前的加东公园,将轮椅停在一边,扶家母起身散步。我回家时就参加此项活动,见家母走得一点也不喘气,老怀欢慰,不时问道:"累吗,累吗?"

"不累,不累。"家母回答,中气很足。

在公园做运动的人也不少,有一团学太极剑,还有些打外丹功。路过的有洋人、马来人和印度人,都互相用英语打招呼,来一声"骨特摸灵"。

家佣外劳没什么教养,不瞅不睬,拉主人的小狗,坐在长椅上,跷起二郎腿。也不能责怪他们,懂礼貌的话,就不必老远地跑到海外打工了。

公园种的一排排叫水梅的丛树,开白色小花,五元钱硬币般大,已开得多了,发出浓郁的香味诱人。

虽然会被罚款,但也不理三七二十一,摘下一撮,放在母亲怀里,继续推轮椅回家。

笼子

麦理浩径太过剧烈和无趣,我散步是在雀仔街、花市和九龙城。

志同道合者聚集,各自手上一个鸟笼,逍遥自在,看了好生羡慕。

经过一档人家,上了年纪的商人在修理鸟笼。这种老死的行业,还有人坚持下去。

"不,不,"老人家说,"这个是我自己的,修坏了不要紧。我才不敢替客人做,好些古董贵得要死。"

"你手上这一个呢?"我问,"要多少钱才买得到。"

"很普通，三千块。"他回答。

那么精巧的功夫，大概是民国初年的手艺。至少做一个月才能完成，以现在的人工计，最低收入四千港币，已值得购买。

掏腰包时忽然停住了手，知道这一来就没完没了，下一步是买更旧的鸟笼，换古董银，还有那些让鸟儿喝水吃东西的小瓷壶呢，非追求到一两个名人制造的不可。

选什么呢？画眉还是鹩哥？给它们吃什么东西呢？人工饲料或者活生生的蚱蜢？

买吧！买吧！不养鸟，买个笼子回家去欣赏一下也好。

最主要的，我是一个不受约束的人。看到关东西的东西就讨厌，怎么会将鸟儿放进去？

年轻时并不懂事，也养过一笼子的小鹦鹉。后来因为忽然要飞韩国替王羽解决他导演的第一部电影的难题，事后回来，鸟儿都饿死，才明白为了工作，自己是没有资格养生物的。

"可以交给菲佣去看管。"小贩好像看穿了我在想些什么。

菲律宾家务助理，虽然说是聘请，另一个看法也是饲养，不过养在一个更大的笼子，即是你的家。

创意派

决定以后少到雀仔街去，还是旁边的那条园艺街比较清雅。

花铺林立，但也不见得每一家都不俗气，有些卖染了颜色的花卉，令人恶心。忽然看到一家刚开门的店，橱窗中摆福禄寿。咦，这不是石湾虞公吗？即刻走进去看其他的制品。虞公精致起来手工细腻，坐在白象上的观音，头上胸前珠玉清楚可数，连象身的饰物也考究。

经过这些基本训练，才能变化出抽象的作品来。虞公的人像和花瓶像儿童画一样天真烂漫，实在难得。

店中还有各类的盆栽花卉，每一件东西都想捧回去。

一看店名，叫"创意派"，向店主要了一张卡片，名叫郭浩斌。

"你们的店，是花墟中最有品位的一家。"我说。

郭先生很坦白："虞公的作品裕华百货也有得卖，我自己喜欢，常去石湾，和他们熟了，代理一些。"

"怎么会想到开这么一家店的？"

郭先生说："我们在花墟一共有三家，卖大众化花卉的由我姐姐打理；卖精品一点的，内人看；我自己在这儿和些志同道合的客人聊天，日子过得快。"

看到另外一些陶器，出自郭先生之手，做了拿出来卖。我的习惯是人家刚开门，非让人家做成一桩生意不可，选了一小棵叫花冠树的植物，根部露出土上，像一个糯米鸡，非常有趣。另外要了一个虞公的佛头，我对从佛像砍下的很厌恶，认为非常不吉利，但是由手工做出的不同，这个观音头表情安详，看得舒服。凡是看得舒服的佛像，都是好的佛像。与佛有缘，你不必找它，它会找你。

又谈花

写过一篇东西，提及紫色花朵，不知其名，即刻接到许多读者的电邮，第一个当面告诉我的是原子笔大王熊先生。

"叫大叶紫薇,很容易记,想起大波的叶子楣就记得了。"熊先生哈哈大笑。

其他读者指正,说应该叫为大花紫薇,又叫洋紫薇(queen crape myrtle),为外来品种,亦分布在广东、广西及福建一带。该读者说既然我对树木有这么浓厚的兴趣,有两本书可以一读:渔农自然护理署印行的《赏树手记》(*Tree Lovers' Companion*),另一本是市政局的刊物《香港树林汇编》,在政府刊物销售处可以买到。

谢谢这位读者,其实两本书我一早已经购入,读后观感是它们都非常单薄,数据并不详尽,图片亦贫乏。我住墨尔本时,有位卖花的姑娘送给我一本澳洲花朵百科全书,那才叫精彩。从这绝无仅有的两本书,也可以看出香港人对花与树的研究并不热心,只对六合彩与跑马有兴趣罢了。

有位读者同意我的看法,说洋紫荆极为丑陋,也说很多人都这么认为,这种花又不是香港特有,当为市花,被外国人误解我们的品位甚低,选它的,是香港的千古罪人云云。综合其他来信的观点,都说外国景点的山头花树彩色缤纷,香港的一年四季都是绿色,没赏心悦目的植物,大家都不明白为什么不多种桃花、玉堂春、梅花、枫树、爆竹花、紫藤、含笑、黄钟、梨花、桂花等等。

香港能看到的最多只是两季的花,太过单调,多位读者还说去新加坡时那条从机场开往市中心的路上开满粉红颜色的簕杜鹃,历历在目,令人难忘。讲得不错,人家热带地方已有那么多花朵,香港的气候应该种出更灿烂的才对,可惜人一做官,头脑四方,唉,还是到花墟去欣赏吧。

快乐

又是牡丹的季节,荷兰来的当然很美,但当今运到的是新西兰产,又大又耐开。本来对新西兰印象不佳,为了牡丹,还是有点好感。

闲时到九龙太子道后的花墟走一走,永远是那么快乐的经验。附近又有雀鸟市场,是香港旅游重点之一。香港人的你,去过吗?

"这么多店铺,看得我眼花缭乱,去哪一间最好?"一位师奶问我。

"那要看你是选怎么样的花。"我回答。

"你呢?"她反问。

"我爱牡丹。"我说,"花墟道四十八号的那家'卉丰',是我最常去的,他们很肯进货。客人不会欣赏,认为牡丹太贵,店有很多盛开的卖不掉,新的一批照样下订单,不是自己爱花,做不到。"

"还有哪几家你常去的?"师奶问。

"逛花墟的乐趣不只是花,有时买买陶器也有很多选择,像太子道西一八〇号的'乐天派'就有很多虞公的作品,曾氏兄弟两人,哥哥的佛像愈做愈美,弟弟的人物造型愈来愈有趣。我很看好这两兄弟,现在收藏他们的作品还很便宜,一定有价值。"

"还有什么和花不同的商店?"师奶问。

"卖各种生草药的'左记'也很有趣。"我说。

"那些干的东西,浸在水里又像一朵鲜花的是什么东西?"师奶问。

"叫还魂草。"我说,"煲糖水很好喝,又能治支气管炎。"

见他店里什么植物都卖,看到一小钵一小钵种含羞草,才卖五块钱。住在高楼大厦的儿童没看过,摸它一下,大叫:"真的会含羞缩起来!"

乐观

坐上的士，阵阵香味传来。

"怎么你的姜花没枝没叶，是一整扎的？"我看到冷气口挂的花。

"哦，"司机大佬说，"我住在荃湾，那边的花档把卖不出去的姜花折了下来，反正要扔掉，不如用锡纸包好，才两三块钱一束。卖的人高兴，买的人也高兴。"

又看到车头有些小摆设："车是你自己的，所以照顾得那么好？"

"刚刚供的。"司机说，"从前租车的时候，我也照样摆花摆公仔。"

"要供多久？"

"十六年。"他并不觉得很长。

"生意差了，有没有影响？"言下之意，是做得够不够付分期。

"努力一点，"他说，"怎么样也足够，总之不会饿死。"

"你很乐观。"我说，"近年来一坐上的士，都是怨声载道。"

"不是乐不乐观，"他说，"总得活下去，怨也活下去，不怨也活下去，不如不怨的好。怨多了，人易老。"

"你不是的士司机，是哲学家。"我笑了。看到车头有个小观音像，又问："你信观音，所以看得那么开？"

"一个乘客丢在车上，我捡到了就用胶水把它粘在这儿，我不是信教，我只是觉得好看，没有其他原因。"

"你们这一行的，大家都说客人少了很多。"我说。

"很奇怪，"他说，"我不觉得，大概想通了，运气就跟着好，像我载你之前，刚接了一单，客人一下车，即刻有生意做。"

运气好也不会好到这么厉害吧？

到家。我付了钱，邻居走出大门，截住，上了他的车。

我的的士经验

第一次到香港是二十世纪六十年代,那时候在天星码头排成一列的的士,竟然是被认为高级车的奔驰,就感到十分诧异,来香港可以乘到名牌车的士,多么快乐。

随时代的变迁,代之的几乎是清一色的日本车,有些为了便宜,还用可燃气体运行。到了日本,更是通街的日本的士,有大小之分,小的当然便宜一点。

在全盛的七十年代,日本根本叫不到的士。经济起飞,大家都肯花钱,晚上在银座或六本木叫车,要伸出一至三根手指,表示乘客肯多花这个倍数的钱,的士大佬才把车子停下。

经济泡沫一爆,爆了二十多年。经济没有起色,日本的豪华奢侈得到了报应,的士行业更付惨重代价。街头巷尾一堆堆的空车,就算长途减价,也没有人坐。所以看一个国家的兴盛与衰弱,看都市的的士有没有人抢就知道,这个指标最为明显。

永远一枝独秀的是伦敦的士。他们从十七世纪开始有马车的士,现代化之后改为黑颜色,又笨又大的汽车的士,依足马车年代的传统,未上车之前先在街边向司机交代要去哪里,如果你跳上车才讲目的地,那你是一个游客而已。

最初用的是 Austin 厂制造的。这种老到掉牙的款式,当今已变成博物馆展品,有钱人纷纷买一辆来收藏。记得当年的歌星罗文也拥有过一辆漆成粉红色的。

伦敦的士的乘价,可以说是全世界最贵的了,没有必要时无人乘坐。我们这些游客是例外,在伦敦坐的士是一种乐趣和经验。司机永远是一位所有路线都熟悉的人,他们得经过考试又考试,从不会失手,也没见过他们用 GPS 导航。

在优雅的年代，的士一定是愈大愈有气派，伦敦的用黑色，纽约的则用黄色，不叫 taxi，通常以 yellow cab（黄色车辆）称之。

从前，纽约的的士司机对路也熟，而且非常健谈，时常讲些黄色笑话给乘客听，曾经有人结集成书，出版了一二三四好几册。

经济转好后，意大利籍或犹太籍人已不当司机了，和杂货店一样，都交给新移民去做，没有卫星导航的年代，走错路是家常便饭。当今有了，照样走错。

纽约的的士司机一向希望得到打赏，故小费不可少。有位富豪的太太初到纽约，没有零钱，在袋中找到了一个铜币，司机收到后大声叫喊："这个女士给了我一毫子！"说后把那个钱币交还给那太太："你留着吧，你需要它，多过我需要它。"

巴黎也和伦敦一样，是一个最早有的士的都市，乘价也非常之贵，但就算有钱赚，本国人也渐渐不肯干这辛苦的行业。你不搏命我搏命，新移民如越南人早做夜做，赚到满钵，但政府为了怕他们过度疲劳，对交通造成祸害，就用运行时间来控制他们。所以你在巴黎看到的的士，后面一定有个电子时钟，司机超时工作，一被抓到，执照即刻被吊销。

罗马的的士司机最不守规则了，在街头乱窜，他们的话也多，讲个不停，不管你听不听得懂意大利话。兜路的情形也多，尤其是来自拿坡里（那不勒斯）的司机，那边的人什么坏事都做，带你走远路已算客气的了。

如果说到暴走，那么墨西哥城的的士司机称第二，没人敢称第一。他们简直当自己是飞车手，横冲直撞，用的又是甲虫车，墨西哥自己制造的，钢水不如德国的那么坚硬，一年要撞死好多人，而且，在那么热的天气之下，这些甲虫车多数没有冷气，热得要命。在其他国家，旧款的甲虫车已是收藏的对象，大家都说要找零件很难，那么去墨西哥吧，那边大把，通街都是甲虫车。

西班牙的士司机也有多话的毛病，一上车，他们都滔滔不绝地说东道西，不过很奇怪，西班牙人老实，我在那边住上一年，从没有遇到会兜路的。当年老旧的车居多，车子坏了，司机也从来不会拿到车房去修理，这辆的士是他的坐骑，不当车，而是马，马病了，主人自己医治，不送医院。

在内地的各大城市，一跳上车，就看到司机戒备森严，后面有铁栏杆，又有很厚的透明塑料片来防卫，这是遇到坏事多了之后的结果。但也得看城市，像无锡，大家都很斯文，而且的士司机女的居多，是一个很奇妙的现象，不知当今有没有改变。

出街能够一招手就有的士停下，是件幸福的事，只有大都市才有。有些例外，像洛杉矶，怎么看也看不到一辆，不预早打电话订，根本没有办法找到。有时打了电话也没车，像胡金铨住洛杉矶，驾车拿衣服到城中去洗，出来时车子坏了，怎么叫车都不来，最后只有向郑佩佩求救，从一两小时之外的地方驾车来送他回家。

我们住在香港最幸福了，如果要移民，我看我只能选纽约或伦敦，理由很简单，那边叫得到的士。

没用

选全球最适宜居住的城市，不是墨尔本第一名，就是温哥华第一名，接着便是一些北欧首都，都榜上有名。

最好嘛，看你的个性：爱静的，这些地方错不了；喜欢动的，住上一年，绝对会闷出鸟来。

我是一个热闹城市的居民，生活节奏愈快愈好，选天下能居住的，除了香港，只有纽约，后者因"9·11事件"，已草木皆兵，不属于考虑范围。

城市一有活力，带来的必然是空气的污染、居住环境的狭小、角落头的肮脏、贫富的差距，这都是避免不了，必须接受的事实。

住的地方一安静，水和空气就清甜起来，屋子便宜，宽大得多。人口稀少，清理起来方便，没一大堆垃圾。生活水平极高，费用也跟着上升，北欧那几个都市，东西贵得惊人。

有时，命运的安排，让你住在世上最完美的城市，那就要尽量享受它们的好处，像海滩、公园、图书馆、博物馆、酒庄或农场，洗净繁华去也。

居住在这些地方，黄皮肤，始终有一回，遭到白眼。不管当地人有多文明，低知识的总会骂你一两句，怎么避也避免不了。

我要是移民外国的话，一定找一两种东西来研究，成为专家，在当地人眼中也有地位，才肯住下。华人我是不会来往的，住了下来就得融入人家的社会，只吃西餐了。

最错的，是整天跟着一班华人饮早茶、打麻将、唱卡拉OK，一有时间就到洗头店去，翻阅过期的八卦周刊，大谈香港影艺界的丑闻。

这些人离开香港，心中还是生活在香港，一有机会就往香港跑。在当地拼命宣传自己的云吞面有多好吃，一回香港随便到街头一家，也吃得感激流涕。

再适宜居住的都市，对于他们，都没用。

土产

已经是旅行的世纪，交通发达，去什么地方都很方便，问题在于是不是说走就走。要是不走，一辈子什么地方也甭去。

最普通的是拍张照片，证明到此一游，所以傻瓜相机卖得那么多，柯达和富士发达了，威过一阵子，目前才担心被数码代替。

更普遍的是买些不管用的纪念品，纽约自由神像、悉尼树熊、伦敦火柴头御用兵，都是中国制造，你不想要，旅行团向导也会逼你买几个回来。

还是吃的最实惠，新加坡猪肉干、槟城咸鱼、曼谷榴莲糕，吃完了不会变成废物。

就是不明白为什么只看风景，不接触当地人，不看人家是怎么活的。

风景有什么稀奇？当今有电视机，要看什么地方有什么地方，巴黎铁塔、荷兰风车、埃及金字塔，看得不要再看，虽说亲自感受不同，但对一般游客，只是一张明信片。

旅行，最好的土产品，应该是回忆。

我时常说，是人，不是地方。遇到的人，才值得令你想起一个地方。如果交了一个朋友，怎么坏的地方，都会变好；遇上一个扒手，风景再美，印象也不佳了。去比我们贫穷的国家，我们应该感谢上苍，让我们活在乐土上；去了较我们文明发达的都市，我们应该争取那种自由的精神。

原来人可以这么活的！在印度，人们扭一团面，挞在壁炉上，一下子熟了胀起，就能吃了，比吃白米饭快得多了！

原来人可以这么死的！在墨西哥，人死得多，把死亡当成一个节日来庆祝，葬礼才放烟花。死，并不可怕。

原来人可以这么快乐的！在西班牙，明天是明天的事，何必忧国忧民？

下次旅行，带多点土产回来吧。

宇宙飞船

友人乘邮轮在亚洲地区数日游，价钱便宜得不可置信，回来后说吃的很丰富，各地风景优美，招呼好，表演有看头，房间整理得十分干净，赞不绝口。

"但是，就是受不了其他八婆，像在菜市场讨价还价那么吵！"他们说。

当然，人活在世上，都是有条件的。

澳门赌场也是一样，大众化的地方，喧哗是必然的，和蒙地卡罗比，毕竟不同，人家那边出入穿晚礼服，赌客神态悠闲得多。

要求更舒适的海上旅行，可乘美国邮轮，冲出亚洲，去夏威夷和墨西哥，再来是地中海或大溪地等。但是美国邮轮在有些人的眼中，还是不够高级，那可要乘意大利或英国人的船，得到的享受，又更上一层楼。

什么船都好，已比不上从前的。当年的海上旅行，搬上去的行李棺材那么大，衣服一件件挂在箱中，才不会折皱。万一遇难，把行李扔在海上，还可以当成浮箱，因为它是密封的。曾经有段时间，邮轮是个老死的行业，大家都坐飞机去了。

后来一出《海上爱神》（*The Love Boats*）电视片集卷起了潮流，又托了《泰坦尼克号》的福，更将邮轮的乐趣推上高峰。这部讲沉船的电影不把观众的胆吓破，反而招徕大批的旅客，也是造化。

没有搭过邮轮的人，总对这种旅行有个憧憬：一生之中，一定要试一次！

试就试吧，可从亚洲地区数日游开始，坐过了才有资格说喜欢还是不喜欢。做现代人的好处是有很多东西唾手可得，从前我们吃寿司，贵得要命，不是人人走得进生鱼铺，当今有了回转寿司，轻易尝试。

最重要的是别老是讲而不去做，如果只在沙发上幻想，那么不要乘邮轮，坐宇宙飞船去。

同好

和团友麦氏夫妇的交往甚深，他们常到九龙城街市三楼去吃早餐，时而见面。麦先生是让我猜他的职业，给我五十次机会都猜不到的人，原来他专门从事制造将阿拉伯文变成英文的翻译机，世界上没有几家。

麦太为人风趣，长得玲珑可爱，他们没有孩子，养数只小狗，自己开厂，随时可以放下一切去旅行，除了担心宠物的起居。

两人都酒量极好，跟我们去北海道时，给粗口大王拉去喝，日本有种任饮唔嬲（随便喝不生气）的制度，缴上两千日元就行，但是有个条件，就是只能留在酒吧中两小时，过了又要付钱。一行人去大喝特喝，也不是为了省钱，好玩罢了，反正要证明谁是冠军，这是一个好办法。

第二天看到他们一群人，个个脸青青，美食当前，一点也吃不下去，我倒啤酒给他们，大家看了掉头就走，去洗手间把剩余的胆汁都贡献出来。

做生意人，对尾祃（尾牙）很重视，麦氏夫妇每年都隆重地大肆宴客，还老远请来几位阿拉伯代理商，我也参加过，看到的阿拉伯人都是大胖子，猛吞香港海鲜，表情甚为幸福。当然啦，去过阿拉伯的人，都知道他们的食物绝对不能和中餐媲美。和麦氏夫妇交谈，发现喜欢的东西很多相同，比如说暖气，他们就和我一样爱用火水炉，听说我从日本搬了几架回来，心痒痒的：上次去大阪，大风大雪，到处找，结果没有称心的，当今日本火水炉却要用电线拉电，不方便。

今天在新年的金泽团茶会中又遇到麦氏夫妇，我答应这次和他们一起去买，万一再找不到，我就把自己那个让给他们。我的那个设计为一盏古老的船灯，非常漂亮，火生在玻璃罩内，半夜起身欣赏，尤其清雅。

送同好东西，自己也快乐。

苏先生

参加过我们的旅行团多次的，有一对夫妇，结婚数十年，还非常恩爱。丈夫八十岁，圆脸、红面，头虽秃，但看得出年轻时的潇洒。太太端庄，一眼就知道是一位出身极佳的贵妇人，但一点架子也没有，总是笑嘻嘻。有自信的人，才那么和善，不但对人有礼，连自己丈夫也"泽棠兄"前、"泽棠哥"后那么称呼，不像年轻人来一句老公。

姓苏。读报，看到绑架案警匪驳火的新闻，事主苏泽棠，不会是他那么巧吧？照片中证实了，即打电话慰问。

"过程好惊险，比拍电影更精彩。"苏先生说，"不过我很镇定。"

很想由他本人亲口述一些内幕，听了即刻写下来。岂知，在第二天的报纸上，苏先生已经将来龙去脉告诉了记者，内容更为详细，我那篇稿只有作废。后来苏先生又上电视又是报纸头条，一连数天。

再打电话给他："在商界，你比李嘉诚还红；在娱乐圈，你的名气大过周润发。"大家在笑声中收线。

苏先生八十岁了，每晚在吃饭时还喝威士忌——Johnnie Walker 的金牌。一起旅行时，他会偷偷地倒满一杯，请同事交在我手中。

"为什么不喝蓝牌？"我问。

"喝惯了金牌,不想改了。"他回答。

饭后,苏先生余兴未消,叫我去城内酒吧再喝,我因为还要赶稿,拒绝了,但他还是兜星港的其他同事去喝。一向笑嘻嘻的苏太太,忽然向同事们说:"不准!"

苏先生在事业上,早在二十世纪六十年代已很有成就,的确有他过人之处。看绑匪最初要求五百万,给他冷静地杀到二十万,就知道他的厉害,真不愧为商人本色,哈哈。

清心

搬家,东西太过凌乱,只有出来住酒店。现在清晨四点,对栋壁,想写稿,但是一字不出,只能瞪那幅画发呆。

为什么每一个旅馆房中,非挂一两幅画不可呢?大多数是山水花卉鸟虫,但写意者甚多,工笔画很少。

酒店建立时总会请几个作画者,几百上千个房,每人负责一部分,一定要大量生产,画得多了,就偷工减料,愈来愈糊涂了,不肯工笔,反正住客的目的在于休息,或者偷情,谁有心情来看画呢?马虎一点算数。所以变成抽象了。看的人不懂,画的人也不懂。抽象画最难,要经过严格的基本训练,写实的也画得很好,才能把形象打破,成为感觉。但是这些所谓的画家,基本功没经验过,就出来涂鸦,面皮之厚,令人作呕。

即使基本功不肯去学,要踏入艺术这条路,也得有灵气呀!什么叫灵气?只能举实例来解释:小孩子的画,都有灵气,他们的思想还没被世俗污染,天才与否不要紧,总有个"真"字。而真,时常是灵气的起源。

色调更能影响情绪，酒店中看到的多是灰灰暗暗的东西，令人消沉。要不是对方特别诱人，也引不起兴趣做那一回事儿，为什么不能多点灿烂的阳光？为什么不是五颜六色的花朵？偏偏是看了不想去游玩的山水？

作画者还多数只签个名字罢了，连诗也不肯题一首。书画嘛，书行头，不懂得书法的画家，好极有限。

就算那简简单单的两个名字，像死鱼一般腥臭，蛇头鼠尾，俗不可耐。什么叫俗不可耐？与其付钱给这班半桶水，不如请一群儿童来作旅馆画，看起来清心，就算是借房间来干调皮事，也没罪恶感。

领带的乐趣

打开箱子，翻出一大堆的领带，至少也有几百条。

我对领带的爱好，得自家父影响，当年他在新加坡邵氏公司上班，也常打领带，最喜爱的是一条全黑的。别人迷信，说有哀事才结，爸爸才不管，一直打着，在公司也有"黑领带"的外号。

箱中也有无数的黑领带，颜色一样，但暗纹不同，有窄有宽，跟着时代潮流转换。穿蓝色衬衫，黑西装，黑领带，看到的人都说大方好看。

其中有些黑领带是双面的，由名厂 Mila Schon 制造，一面黑的，一面红的，或者有五颜六色的斜纹。这家厂的制品最好，完全手工，织得上稀下密，打完后一挂，翌日笔挺，不像什么利来牌劣货，打完皱得像一条油炸鬼，久久不能恢复原状。

当年也要上千块港币一条吧，我买领带绝不吝啬，在外国旅游，一看到喜欢的即买。选领带有一套学问，你走进一家领带店，那么多的货物，买哪一条？很容易，像鹤立鸡群一样突出的，一定是条好领带。

在做《今夜不设防》那个节目时，更需要每次打不同的领带，我的收藏逐渐丰富，但买来买去，最吸引我的如果不是彩色缤纷的，就是纯黄纯红或全黑。领带要能和衬衫及西装撞色，并不一定要一个系统的颜色才顺眼，比方说浅啡色西装，蓝色衫，撞上一条黄色，也很好看。

但说到耀眼，还是要遇到丁雄泉先生才懂得。丁先生对彩色的捉摸非常了得，什么大紫大绿、粉红的广告色等俗气的颜色，一到他手上，完全变为艺术品。

丁先生的西装，有时也是他自己的画印在布料上才做出来的。他的花花世界中有无穷的变化，就算黑白，也被他画出色彩来。

举一个例子，有一回他来港住在半岛酒店，我接他去参加一个酒会，那次他的行李丢失了，没有他独特的领带，就叫我陪他到尖沙咀的后街，从一家印度人的商店买了一条便宜的黄颜色的丝质领带。回房间后，他用黑色的大头笔，在领带上画上一群游过的小鱼，穿上黑西装黑衬衫后，那条全黄领带简直彩色缤纷，酒会中不断地有美女前来问，领带是哪里买的。

后来我就向丁先生学画，也没举行过什么拜师礼，总之我们之间的感情，像兄弟，像父子，像师徒。他一年来香港两次，我也尽量两次去他阿姆斯特丹的画室学习。

"我能教你的，不是怎么画画，而是对颜色的感觉。"他说。

从此，我买了大量的白色丝绸领带，每条二三十块港币，当成白纸或油布，不停地涂鸦。当我结了领带到米兰或巴黎的时装街头时，很多人都会转头来看，欧洲人的个性就是那样，他们不会遮掩对美好事物的赞美。

"噢，是 Leonard？"男男女女都那么问。

这家厂的衣服或领带的颜色非常缤纷和独特，每条上千至数千元不等，我也买过很多,后来自己会画了,就省下不少钱来。

丁先生用的颜料,由一家叫 Flashe 的法国厂制造,属丙烯(acrylic),说得白一点,就是乳胶漆,可以溶于水,但是干后又不褪色,可水洗。Flashe 产品颜色比其他英国名厂的还要鲜艳,有的还加了荧光,画的领带,结上了去迪斯科跳舞,紫光一照,黑暗中还能发亮,领带晃来晃去,舞伴和周围的人看了也欢呼。

这些自己画的领带用了好久,近年来我喜欢穿"源 Blanc de Chine"设计的中式衬衫,圆领,不必打领带,就逐渐少画了。

剩下的不停地送人,也不够用,索者还是不断前来,曾经有家在机场卖领带和围巾的公司向我提议,要把我那些图案印在丝带上出售,但没有结果。

最近我在计划,在淘宝网上开一个网店,同事们都说领带会好卖,已经谈好一厂家专做一批,小生意而已,有兴趣可以买来玩玩。

自从硅谷人不修边幅,国家领袖又要亲民,打领带的人愈来愈少。不过,领带就会从此消失吗?我想也未必,到了隆重场合,始终要打上一条。

领带是优雅年代的产物。为什么发明?传说纷纷,最讨女人欢喜的说法是:为了要牵住男人。显然不必像牛一样地由鼻孔穿去,绑在颈上就是。这当然是笑话,男人的西装,打起领带来,还是好看,因为好看,所以一代传一代地存在下来。

在领带的全盛时期,生产过不少的花样。在我的童年,还看过方便领带,已经打好了结,绑在一个三角形的塑料模子上,有一个钩,男士们只要把衬衫领子结好,扣上就是。

打领带又有很多花样。起初去派对跳舞,还要叫同学们教,打了一个最复杂的温莎结。耳鬓厮磨之后,女友急了,撕开我的衬衫,又想帮我解领带,手忙脚乱,差点没把我勒死,这是多年前的事了。

高跟鞋

外国人都骂中国人让女子缠脚野蛮；他们的女人，自动献身穿高跟鞋，穿得脚都变形，岂非犯贱？

女人小脚，我想我是接受不来的，但穿高跟鞋的女人的确好看，要是她们的腿修长的话。愈高大的女人，愈应该穿高跟鞋，管那些矮男人去死。

专家研究的报告说，穿高跟鞋会令女人患种种疾病，最为严重的是性格分裂，哈哈哈，性格分裂的女人很好玩呀，要是不娶做老婆的话。和她们交往，等于同时认识两个，多好！

凡事过分了就不行，高跟鞋并不需要天天穿，一天从早穿到晚。出席宴会时，和男朋友相约时穿好了，谁叫你穿出病来？

曾经与穿惯高跟鞋的女子欢乐过，见她们露出了畸形的脚趾，即刻反胃，宁愿她们连做那回事时也不脱下来。

高跟鞋，最多也是到三英寸为止，四五英寸的那种，一点也不美观，女人穿上，等于自暴其短。

中国女人身材的缺点，在于腰长腿短，以为穿高跟鞋可以补救，其实大错特错。试想一个矮冬瓜穿上一双四英寸高的，是怎样的一个丑态？洋妞腰短腿长，才有资格。

走起路来一跳一跳的，乳房和屁股跟着晃动，高跟鞋让男人有很多性幻想，发明者应该得到诺贝尔奖，虽然三千年前还没有诺贝尔奖。

但是一切露出来的东西都比不上隐藏着的。曾经看过长发的越南女子，一身单薄的白旗袍，开衩处也看不见小腿，给一件香云纱的黑胶绸包住。咦，腿怎么那么长？原来里面穿了一对高跟鞋，简直是绝品。

女强人也可以用同一个方式，穿西装长裤，再来高跟鞋，可惜她们的品位多数不高,只肯在着迷你裙时穿,大腿小腿的两团肥肉比猪的还粗。噢,学广东人说:看不下去。

兰味莲

冬去春来,夏日又快来到,非做好防毒准备不可。

在内地旅行,最苦恼的就是遭遇味觉骚乱。乡下同志绝对不觉得是一回事,拼命把狐臭传播出去,熏昏众生。

餐厅女侍应也来得个殷勤,不断替你更换碗碟。她们穿的旗袍,没有袖子,从腋下流出的毒气,杀人暗器也。

西湖美景,被人头汹涌的游客污染。本来杭州应该处处闻到桂花香味,如今,比万年阴沟还要臭,避无可避。

在香港,坐上一辆的士,司机大佬的狐臭,也是致命的。上下班的地下铁,旁边那个男人伸手抓着手把,才不管你是谁,臭气逼来,问你死未?(问你佩服吗?)

自爱的人,总会闻闻身上是否有股味道,喷点古龙水,涂些止汗膏。

但是,这些商品用的是铝化盐等物质,暂时塞住毛孔,不能根治。

从前西班牙出了一小筒牙膏状的药物,除臭效果最佳,可惜已断货,在市面再也买不到。

当今,可喜出现了 Lavilin 这种药膏,还没有译名,暂时称为"兰味莲"吧,在日本大卖特卖,是最流行的商品之一。

兰味莲是以色列吉士卡·哈拉文博士发明的药物,用天然草本制成,得到以色列政府的质量奖。化妆品得奖,还是第一次。

腋下或脚底发臭，是因为脂肪和蛋白质中产生细菌，排发出来异味。

兰味莲能够中和细菌的繁殖，道理就是那么简单，而且涂上一次，可耐两星期之久，味道再出现再抹，三四次后，全部清除。

商品装进唇膏般圆盒，红色的涂腋下，绿色的涂脚，每次用上一颗绿豆的分量，已足够。

放假游水、冲凉，都不妨碍药力，真是恩物，臭男女都应该由政府配给。

若购买，可到日本化妆品店"Ex:beaute"，在中环云咸街可找到。

筷子

说什么，也是筷子比刀叉和平得多。

我对筷子的记忆是在家父好友许统道先生的家开始的。自家开饭用的是普通筷子，没有印象，统道叔家用的是很长的黑筷子。

用久了，筷子上截的四方边上磨得发出紫颜色来。问爸爸："为什么统道叔的筷子那么重？"父亲回答："用紫檀做的。"什么叫紫檀？当年不知道，现在才懂得贵重。紫檀木钉子都钉不进去，做成筷子一定要又锯又磨，工夫不少。"为什么要用紫檀？"我又问。父亲回答："可以用一世人用不坏呀！"

统道叔已逝世多年，老家尚存。是的，统道叔的想法很古老，任何东西都想永远地用下去，就算自己先走。

不但用的东西古老，家中规矩也古老。吃饭时，大人和小孩虽可一桌，但都是男的，女人要等我们吃完才可以坐下，十分严格。

没有人问过为什么，大家接纳了，便相处无事。

统道叔爱书如命，读书人思想应该开通才是，但他受的教育限于中文，就算看过五四运动之后的文章，看法还是和现代美国人有一段距离。

我们家的饭桌没有老规矩，但保留家庭会议的传统，什么事都在吃饭时发表意见，心情不好，有权缺席。争执也不剧烈，限于互相地笑。自十六岁时离开，除后来父亲的生日，我没与家人同一桌吃饭了。

说回筷子，还记得追问："为什么要用一世人，一世人有多久？"父亲慈祥地："说久也很久，说快的话，像是昨天晚上的事。"我现在明白。

核桃夹子

欧洲的餐厅多在花园或后院设有露天茶座，让客人享受大自然。当核桃成熟时，一颗颗掉下，有时跌入汤中，溅得一身。掉下的核桃就那么吃，很新鲜，真是美味，最不容易的是打开它的壳。一般是用一把像吃大闸蟹时用的铁钳，但核桃圆碌碌，不会乖乖就范，还没剥开，已把手指夹肿。核桃夹子的款式众多，有把像烟斗的，凹下去的那个部分放核桃，伸出来那支东西用来转，把壳压碎；另外有把像发钳，把核桃放入，抓左右两手柄夹，可惜那个装核桃的部分做得太小，大一点的核桃就派不上用场了。我看了多把核桃夹子，最后决定买 SYN 公司的产品，由 Giorgio Gurioli 和 Francesco Scansetti 这两位意大利人设计，样子像支羽毛笔插在笔座上，笔座是放核桃进去的地方，羽毛笔管是手把，拉上了装核桃，把把手向下一压，壳即裂，又好用又是件艺术品。通常欧洲人用的夹子，是他们的一双手。把两颗核桃放进掌中，大力一夹，核桃互撞，壳就裂开，但是轮到自己试，就没那么顺利。

认识一个女士，介绍时握手，给她弄痛，问她力度为什么那么大。"哦，"她说，"我来自一个穷苦的家庭，有五个姐妹，父母失业，我们在家剥核桃仁为生，爸妈教我们唱一首歌，我们一面剥一面唱，听到哪一个没出声，一定是肚子饿偷吃核桃，就用棒子打我们的头。"

我在欧洲旅馆中吃核桃，打不开就会到洗手间的门缝去夹。这是父母亲教的方法。那天和朋友在树下进餐，个个人用手夹核桃。我打开餐巾，把五个核桃放进去，抓餐巾的四角，往地下大力一摔，嘭的一声，五颗皆碎，看得欧洲友人叹为观止。

冠军牌牙刷

经过油麻地，我爱顺便游"裕华国货公司"。在二十世纪六十年代，台湾人进入这家专卖国货的，当今想起，真是好笑。

地下商场出售食品，也有杂货。卖的是一些不合时宜的东西，是为怀旧。

今天找到的是一把牙刷，骨柄鬃毛，全人工制造。

柄中有柄，是把牛骨刻成一只手，抓着鬃毛柄，柄头上印有商标"冠军"二字。

一百巴仙（百分百）的真正猪毛织成的刷子，非常坚硬。包装的玻璃纸中有长条纸，写着"护龈洁齿，不损牙肉，确保牙齿光洁长寿"的宣传字眼。

牙齿能不能长寿不敢保证，但这把牙刷的确长寿。小时候用它，好像几年才磨损，很少想到要买新牙刷，几乎是能用上一生一世的。

当今的人还用"冠军牌"吗？在这个已经改用电动牙刷的年代。

各式各样彩色缤纷的产品，出现在药店和超级市场中，牙刷已是最不值钱的东西，到了酒店，还免费送你一把，即用即弃，有人笨得像我一样去买"冠军牌"？

但这种儿时回忆才最值得珍惜，我仔细地把这把牙刷把玩了又把玩。

翻看牙刷背后，发现有四道沟渠，拔出猪鬃，就那么一撮撮钩了进去，再拉出来，把鬃毛剪平。鬃毛有四排，左右十一个孔，共钻二十二撮毛，中间十二个洞，两排二十四，加起来有四十六道刷子，真有两下子。制造这把牙刷，要花上多少工夫？

牛骨部分，雕刻起来也不容易，那只抓着刷子的手，有五根手指，还刻出指甲来呢。末端钻了一个孔，方便用家用绳子穿起，把牙刷挂在洗脸盆前的架子上。

已经要卖到九块港币了，从前只是几毛钱的东西，但已不是问题，这把牙刷带给我的欢乐，要我出九十块来买，也是值得的。

追踪漱口杯

一直梦见小时候用的一个漱口杯。铁制，外面一层薄瓷，深黄颜色，上面印低俗的花纹，当时是一个红双喜。听说乡下人以它当嫁妆。

用久了，瓷片破烂，就露出黑色的生底，即刻生穿洞，杯子便得报销。见到此种情形，爸爸会用同颜色的胶漆修补，仔细地涂，看不出破绽，又能多用一年半载。

香港人最初北上做生意，也带一个漱口杯，年轻朋友听了觉得不可思议："什么不好带，带这么一个东西？"

经验过的人，像今天一齐喝早茶的麦先生说："当年内地的酒店设备之差，你想象不到，浴室中连个玻璃杯也没有，这个东西即刻派上用场。到了中午排队吃大锅饭，就用它来盛。晚上赶火车，睡觉时用外衣把漱口杯一包，当成枕头过夜。"

听得小朋友们连声惊叹："到底是怎么一个样子？真想看看。"

"到国货公司，一定有得卖。"这是标准的答案。但是标准答案多数不准，我去过国货公司，哪有这种东西卖？最多能找到一个不锈钢的。

记得去荷兰阿姆斯特丹的艾伯特市场，和丁雄泉先生一齐买菜时，看到一家商店专卖怀旧货，里面就有这个漱口杯，至少要内地的二十倍价钱才肯出售。正想回头才去买，但一分心就记不得，结果万分后悔。

去内地旅行时也到处寻找，但都白费工夫。上次去了郑州的一个小杂货店，问老板娘有没有这种东西。她瞪大了眼："你以为我们河南是那么落后吗？"

最后遇见一个读电影的通天晓道具工，他说："在内地监狱，犯人还在用。"包二奶的话，或者可以进去找找。

蚝壳

一向用惯"新秀丽（Samsonite）"的旅行用品，后来邂逅了 Tumi，便移情别恋，因为后者答应为我做永远的服务。用完之后发现 Tumi 虽然是纤维布质，还是相当重的，但为了耐用，这不算是什么大缺点。正在这么想的时候，忽然，手提行李的把手断掉，还不到一年。

怎么可能？公司当然答应为我更换，因为不能再修理了，可是我已在它上面画画，而且非常满意，再也创作不出那个味道。换一个新的给我，又如何？热爱Tumi的时候，连钱包也用同家厂做的，不到一阵子，已破掉。仔细看小字，原来是内地制造。渐渐地，我对这位新宠有点厌倦，还是回到新秀丽的怀抱。尤其是那个大行李箱，已画了两只猫，不想再换新的了。这个叫为"蚝壳"的新秀丽，至少跟随了我二十年，硬化塑料制造，内部没有布质的，更不容易损坏，简简单单的一个壳罢了。一天，像人老了掉牙一样，一个轮子脱落。旅行途中，拉不动，啼笑皆非。

　　回到香港后即刻去找，可能是太过耐用的关系，已经不出"蚝壳"。终于在油麻地的"永安"看到一个剩货，大减价，只卖八百港币。这个箱子设计已比老的那个进步，里面有挂西装的架子，并教旅客如何折叠才不起皱纹，更加好用。锁是号码的，自以为用惯新秀丽，不看说明书就乱按，结果步骤错误，打不开，只有运到海运大厦的总行请人搞掂，顺便把旧的那个拿去看看是否能修理。以为要大师傅，原来店小姐很轻易地替我换上一个轮，就可如常使用。新的那个现在放在贮藏室，等旧的烂掉才搬出来吧。不过，今生可能用不到也。

手杖的收藏

　　向往十八九世纪的绅士拿着手杖的日子，那时候的人已不提剑，用手杖当时尚，作为种种不同的道具，是优雅的生活方式。

　　手杖（walking stick），中国人说为拐杖，要身体残缺时才用，这和我想象的差个十万八千里，故从不喜这个字眼。龙杖倒可以接受的，像寿星公或佘太君用的那根，《魔戒》中伦道夫的也很好看，但都不是我要谈的。

自从倪匡兄因为过肥，要靠手杖支撑，我就每到一处，都想找一支来送他，走遍古董店，不断地寻求。他用的，怎可以是那种廉价的伸缩型手杖呢？

最初在东京帝国酒店的精品部看到一根，杖身用漆涂，玫瑰淌血般的鲜红，表面光滑，美不胜收，爱不释手，即刻买下。

送给他之后，也喜欢得不得了，但是少用，是因为怕弄坏了或丢掉，所以得不断地寻求。终于有一天，在北京的琉璃厂看到一根花椒木的，中国人做手杖自古以来都用花椒木，说摩擦了对身体好，买下，是看中它的形状。

枝干四处发展，开杈处刚好托手，杖头有角，像梅花鹿，真是有形有款。拿着它，从古董店走出来，乘人力车经过的洋汉看到，翘起拇指，大叫："Wow! Cool man, cool!"

从此，我有了收藏手杖的兴趣。尤其是我自己也要用上，在做白内障手术前，我一只眼睛看不清楚，梯阶感觉不到，像把 3D 看成了 2D，是平面的，得靠手杖，大叫过瘾，可以一天换一支来用了！

发掘手杖，先从分类开始，有城市用的和乡村用的。前者也分：crooks，是把弯柄手杖，像雨伞那种；杖头前短后长，连接到其杖身的叫 derby，让人带到赛马场去。乡村用的多数是一支过，手把圆形或分杈，种类多得不得了。

Derby 手杖的手柄，银制的居多，做成种种动物的形状，有鱼、鸭、狗、狐狸或狮子这些纯银的头，看银的重量，有些卖得极贵。

当然也有一拉开就变成一张小椅，杖尖可以插在草地上的手杖，那是有特别用处的，不值得收藏。还是带有趣味性的好，一谈起，当然想到杖里剑的，我买过一支，剑锋呈三角形，一拔出来冷光四射，奈何不能拿上飞机。

有趣的还有扭开杖头，就是一根清除烟斗的器具的，也有一根是开瓶器的，另外可以掏出五粒骰子来玩。神探 Poirot 用的那把，手柄可当望远镜，上网一查就能买到复制品。我买的那支杖身挖空了，可以放进三四个吸管形的玻璃瓶，一个装白兰地，一个威士忌，一个伏特加。

到哪里去买呢？世上最好的手杖店应该是伦敦的 New Oxford St. 五十三号的 James Smith & Sons 了。它从一八三〇年开始，卖的是雨伞，当然也附带生产手杖，最为齐全，也负责替客人保养一世。

当今我常用的手杖，好几支都是一位网上好友送的，她知道我喜欢，在欧洲替我寄来。一支是用黄花梨木做的，杖身很细，但坚硬无比，杖头用鹿角雕出，和黄花梨的接口连接得天衣无缝，非常之优雅。

另一支杖头圆形，用银打的，花纹极有品位，杖身的木头用 snake wood，是极罕见的木头，在中美洲和南美洲发现，特征是分枝对称地长出，做出来的手杖有凸出来的粗粒，坚硬无比，又不很重。

最近寄来的那根，有个包薄皮的长方形木箱装住，打开一看，是用 Macassar 黑紫檀做的，杖头纯金打造，有六十二点八克重，刻有法国贵族的家纹，一九二五年由当时的巴黎名家 Gustave Keller 设计。

但并非每一支手杖都是名贵的，在雅典的古董铺中随便捡到一支样子最普通的弯柄手杖，长度刚好，就用二十欧罗买下，陪我走遍欧洲和俄罗斯，不见了又找回来，很有缘分。同行的朋友都在打赌是用什么东西做的，有的说是藤，有的说是橄榄的树枝，争辩不休，说回香港后找植物学家证实一下，至今尚未分晓。

值得一提的是将游俄罗斯时适逢冬天，我有先见之明，在大阪的大丸百货看到一个铁打的道具，像捕兽器一样可以咬住杖身，下面有尖齿，在雪地上行走也不会滑倒。

上次去首尔，找到一位当地著名的铜匠，我极喜他的作品，杯杯碗碗都是铜制，用铜匙敲打一下，响脆声绵绵不绝。介绍了许多团友向他买，为了感激，他问能为我做些什么。我当然要求他用铜替我做根手杖，不过他回答铜太重，还是不适宜，即刻跑去找他做木匠的朋友替我特制一把。用的是白桦木，已经削皮磨白，中间那段还留着原木痕迹，手把做成一只鸭头，有两颗眼睛，甚是可爱。

最后一根手杖还没到手，刚从北海道的阿寒湖回来，那里有一位我最喜欢的木刻家叫泷口政满，他的作品布满"鹤雅"集团的各家高级旅馆，我也买过他一只猫头鹰，也曾经写过一篇叫《木人》的文章讲他。这次又见面了，他高兴得很，又问能为我做什么，我当然又回答要手杖了，请他设计杖头，像他刻过的"风与马"中那少女，飘起了长发。他答应了。下个农历新年又会带团去阿寒湖，到时就能有一根独一无二的手杖了。

刀枪的兴趣

我这个人没有什么暴力倾向，但是自小对刀枪有浓厚的兴趣。任何这一类的东西，哪怕是一把厨房刀，都深深把我吸引。

那次和丁先生到轩尼诗道上的"留园饭店"晚餐，经过了一间卖刀的铺子，墙上还挂几把手枪，即刻走了进去。

真是包罗万象，各类尖刀、发剪、修指甲工具、爬山刀等等，看得我心花怒放。

最过瘾是那把 Beretta 92FS 型的气枪，钢制，分量质感极足，不知道比日本产的塑料弹气枪好多少倍。

这把枪打的钢珠，是名厂 Walther 制造，一盒五粒。装上 CO_2 气筒，即能发射。

一般的 CO_2 气枪每打一发装一颗子弹，这把枪一共八发，可以一次次打，也能像机关枪一样连续发射。

好玩得发癫。但不射鸟，要是谁家闹鼠，叫我去治，一定全部消灭。

威力不过两个焦耳，在法律允许的范围内，不必怕给警察抓去，也不用执照。

另外有一把 Walther CP99，也可以同样地连发八颗子弹。这支枪在最新的一部《007》用过。当年伊恩·弗莱明写的《密使》是用同厂的 PPK，但当今已火力不够猛，遇敌人一定被杀死，有了这把 CP99 才能防身。气枪是原厂制造的，不发射当成观赏用，也物有所值。

"我父亲开的这间店，已有六十九年。"老板陈仁生先生说。

香港那边总有些这种老店存在，九龙就少了。老店的特征是初去很不亲切，一交易多了，当你是老朋友。

"这么多货，都是你去收集的？"我问。

陈先生笑道："自己没有兴趣，怎么做得下去？"

水

从小，我就没喝过由水龙头流出来的水。

首先，是蓄水池的水不够干净；再者，喉管老化生锈，流出黄泥颜色的水来。记得奶妈要缝一小布袋，绑在喉口，一两星期后变色，马上得换新的。

就算过滤，大人也不让我们喝，一定要煲过，等水凉后装入玻璃瓶中，再用个杯盖之。玻璃瓶用久了，底部的沉淀物愈来愈多，有时还会长出些幼毛来，当今想起十分恐怖，但当年大人说不要紧的。

这种情形之下的水哪里讲得上好喝，口渴了不是喝可乐，就学爸爸饮功夫茶。家父对沏茶水的要求是极高的，一大早就要叫我们四个儿女到花园中采集露水，忙个半天，也收不到一杯半瓶。

一直不知清水的味道，直到去了日本。小公寓房中连雪柜也没买，一开水喉，流出来的水是冰凉的，清澈无比，喝出带甜的味道来。

"这是什么水？"问人。

"地下水呀。"回答道。

地下水，原来是大地上的水渗透到地底，经沙石和火山岩过滤，蓄在地下的一个空间，人们再放一条管下去把水抽出来，就是地下水。如果附近有火山加热，那么喷出来的，就是温泉了。

当年还不觉得浪费，买了水果就放在水龙头下冲，冲久了苹果葡萄都变得冰凉，更好吃，大家都那么做，就不知道节省用水了。半世纪下来，东京的地下水被抽光了，大家只有买瓶装水来喝。

在香港定居后，最早买的是崂山矿泉水，有咸的也有淡的，这广告词句，相信很多老香港会记得。一箱箱地买，由裕华百货送来。

为什么知道崂山水好喝？大醉之后，醒来，喝口煮沸过放凉的水，和喝一口矿泉水，就明白前者一点味道也没有，而后者是甘甜的。

大地的水已受污染，从此和矿泉水结下不尽的缘，走到哪里，都要买来喝之。而瓶装的所谓蒸馏水呢？最讨厌了，不但毫无味道，而且什么物质都被蒸馏滤光，拿来浇花，花也会死去的。

崂山矿泉大概也被抽得干枯了，产品很难买得到，用什么代替呢？只有随处都能购入的 Evian 了。它的确润滑带有甜味，和其他矿泉水一比，即刻喝出分别，像同样是法国产的 Volvic，就平淡得多，也喝不出甜味。

在外国旅行时，西餐腻而生厌，只有喝有汽的矿泉水来解闷，喝的最贵的是法国 Perrier，被美国加州人捧为水中之香槟。好喝吗？一点也不好喝，尤其是加了柠檬味的，各位不信，可与崂山的有汽矿泉水一比，就知输赢。

说到有汽矿泉水，首选还是意大利的 San Pellegrino，它让客人一喝就有满足感，是别的有汽矿泉水中找不到的。去到法国餐厅，叫一瓶有汽的水，摆架子而无实际的会给你 Perrier。但真正好的餐厅，对意大利的还是俯首称臣，一定会给你 San Pellegrino，你走进一间法国餐厅，看他给你这一瓶，就是信心的保证了。

在欧洲的食肆一叫水，侍者即会问："Con gas？ Sin gas？"那就是有汽和无汽之分。如果不想混淆，没有汽的叫 spring water，有汽的叫 sparking 好了，就不会弄错。

在亚洲喝矿泉水，除了日本的，都不十分可靠，有的还是用自来水来装扮的呢。我劝诸君，还是喝啤酒稳当，要不就来瓶可乐吧。

日本是例外，政府的检测严格，绝对不允许商家乱来，各种矿泉水都有一定的水平。至于哪种最好，我有一群专门研究喝茶的朋友，试过几乎所有的瓶装矿泉水，都一致认为北海道的"秘水"是天下第一。

当今韩国饮食崛起，市面出现了不少优质的矿泉水，如韩国蔚山广域市蔚洙郡的思帕光，韩国深海的舒尔海洋深层水，等等。试过了，对不起，虽然我是韩国大粉丝，也不觉得有什么特别。

反而是很容易买到的斐济维提岛的 Fiji 好喝，天涯海角的产品，没有受到太多的污染，信得过。

友人住加拿大，说冰川的矿泉水大把，又是几亿年的冰块融解的，等等，问说有没有兴趣做代理，有不断的货源可以供应。我即刻摇头拒绝。

要知道，生产一种矿泉水的资本是庞大的。不是水值不值钱的问题，是需要一大商业机构来大力推广，所花的广告费是惊人的。一旦可以进入市场，又受资金被压住的风险，有很多百货公司会大量地取货，但交不出钱来。

喝威士忌，如果不是单一麦芽的，混合威士忌是可以加冰掺水的，那更要一瓶好矿泉水了，不然浪费掉整瓶酒了。就算是单一麦芽的佳酿，也可以滴一两滴佳泉进去，让气味打开。卖威士忌的地方会给你一个吸管，像小时喝药水的那种，把一头的橡皮球一按，就能吸出几滴来，甚是好玩。

活在当下，什么都可以省，水不能省吧？趁还能在地下挖出干净的水，多花一点钱，买瓶信得过的水吧！

委屈

其实，我喜欢看别人吃东西，多过自己吃东西。

什么都吃，吃得津津有味的相貌，是多么地赏心悦目。

最怕遇到对食物一点兴趣也没有的人，这种人多数言语枯燥，最好敬而远之，不然全身精力都会被他们吸光。

各有选择，我对素食者并不反感，尊重他们的权利，你吃你的斋，我吃我的荤，互不侵犯。

讨厌的是吃斋的人喜欢说教，认为吃无机种植的蔬菜才是上等人，吞脂肪的人像患麻风，非进地狱不可，永不超生。

素食者人数一多，对肉食者群而攻之，凡肉类，都是一切病的源头。我没有不舒服，也好像犯了罪，一定要说到你去看医生。

素食者人数一少，便眼睁睁地坐在一旁，看别人大鱼大肉，自己便做委屈状："啊，我这个可怜的人，什么东西都没得吃！啊，可怜呀！好可怜呀！"

已经专为这种人叫了一碟什么罗汉斋之类的。一上桌，试了一口："咦！怎么这么难吃？"从此停筷，继续做他们的委屈状。

当然啰，又不是素菜馆，大师傅烧不惯，像个样子已经算好的了。不吃就不吃！算了，他妈的！

吃素没什么不好，但是强迫儿女也一起吃斋，就是罪过。这些人的儿女长大后，面孔和他们长得一模一样，面黄肌瘦。可憎。

有一位朋友，不但不吃肉，连蔬菜也不碰，一味喝酒。她一坐下来就向各位声明，不太吃东西，主人不相信，拼命夹菜给她，她只是笑笑，也不拒绝，但不碰就不碰，反正早已告诉过你，不能说我浪费。这种人，什么都不吃，也可爱。

报复

在这些苦闷的日子里，最好做些花工夫的事，到菜场去买几个青柠檬，把底部削去一截，让它可以站稳，再切头，用银茶匙挖空，肉弃之。

然后在厨房找一个不再用的小锅，把白色的大蜡烛切半，取出芯来，蜡烛扔进锅中加火熔出，一手拉住芯放在青柠檬里，一手抓住锅柄把蜡倒进去。

冷却，大功告成。点起来发出一阵阵的天然柠檬味，绝对不是油熏香精可比。

同个道理，买了几个红色的小南瓜，口切得大一点，去掉四分之一左右，瓜子挖出，瓜肉拿去和小排骨一起熬汤，熬个把小时，南瓜完全溶掉，本身很甜，加点盐即可，味精无用，装进南瓜壳中上菜，又漂亮又好喝。

橙冻也好玩。美国橙大多数很酸，买泰国绿橙好了，它们最甜。切头，挖肉备用，另几粒挤汁，加热后放鱼胶粉。现买的 jelly 粉难于控制，其中香料和糖精味道也不自然，还是避之为妙。鱼胶粉不影响橙味，倒入橙壳，再把橙肉切丁加进去，增加咬嚼的口感，冻个半小时即成。

天气热，胃口不好，还是吃点辣的东西。把剩余的鱼胶粉溶解备用。那边厢，将泰国小指天辣椒舂碎挤汁，加酱油或鱼露，混入鱼胶粉中，冷却后再切成很小很小的方块，铺在猪扒或其他食物上，又是一道惹味的菜。

炖蛋最过瘾了，利用日本人的菜碗蒸方法炮制，材料尽找些小的，浸过的小虾米，小条白饭鱼，半晒干的那种，金华火腿选当鱼翅配料的部分，切成小丁丁。鸡蛋仔细地用菜匙敲碎顶部，留蛋壳当容器，打蛋后和其他材料混合，再倒回蛋壳中，最后把吃西瓜盅用的夜香花铺在上面，隔水炖个五分钟即成。

向苦闷报复，一乐也。

生意经

碌命作祟，总要找点事做。我也知道优哉游哉的乐趣，但是一面作乐，一面赚钱，满足感更胜一筹。

有风险的投资，已不是我这个人生阶段应该付出的担忧，干点小生意，安安稳稳地得到一点点的回报，才是一条大道，但能做些什么呢？

想了又想，不如开个网店吧。

开网店的好处在于不必付贵租，对香港人来说，一大喜事也。

怎么开？很容易，有个地方，叫淘宝。事前先做好功课，飞去杭州，参观淘宝的总部，其大无比，简直是一个王国。淘宝网站截至二〇一三年，拥有五亿的注册用户，每天有六千万人次的固定访客，在线商品超过八亿件，单日交易额达四十三亿八千万人民币，而且每天还在增加。

与淘宝高层的会议中，得知的是：一、商品必须要有独特的个性，方能突围。二、如果商品的背后有个故事，更能引起访客的兴趣。三、尽量在各个电子传媒中安排宣传攻势，以引起访客注意。

回来一想，这些条件，我是具有的。

但说起来容易，怎么实行呢？一件商品，卖得好的话，就得趁热打铁，囤很多货发售，但潮流一过，如果没卖，那怎么办才好？银行界的友人常告诉我，很多生意，愈做愈大，资金不够就来银行借钱，而结果失败的，都是因为存货太多，而还不了银行的借款。

做任何一件事，都得学习，吸取前人失败的教训，尽量避免。这么一来，就会发现失败的例子比成功的多，愈来愈多的顾虑，又令人裹足不前了。

我老是说：做，成功的机会是五十五十；不做，机会是零。会教别人，自己呢？

做呀！就胆粗粗地开了一家网店，找设计师做个标志，最后还是用了苏美璐的插图，做出一个叫"蔡澜花花世界"的网站来。

最初尝试卖茶卖酱，符合了第一个要求：商品必须要有独特的个性。我把我怎么发展出这些产品的经历娓娓道来，算是符合了第二个要求：要有故事性。至于第三的商品推广，我在微博四年来的努力，回答各位网友问题、每天刊登我一篇散文等等，至今累积了一千多万个粉丝，比香港人口多，可以借这个渠道，积极地推广。

客人来自五湖四海，我必须要有一个团队，在运输时若产生什么问题，即能一一解答及安顿顾客。好在发货方面，有一家很有信用的公司，叫顺丰，他们的规模已经能做到像 DHL 或 FedEx 那么完善，甚少差错。

团队的组织和基地的租金等等，都得靠经济支持。这时，在我举办的旅行团中认识了一位很热心，又能信得过的好朋友刘先生，也是我的知己会会长，他本身做高级印刷，在内地有工厂，对我的小生意方案有兴趣，愿意协助，也就水到渠成地成为我的合作伙伴了。

本名为"暴暴茶"的茶叶，我一向认为名字太过强烈，当今改为"抱抱茶",加上"蔡澜咸鱼酱"和其他酱料,即做即卖光,是种小尝试。今后的产品,必须是有季节性和长期性的,我决定从三方面着手:端午的粽子、中秋的月饼和过年的年糕。命名为"童年记忆的美食"系列。

产品都得事前预售,否则做得太多,又会冒卖不完的风险。虽说现在还早,当今之务,是怎么做年糕了。

在十几年前,我接到中山三乡的年糕,一打开盒子,竟然有人头那么大。这个年糕,的确让人震撼,也唤起儿时吃过的回忆,那时的年糕,是那么大的。

我即刻赶去中山市,寻找为我制作的忠师傅。忠师傅与我结交多年,对食物的制作态度严谨,有一份很顽固的执着,又坚持做原汁原味的东西,和我的理念是一致的。

广东省中山市三乡种满了香蕉,我首先看到的是一望无际的香蕉园。这是包裹年糕的最原始材料,采取了大片的香蕉叶,先洗净及高温处理,排除一切杂质以及杀菌,方能使用。

再下来是选最好的糯米,磨成后晒干,成为糯米粉,再加最原始的蔗糖,高温下淋在糯米粉中,反复搓揉,以新鲜的蕉叶包裹,最后才放进巨大的蒸炉中蒸出来。这时的年糕呈浅褐,是砂糖的原色,不加任何人工色素。

制成品真空包装,再装入坚硬的纸盒,在运输过程中不会撞坏。蕉叶本身有防腐作用,年糕送到客人手中,不必放进冰箱,也能摆放十几二十天不会变坏。摆放过程中即使表面发出霉菌,只要用湿纸抹去,即可放心食用。这时的年糕可以切片,就那么煎来吃。再不放心,可以把表面那层切掉,一定没有问题。

依足妈妈的做法,喂了蛋浆再煎,味道更香更妙。加一点油也可,不加无妨,年糕本身有油,不会粘底。真空包装放进雪柜,更可以保存至几个月,肚子一饿就煎一片来吃,好过方便即食面。

年糕重量三公斤二百五十克。

事前功夫准备好，客户一下订单，我方才制作。一方面是保证新鲜，再来，我不希望因为囤货而亏了老本，一切资料将放在"蔡澜花花世界"淘宝网上，各位若有兴趣，多多帮衬，谢谢大家。

关于健康

问："作为一个美食家，你注重健康吗？"
答："智者曾经说过，作为一个美食家，从牺牲一点点的健康开始。"
问："但是当今流行的，都是以健康为主。"
答："以健康为名，许多美食文化，都被消灭了。"
问："这话怎么说？"
答："举个例，上海本帮菜的特色浓油赤酱，现在已无影无踪，得拼命去找，才找到几家吃得过的。"
问："从前的人缺乏营养，菜要又油又甜，当今的人富裕，得吃清淡一点嘛。"
答："太过清淡，同样对身体不好。"
问："猪油不能总吃吧？"
答："猪油有那么可怕吗？植物油就那么好吗？你有没有试过洗碗呢？"
问："没有。"
答："你洗过就知道了，猪油一洗，碗碟一下子干净，用植物油的，洗个老半天还是油腻。"
问："猪油有那么好？"

答:"有些菜,不用猪油就完蛋了,像上海的菜饭、宁波的汤圆、潮州人的芋泥,把猪油拿走,还剩下什么?"

问:"过多了还是不行。"

答:"这句话我赞成,但少了也不一定健康,我们不是天天猛吞大肥肉,偶尔来一客红烧蹄髈,是多么令人身心愉快的事呀!"

问:"不下那么多油可不可以?"

答:"有些菜不可以,像过桥米线、生鱼生肉,全靠上面那层油来闷住,才能煮熟。当今的只下那么一点点,不吃出一肚子虫来才怪。"

问:"健康饮食,从什么时候,在哪里开始流行?"

答:"二十世纪九十年代吧,是美国的加州人始创的,他们把太油太腻的意大利菜,改成少油少盐,大家拼命吃生菜沙律,吃得变成兔子。"

问:"但怎么那么快地影响全球?"

答:"都怕胖嘛,尤其是女人,有些干脆吃起斋来,而且强调全部有机的,什么是有机,到现在很多人还是搞不清楚。"

问:"有机菜比较有味道呀。"

答:"我吃不出,你吃得出吗?"

问:"……"

答:"就算是吃菜,吃得淡出鸟来的时候,就拼命加油加酱了。香港的斋菜,油下得也多得厉害,那些不容易洗得干净的植物油汇在胃中,后果怎么样,你自己想想。"

问:"那么接下来流行的慢食呢?"

答:"快食慢食,对于所谓的健康,并没有明显的区别,大家的习惯而已。问题是在好不好吃,美式的快餐,不好吃,就不吃了,但也不至于弄成慢食,就好吃。"

问:"那么慢煮呢?"

答:"我一听到厨师走出来解释,说这块肉用多少度的低温,煮了多少个小时,心中就发毛。新鲜食材新鲜煮新鲜吃,才算新鲜,给他那么一弄,有什么新鲜可言?况且,包在塑料袋内来煮,袋里的化学品分解出毛病的机会大,虽然当今还没有科学引证,也可以想象不是一件好事。"

问:"那你自己是怎么保持健康的?"

答:"从来不用'保持'这两个字,想吃什么吃什么,油腻的东西吃多了,就喝浓普洱来解。我也不一定是大鱼大肉,在家吃些清粥,送块腐乳,也是一餐。"

问:"那体重呢?你的体重是多少?"

答:"七十五公斤,在这二十几年来一直不变。"

问:"怎能不变,容易吗?"

答:"容易,一上磅,发现重了,裤头紧了,就少吃一餐,或者干脆断食一两顿饭,就轻了下来。"

问:"那么我们女人要好好学习了,可是,怎么忍呢,忍不住呀!"

答:"忍不住,就不能怪人。一切都是自作自受。"

问:"所以我们要吃健康餐呀!"

答:"健康不是吃健康餐就行的。"

问:"那么你教教我们怎么做了。"

答:"健康分两种,精神上的和肉体上的。我不知道说过多少遍,倪匡兄也主张:不吃这个怕吃那个,精神上就不健康了。精神不健康,什么毛病都跑出来,轻的变成精神衰弱,重的会得癌症。精神健康影响肉体健康,这不怕吃,那不怕吃,身心愉快,就会产生一种激素,化解食物不均匀的结果。人一快乐,身体就健康,这是必然的。"

问:"就那么简单?"

答:"就那么简单。"

拔牙乐

倪匡兄的教导:"精神上的痛苦可以避免的,不想它就是;不像肉体上的痛苦,避免不了,人家斩你一刀,你一定感觉到痛。"

听完改变人生态度,尽量对人对事看得开一点,做人开朗豁达。但是肉体上的痛苦拿它一点办法也没有,而最痛的,莫过于拔牙。

麻醉过后感觉不到,但是之前的打针过程必经过不可,我最恐惧的就是这件事。

无情的粗针深深插入牙肉,拔出来,再在上颚的骨头上补几针。中间麻醉药由针筒喷出,滴在你的舌头上,比黄胆水更苦。我不是怕拔牙,我真的怕打针。

近来又有颗牙齿摇动,吃东西时一碰就很痛。一直拖,但已忍无可忍。

自从邂逅黎医生,用喷盐水洗牙,比从前洗牙舒服得多。对他有信心,两三个月洗一次,见面多了,变成好友。

"可以让你闻笑气。"他说。

笑气?我还以为只存在于胡闹片或卡通,看了几十年牙齿,从来没试过。

"很贵,要向氧气公司租气筒,用不用是你的事,每个月照缴费。"他解释。

牙肉有点发炎,先吃两颗抗生素和两颗必理痛,再喷上小筒的麻醉药。黎医生用一个透明的塑料罩子盖我的鼻,叫我深呼吸。

恐怖的牙医变成那么驯服,实在滑稽,我的一声笑出,忽然全身松弛,舒服无比,我想抽鸦片也不过如此吧?又笑了。

什么时候打了针、拔了牙?我真的不知道。又神奇又好笑。

走了出来,外边等待的病人用不可思议的眼光看我:怎可能把呻吟变成笑声？

麻醉药消失后也一定痛吧？想起倪匡兄把必理痛当花生吃的劝告，未痛之前先吞几颗，果然克服。人生的恐惧，又少了一件，一乐也。

人生友人

一颗吸血僵尸般的虎牙，开始摇动，知道是我们离别的时候到了。

虽然万般可惜，但忍受不了每天吃东西时的痛楚，决定找老朋友黎湛培医生拔除。近来我常到尖沙咀堪富利士道的恒生银行附近走动，看到我的人以为是去找东西吃，不知道我造访的是牙医。

牙齿不断地洗。又抽烟又喝浓得像墨汁的普洱，不黑才怪。黎医生用的是一管喷射器，像以水喉洗车子一样，一下子就洗得干干净净，不消三分钟。如果一洗一小时，那么加起来浪费的时间就太多。

今天要久一点了，拔牙嘛。

做人，最恐怖和痛苦的，莫过于拔牙。前一阵子还在报纸上看到一张图片，有个女的赤脚大夫，用一支修理房屋的铁钳替人拔牙，想起了发几晚的噩梦。

老朋友了，什么都可以商量。我向黎医生说："先涂一点麻醉膏在打针的地方，行不行？"

"知道了，知道了。"黎医生笑着说。

过几分钟，好像有点效了，用舌头去顶一顶，没什么感觉。

还是不放心，再问："拔牙之前，你会给我开一开笑气的？"

"知道了，知道了。"

这种笑气，小时候看三傻短片时经常出现。向当今的年轻人提起，他们还不知道有这种东西。不过现在的牙医不太肯用，怕诊所内空气不流通的话，自己先给笑死。

一个口罩压在我鼻子上，听到嘶嘶的声音，接着便是一阵舒服无比的感觉，像在太空漫游，我开始微笑。

"拔掉了。"黎医生宣布。

什么？看到了那颗虎牙，才相信。前后不到十分钟，打针和拔牙的过程像在记忆中删除。这个故事教训我们，人生之中，一定要交几个朋友，一个和尚或神父，还要一个好牙医，精神和肉体的痛苦，都能消除。

命

咳个不停，找吴维昌医生看，他说顺便照一照心脏吧。

我的血压一向没有问题，但循例检查也好，订了养和医院。

登记后，走进一室，医生替我插一根管进手背上，以备注进些放射性的液体，方便查看X光片。不是很痛，忍受得了。

接着就是躺在床上，一个巨大的机器不断地在我四周转动拍摄。上一次检查是四年前，一个大铁筒，整个人送进去，声音大作，轰轰隆隆拍个不停。当今这一副没有声音，医生还开了电视，播放美景和禅味音乐。

愈看愈想睡，给医生叫醒："睡了就会动。"

真奇怪，睡觉怎么动呢？也只有乖乖听话，拼命睁开眼睛。

好歹二十分钟过了，心脏图照完，再到跑步房。

护士认得我，说四年前也做过这种检查，和八袋弟子一起做的，我还能跑，他就跑不动了。所谓跑，只是慢步而已，最初慢后来加快。身上贴满了电线，心速显示在仪器里。

"你平时做不做运动的？"医生问。

我气喘回答："守着人生七字真言。"

"什么真言？"

"抽烟喝酒不运动。"我说。

医生和护士笑了出来，他们都很亲切，没有恐怖感，大家像在吃饭时开开玩笑。跑完步，又再照一次，两回比较，才能看出心脏有没有毛病，报告会送到吴医生那里去。

人老了，像机器一样要修，这是老生常谈，道理我也懂得。

问题在有没有好好地用它。仔细照顾，一定娇生惯养，毛病更多；像跑车一般驾驶，又太容易残旧。但两者给我选择，还是选后面的，平稳的人生一定闷。我受不了闷，是个性，个性是天生的，阻止也没有用，愈早投降愈好。到最后，还是命。

我的针灸经验

虽说针灸，其实只是针，灸我没有经验，有被烫伤的感觉，至今还是不敢试，但"针灸"二字念来较顺口，就连用起来。

第一次被人针灸，是因为患了五十肩。有位打麻将的朋友见我痛苦，就叫我给他试试，我反正翌日就要到医院，给西医从骨头与骨头之间注射类固醇。据说那管针像打牛的那么粗大，也就死马当活马医，给他扎了一针。果然，当晚睡得像婴儿，从此对针灸有了信心。

为答谢这位友人，我替他开了一间诊所，又免费宣传，结果有很多病人找上门。我也以为今后有什么痛楚找他就是，安心起来。

正在得意时，接电话，说他脑溢血入院，赶去看他时，已不治，我的靠山消失了。

原来五十肩是会复发的，之后数次的肩周炎痛苦，找了几位针灸医生，都医不了，非常懊恼。得到的结论是，并非针灸不灵，而是没有遇到好医师！

一次在日本旅行，肩膀又是痛得死去活来，跑去问大堂经理有没有针灸医生介绍，酒店给了我一个电话和地址，赶快乘的士前往。

医师又矮又瘦，但一副令人有信心的表情，我请他治疗。此君的医术是不留针，所谓不留针，就是扎了一针即刻拔去，再扎第二针。用的针很细，不痛，结果，那晚上也是睡得像 BB（宝宝）。

为什么中国的针灸师要留针呢？看《大长今》，也是不留的呀。我比较相信不留针的医法，一留了，即刻心想，如果医师忘记了拔一两支，穿上衣服时岂不痛死，而且万一断了的针留在体内，麻烦更多。

留针的，有些还给你通上电流来刺激穴位，说比较有效，我对这种说法也很怀疑，古代针灸师哪知道什么是电呢？

还是那么一句话，针灸是有效的，看有没有高手罢了。听金庸先生说，小时候看到一位，治疗时病人不必除去衣服，隔着也能对准穴位针，可真是了不起，当今何处觅？

但即使有良医，针灸也只能针对某些神经反射性的病症，像心脏病等，还是找西医照 X 光或磁力共振和搭桥通血管比较妥当吧。别的不知，治五十肩之类，针灸一定比西医高明。

西医也开始研究针灸，他们记不得那些玄虚名词，把人体穴位排成一二三四的号码，结果也治好了很多外国人的五十肩。针灸流行起来。

针灸的原理，应该是截停痛楚的神经信号，让大脑感觉不到，因此五十肩的痛苦可以减少。那么戒烟也应该有效吧？近来咳个不停，睡眠质量很坏，问好友医生，他们都笑着说："不抽烟就好，抽了什么药都没有用。"

刚好看到报上有慈善团体，做戒烟的疗程，而且是免费的，即刻报名。

第一次治疗是在身上扎了好多针，通电，最后在耳朵再扎。针刺下去，有时痛有时不痛，通电后的感觉，也不好受。医师们有些共同语言，就是永不说痛，时常会问："麻不麻？痹不痹？"

说什么，也不提到"痛"字。

身体穴位，也许和戒烟有关，但读了很多这方面的书，发现真正有效的穴位，还是在耳朵。年纪一大，正好欺负年轻的医师，我说身体不扎了，扎耳朵吧！

用的是一种日本生产的短针，连在一块圆形的胶布上，大头针那么大，在耳朵的穴位一扎再扎，一次就扎八九针，双耳并行。

疗程一共六次，到了第六次，还没有什么效果。年轻的医师并不懊恼，还问我说要不要试西医的尼古丁贴布治疗法，可以推荐。这一问，我又有了信心，到底对方是为我好的。

归途，又想抽烟，吸了一口，味道并不好，我知道已开始生效。回家即刻再申请多一个疗程，继续去扎针，果然，吸烟的次数是减少了，能不能达到完全戒烟的地步，我还不知道，但耐心去治。

五十肩第四次发作，问年轻医师有没有专治肩周炎的针灸师，介绍了一位，报了名，前往。

又是一个新经验，这一位针的不在肩上，而是肚子。在腹部画一个像乌龟的图案，按照穴位针下去，咦，真出奇，当晚又是睡得安稳，有点功效。

之前，我又试过用粗针来刺，不，不是针，简直是一把小刀，称为小叶刀。那位医师用这门手法左扎右扎，痛得我死去活来，结果无效。又有一位神医，说两针搞掂，也搞不掂。

试过了针肚皮，觉得此法甚妙，针时不会感觉痛，是因为肚子肥肉厚。

看样子，得继续给这位新的画乌龟去针了。治戒烟的年轻医师说，不只五十肩，减肥也有效，听了有点相信。那是把食欲的神经干扰，应该信得过。我这数十年来，有人觉得我胖，有人觉得我瘦，但我自己知道，一直保持在七十五公斤，不必去减肥。

团友之中，有很多一个月花十万八万去减肥，可以介绍她们去针灸，至少，不必再忍受节食和做运动的痛苦，已经值得，哈哈。

不药而愈

喉咙开始肿痛，又连续打了好几个喷嚏，已感到伤风感冒预兆。

本来，即刻吃一颗强力的伤风药便能克制。但是大意了，轻视这次的病症，只服了普通药丸，到了翌日，已发不出声音，全身肌肉酸痛，鼻子擦了又擦，擦破了皮。

糟糕！我不能病，我没时间病。

这种情况下，也试过马上求医，西医多是开几天的药丸，有一粒治伤风，一粒治感冒，一粒化痰。一汤匙止咳的药水，倒是很甜美，恨不得整瓶干掉。

"不如打一针吧！"病人哀求，"打一针会快点好！"

医生做了一个勉为其难的表情，像救世主一样刺了你一针，你还要谢天谢地，天下哪有这么奇怪的事！

不替你打针，是因为打也一样，不打也一样，伤风感冒只能以休息医治，什么药都没有用。英国那种阴沉沉的天气之下，医生看到你来治伤风，会把你赶出去，说别浪费他的时间。

不如找中医吧！装出长者表情，年纪其实不大，那么年轻，记得那么多药吗？既来之则安之，怎么怀疑医者之资格？中医摇头摆首，慢吞吞地开处方；草药的功能，也是慢吞吞的。当今，不即刻见效，是不能被容忍的了。

西药我会吃必理痛的伤风感冒丸，这个牌子的头痛丸很可靠，伤风药也应该做得好吧？但各人有各种不同的反应，对于我，起不了作用。

一向酗酒，茶又喝得浓似墨汁，烟不断，指天椒当花生吃，猪油不怕。我这种人，能对付我的伤风药只剩下美国 Vicks 厂出品的药：日间服 Day Quil，红颜色，一次两大粒；夜间服 Ny Quil，绿颜色，也是两大粒，我叫它为"深水炸弹"，美国大汉也一服即睡，昏死过去。我现在也处于这个迷幻状态，但也得起身继续写稿。

睡了又醒，醒了又睡，稿不能断，对着空白的稿纸，脑子也一片空白，还是回床躺下。

再睡一个小时吧，转了闹钟。电器的刺耳声响，半夜三点。转到四点，四点起身也来得及。又响，再睡。又响，已是六点，窗外开始变白，不能睡了。

照照镜子，那颗喉核肿得樱桃那么可爱。

仔细刮光胡子，约了客，得去开会，不能给人看到病态。

尽管没有胃口，也得猛吞食物，才有力量，这是最基本的方法。

但是，前两天才拔了大牙，口腔发肿，吃粥也觉得硬，对付不了病菌。

写了几个字，停下，干脆去看电视。咦，这部电影怎么错过了？一看不能罢休，大厅没开暖气，又打喷嚏。

寒上加寒，又去吞"深水炸弹"。

趁药性还没发作之前，再写一张稿纸，不然开天窗了。

一开始，这个毛病从哪里得来？回想一下，去了韩国，气温零下九度，没事呀！

回到香港好好的，怎会伤风？

大家都说小病是福，感冒是身体叫你休息。我才不稀罕这种运气。书至此,又有睡意。

一小时后,闹钟又响。

伤风感冒,又算什么?一直没好,是不是患了禽流感?但比起SARS,还是温和。

起身,披上大衣,散步到九龙城街市,遇相熟的小贩,互打招呼,见新鲜蔬菜水果,开心得发笑。一切病痛,不药而愈。

回家,这篇杂乱无章的东西,也写成了。

答复"私信"

新版微博增加了一项叫"私信"的栏目,我已再三地公布,私信只限于我的私人朋友,不是一般公开的,请网友们不要写"私信"给我,直接发到"蔡澜"或"蔡澜知己会",我就会看得到。但碍于这两个信箱要经过我的一群"护法"筛选过才转发给我,大多数网友认为"私信"才更直接,便不停地发来。

经"护法"们,是为了要截断一些莫名其妙的"脑残",一上来就"他妈的"粗口一句,看了是不舒服的,到了我这个年纪,还天天给人问候娘亲,为什么呢?这只是没有办法中的办法呀!

说过算数,"私信"我一定不回,可是,其中有些问答有趣,不如录下:

问:"你脸上肤色从小就那么红润,请问小时有没有被人嘲笑过呢?我女儿十二岁,患先天性皮肤病,脸上经常泛红,走到外面被当笑话,日渐自卑,我该怎么教育孩子豁达面对呢?"

答:"要让孩子豁达,先得整天和他们开玩笑,懂得幽默,就高人一等，不必和一般人一样见识。要是有人问脸上为什么那么红，就回答说：'我父母请我喝酒造成的。'"

问："你文章中提到一种西班牙药膏对医治体臭很管用，请问是叫什么？"

答："我回答过无数次，但有体臭的人越少越好，还是很乐意重复又重复地回答这个问题。名叫 Byly，包有效。"

问："我姓王，年五十才得子，请代取名字。"

答："王五十。"

问："我是家健康食品公司的老板，最近推出新产品，请你推荐一下。又，有什么名字最能吸引顾客呢？"

答："叫'不健康食品公司'，一定有很多人会注意的。"

问："你虽然叫人不吃鱼翅，但我在一个节目中，看到'镛记'的老板做了一道鱼翅菜，你又尝了，这是不是叫出尔反尔呢？"

答："已故的甘健成老板做给我尝试的鱼翅，叫翅包翅，用的是古时候留下的鲨鱼，已有上百年了，我吃的不是鱼翅，是欣赏古董罢了。"

问："《神雕侠侣》中的小龙女，为什么没有人问她的父母是谁呢？"

答："《圣经》里的玛利亚，也没有人问她的父母是谁呀。"

问："什么叫爱情？"

答："还是问爱情小说专家亦舒吧。她写了四五百本书，都是说爱情。"

问："我是一家餐厅的老板，比一般餐厅高级十倍，想叫你为餐厅名题字，要多少钱？"

答："一般的五万块一个字，你比一般餐厅高级十倍，就收五十万块一字吧。"

问："我是粉丝代理人，你只要给二十块，就有一万粉丝，二百块就有十万粉丝。"

答："你卖的粉丝好吃吗？"

问:"我伤害了一个男人,求他原谅,他回头了。第二次我又伤害他,第三次又伤害,你要是这个男人,你会原谅我吗?你会说什么?"

答:"你去死吧!"

问:"我很爱粤语中的懒音,歌唱时常把 nim 唱成 zim, naah 唱成 laah,你爱听吗?我唱给你听!"

答:"你死懒去吧!"

问:"安倍晋三那么坏,为什么还有那么多人支持他?"

答:"他有一个宗教团体的政党做后盾,有很多宗教狂热者会投他一票。从前当过首相,但软弱无能而下台,当今重选上,就相反地走强硬路线,其实都是政客的手段。他是一个无耻之徒,真面目很快会被爱和平的老百姓拆穿。"

问:"我是餐厅老板,在《饮食男女》中请你写一篇食评要多少钱?"

答:"第一,我是在《壹周刊》写食评,并不在《饮食男女》写。第二,从不白吃白喝,一定自己付钱,你的东西只要做得好,我会免费宣传。听你这种口气,不是一个用心做菜的老板,餐厅迟早关门。"

问:"我是一个居港的十八岁青年,想当一个艺人,有什么途径?"

答:"练好六块腹肌,选亚洲先生去吧。"

问:"我喜欢吃东风螺,但又不能吃辣,还有什么做法?"

答:"盐焗。"

问:"港台《晨光第一线》的曾智华退休了。你还继续为他们在早上做节目吗?"

答:"换了何嘉丽主持,她是个老友,当然照做,不过时间换成上午九点十分了。"

问:"私信已给你很多次,为什么还是等不到回答?"

答:"我已再三讲不答私信的,你还一直问,可见你没有仔细看,我回答了也没有用的。"

交稿催人老

"你要几天前交稿？"时常有小朋友问我这个问题。

"没算过，到时到候，像鸡生蛋一样，就挤出来了。"我说。

"到底是几天嘛？"小朋友不放过我。

"真是到现在还算不清楚。"我说，"最少是三两天吧。我现在的秘书小姐很好，常提醒我：明天至少要一篇。"

"提了就写得出吗？"

"写得出。"我说，"我们专业的写作人，已经不需要灵感。"

"那么不是很轻松吗？"

"一点也不轻松。"我说，"压力来自'虽然写得出，但是写得好不好呢'，好不好，自己知道，骗不了自己的。"

"什么叫作好？"

"内容至少要有点东西，最低限度是信息性的，像介绍了一家新餐厅，为什么要介绍它，什么是出色的地方，把自己的观点写出来，要与众不同，才叫好看。至于最高境界，对于我来讲，是惹惹读者发笑，能做到这一点，我已经满足，我对自己的要求并不高。"我一口气说完。

"在《名采》这么多年，你有没有断过稿？"

"一次，"我说，"是传真失误。"

"每天写，没有压迫感吗？"

"有的。古人说：岁月催人老。我说：交稿催人老。很羡慕能因外游而断稿的作者。"

"那你写来干什么？又不是靠它吃饭。"

"交稿催人老，是当你交了稿，又知道自己写不好的时候。"我说，"要是你交得出，而又过得了自己那一关的话，那么写稿就变成了一种充实感。

我常说要一天活得比一天更好，完全看这篇东西向读者交代不交代得了。这时候，交稿已经不是催人老。交稿，令自己更年轻了。"

万箭穿心

　　大家读到这篇文章，也许快乐，或者无趣，但对于作者，是心惊肉跳。
　　为什么已经登了出来？以为还存了多篇稿件，但一见报，已知无货，急得放下一切，赶快伏案埋首。
　　每天一篇的压力实在厉害，在外国除了漫画之外，都是一个星期一篇的专栏，从来没见过加倍付出血汗的。常向朋友解答如何减压，但是自己却不懂得消除交稿的烦恼。
　　"为什么不多写几篇，然后再一天一篇，压力就没那么重了。"朋友说。真是风凉话，叫他自己来写写，才知死。
　　当然可以把众琐碎事拿出来献宝，但究竟可读性不高呀。
　　"你需要多少时间才写成一篇？"友人问。如果我回答说半个钟，那绝不真实。
　　"需要二十四小时。"我回答。
　　"鬼才相信！"友人说。
　　所以非叫他亲自试过不可。写，坐了下来，动笔罢了，但是思考时间，是没有停过的。做梦也问自己明天要写什么。
　　我们一直在寻找题材，保持头脑清醒、感觉敏锐，见到任何事，都问："够不够数据当成一篇文章？"
　　这是无时无刻不"蓄"，比把钱存进银行还难。想到一个重点，即刻藏入脑中，存得愈多，心境愈是平静。

一片空白时，便坐立不安，像莱纳斯失去了他的安全被单，随时随地昏倒。说，说，举起笔，又写了，管它的，好坏是另一回事，写了再说。

这么一来，有如老骨头煲汤，愈煲愈淡，目前就是这个现象。

多希望后浪推前浪，让一些新朋友来淘汰，但还是像张彻电影的主角，身穿多箭，还是站得直直的，不肯倒下。

视死如归

每写完一篇文章，杂志社排好字，就传送给苏美璐作插图，今天收到她的电邮：

读过你写的《关于死亡》，这真有趣，最近我常发白日梦（有点像你在发开妓院的白日梦），想经营一个场所，让大家可以好好死去，和平死去，平平静静地死去。

我一直希望可以帮助别人，让他们选择自己的死法。

至于我自己，最好是在早上，吃完了我喜欢的煎蛋和烤面包，到外面散散步，回家用钢琴弹几首巴哈音乐，坐在安乐椅上，喝杯茶和吃几块饼干，来些亲爱的朋友，用漂亮的安静的语气聊聊天，最后让我睡觉。我想他们会把我带到天堂，其他的，我才不管那么多。我就是想开那么一个让人安息的地方，我相信这种服务应该存在的。

我的先生说，他最好在他钓鳟鱼的湖畔死去。我认为死亡是一种你能盼望的目的，如果你有选择的话。

是的，为什么要怕死呢？

返家，是我们大家都期待的事。

今天，我已七十岁了。谈死亡，是恰当的时候。二十世纪七十年代，看《二〇〇一年太空漫游》，一再问自己，到底有没有机会乘火箭到另一星球？或者到了那个时候，我还活不活在世上？我将会变成一个什么样子？

当今，离二〇〇一年，已过了十年。太空旅行没法子实现的了；人，倒是活了下来。

样子嘛，照照镜子，还见得人，至少上电视做节目，也没人抱怨。留了胡子，是因为母亲的逝世，二〇一一年的二月二十八日三周年忌，就可剃掉，到时看来是否会更老，不知道。

目前生活并不算健康，还是那么大鱼大肉。酒倒是喝少了，遇到好的，还是照饮不误。

还是那么忙碌，飞来飞去，但不觉辛苦。稿件已减少许多，每星期在日报上只写四篇，周刊写的这篇"一乐也"，另有一篇每星期一次的食评和一篇写世界上好酒店的，已占了不少空暇。也许接下来只能再减一点，等到能够把名酒店都聚集成书后，就停写。

每天睡眠有六个小时，已足够，如果能休息上七个钟，那算饱满。迎接死亡时期来到，我要逐渐少睡，由六，减到五、四、三。

像弘一法师一样到寺庙圆寂，是做不到了。第一，我怕蚊子。第二，没有空调是受不了的。还是留在家吧，或者到一处美景，召集好友，像《老豆坚过美利坚》（*The Barbarian Invasions*）戏中的主角，一个个向亲友们拥抱告别，最后请一位有毒瘾的美女，带来吗啡，一支支注射进去，在飘飘欲仙之中归去。

上天堂或下地狱，我不相信有这回事，还是没有苏美璐那么幸福，不过和她一样，之后管它那么多干什么！

地点最好是在香港，如果有困难，还是去荷兰吧。那里思想开通，又有一位我深交的医生朋友，他每次来港，我都大肆宴客。荷兰人一向节俭，对东方人的招待大感恩惠，一直问有什么可以为我做的。吗啡对他来讲是易事，医院里一大堆，拿几管送我一点困难也没有。虽然安乐死在荷兰大行其道，但是这位医生受过一点挫折，那是当丁雄泉先生不省人事后，子女把事情归咎在他身上，闹到差点上法庭。问题是他肯不肯再牵涉到我的事件去。

这也好办，事先由律师在场，先签一张一切与他无关的证明，他就能安心替我做这件事了。

遗嘱早就拟妥，应做的事都安排好，简单得很。

我这一生没有子女，在这个阶段，我也没有后悔过。小时听中国人的所谓"不孝有三，无后为大"的笑话，在我父母生前已解决了。

当年我向老人家说："姐姐两个儿子，哥哥一子一女，弟弟也是，有六个后人，不必再让我操劳吧？"他们听了也点头默许。

人活在世上，亲情最难交代，一有了顾虑是没完没了的，我能侥幸避过这关，应感谢上苍。人各有志，喜欢养儿弄孙的，我没异议，只要不发生在我身上就是。

没有遗憾吗？太多了，不可一一枚举，但想这些干什么？我一直主张人活得愈简单愈好，情感的处理也缩短，简单到像计算机原理的正负计算最妙。不只是身外物，身外感情，也是个高境界，我是能够享受到的。

很高兴在世上得到诸多的好友和老师，今人古人，都是教导我怎么走这段路的恩人。

最要感谢倪匡兄，我向他学习了什么叫看开，他是一位最反对世俗的高人。斩断不必要的情感，尽量做些自己最想做的事，都要归功于他。

但是我毕竟是一个凡人，所以头发愈来愈白，反观倪匡仁兄，满头乌丝，虽然他自嘲不用脑了，所以没有白发，但我知道，是想开了，所以没有白发，所以能够做到视死如归。

丰子恺漫画全集

大家都在谈论如何预防自杀，电台曾智华也打电话来问我意见。我说吃一顿好的，或去澳门一趟，知此生美好，就不会想到自杀了。

这当然是在唱反调，开玩笑而已。真正要防止自杀，先得读书。如果做一统计，那些自杀的人，多数没读多少书。

但，人生忧患认字始，书读多了，想得太多，也是死的原因之一。北欧的自杀者多数是知识分子，所以读书多也不是好办法。

唯一能够美化心身的，只有读丰子恺的画。老先生为古诗配上的意境，读了绝不会想到尽途去。《护生画集》更是令人感动，连蚂蚁也要放过，何况是自己的生命。

现在由京华出版社出版，全九卷，集丰子恺所有最佳作品，是一最佳礼物。第一卷收集了儿童相，第二卷学生相，第三、四卷社会相，第五卷《护生画集》，第六卷绘画诗歌，第七卷绘画小说、封面插图，第八卷彩色画卷，第九卷精品画集。完全收集在一个硬封套中，非常精美，各大书局均出售。

丰先生的漫画教育由观察自己的儿女开始，到他们受教育、经过战火的洗礼、进入了社会、受了佛教的熏陶、欣赏山水的美好，以及老去的宁静，小生命又重新开始。任何一个阶段都有自己的影子存在，一些人会被他的美学感染，是一套非读不可的书。

苏美璐的小女儿生日，想不到要送她什么，我就寄上这九本书，我原来的那一套，是老友徐胜鹤给我的。现在的再由另一友人赠送，来来去去，总存一部。打开第一卷第一页，就有华君武的题字："赤子之心"。希望这颗心也让你拾回来，如果你肯去买一部回来翻翻。儿童，是不会想去自杀的。

笑看往生

香港剩女飙升，三个女人一个独身。

报纸上的大标题。

这我一点兴趣也没有，不嫁嘛，又不会死人。

会死人的，是接着报告的香港人口持续老化。六十五岁以上港人，将由二〇〇九年约十三个巴仙（百分比），增至二〇三九年的二十八个巴仙。四分之一以上的人口是老人。死亡人数按比例，会增加到每年八万零七百个。

那么多人离去，不关你事吗？那是迟早的问题，我们总得走。但是怎么一个走法？没有人敢去提起。中国人，对死的禁忌，是根深蒂固的。

避得了什么呢？反正要来，总得准备一下吧，尤其是我们这群被青年人认为是七老八十的，虽然，我们的心境还是比他们年轻。

勇敢面对吧。死，也要死得有尊严；死，也要死得美丽。

轮到你决定吗？有人问。

的确如此，但是，凡事都有计划，现在开始讨论，也是乐事。

首先，对死下一个定义："死不是人生的终结，是生涯的一个完成。"

我们要怎么在落幕前，向大家鞠个躬退去呢？最好是照着自己的意思去做，需要一点知识和准备。

最有勇气的死，就是视死如归，说到这个"归"字，当然是回到家里去死才安乐。但事不如愿，根据一项调查，最后因病死在医院里的人还是占大多数。

为什么要在医院？当然想延长寿命呀。但是已到了尾声，延来干个屁！决定自己什么时候走，不是更好吗？

家人一定反对，反对个鸟！不说粗口都不行，我的命不是你的命，你们有什么权力来反对？

友人牟敦芾说过："我一生人做的最后悔的事，就是反对医生替我爸爸终结生命。"这句话，家人一定要深深反省。尤其是对患了末期癌症的人，受那不堪的痛苦折磨，家人还不许医生打麻醉针，说什么会中毒，反正要死了，还怕什么中不中毒？

如果你问十个人，相信有九个是不想在医院死的，但他们还留在医院，恐怕是顾虑到家人的感受，不想给大家增加麻烦，而绝对不是自己想要的。

我劝这种人不必想太多，要在家里终老就在家里终老，反正这个家是你的家，你想怎么样做，也没人可以反对，而且可以省掉他们整天跑到医院来看你。

虽然说医院有种种设施，但那是救命用的，你不想救，最新最贵的仪器又有什么用？

在家静养，请个护士，所花的钱也不会比住病房贵呀。找个相熟的医生，请他替你开止痛药、医疗麻醉品等等，教教家人怎么定时服食和打针，也不是什么难事。

但是孤单老人又怎么办？有一条件，就是得花钱。反正是带不走的，这个时候不花，等什么时候花？护士还是要请的，这笔钱，要在能赚时存下来，所以说死，也得准备，千万不能等。

香港人多数有点储蓄，买些保险留给后人，大家想起老人早走，也可以省下一点，也就让你花吧。

在痛苦时，最好能以吗啡镇静。从前，吗啡被认为是怪兽，说什么服了会精神错乱，愈吃愈无助，最后变成不可控制的凶手，但这都是因为早期医生的临床实验不够，恐怕有副作用，没有必要时不打针。当今事实已证明，药下得恰当，根本就比吸毒者自己乱服安全得多。有些人讨厌打针或喝药，也有膏贴的吗啡剂可用，总之不会是愈用愈没劲，不必担心。

我最喜欢看的一部电影，叫《老豆坚过美利坚》。名字译得极坏，其实是一部关于怎么面对死亡的片子，得过最佳外国影片金像奖，讲的是一个老头得了癌症，离开他多年的儿子来看他，一看父亲被一群老朋友围着谈笑风生，又拼命吃护士的豆腐。

儿子问老子能做些什么，老子说最好替我找些毒品来服服，儿子被吓呆了，后来才发现父亲的乐天个性，并了解人生最终的路途，完成了父亲的愿望。

这些被一般人认为最野蛮的思想，是最先进开明的，片子的原名叫《野蛮人的侵略》，其实说的就是这群快乐的人。

最坏的打算，已安排好。万一侥幸能够活到油枯灯灭，那就最为幸福，我母亲就是那样走的。也许，可以像弘一法师一样，回到寺庙，逐渐断食，走前写了"悲欢交集"四字后，一笑归西。

葬礼可以免了，让人一起悲哀，何必呢？死人脸更别化妆给人看，那些钱，死前花吧。开一个大派对，请大家吃一顿好的，有什么好话当面听听，才是过瘾，派对完毕，就跟着谢幕好了。

骨灰撒在维多利亚海港，每晚看到灿烂的夜景，更是妙不可言，你说是吗？

儿子

亚视回放倪匡兄、黄霑兄和我主持的《今夜不设防》，那是十年前的旧货，我记得很清楚。清谈式的节目，由那个时候开始。《东方日报》的老总周石先生从台湾搬来个称呼，叫我们三人为"名嘴"。周先生极会找新人在副刊上写作，我便是他发掘的。现在他已作古，很怀念这位前辈。

十年之中，变化极大。我们的样子当然不同，但变化最大的是看不见的意识。当年谈话内容,非常之大胆、前卫,当今的节目,已愈来愈保守,思想狭窄了许多。抽烟喝酒,在当年的电视上是公开的、许可的。现在不行,怕教坏小孩子。难道每天在街上茶楼,就没人抽烟喝酒吗?当年,我们的言论,已是:"好的小孩教不坏,坏的小孩教不好。"遗传基因理论,也证实了这一点。如果在十年前我们的行为和话有那么坏的影响,也许今日社会已天下大乱。单单一小时的电视能影响小孩子的话,那么学校每天六七个钟的"正面"教育,是彻底的失败。节目之受欢迎,令英国BBC派一队人来采访,做出在电视上应该大胆开放的结论。

　　我自己很少回顾做过的事,旁人看了问:"你怎么头发白得那么快?"其实当年已老,不过外表看来比年龄还小,是个假象。家父去世后,我伤心过度,真是一夜白发。现在回到我的实在岁数罢了。不变的是Lanvin赞助的西装,没有过时的感觉。没看过节目的人问:"昨晚深夜,看到的是不是你?"我听了笑笑,摇头不认,向他说:"不,那是我的儿子。"

借口

　　"我们有子女的人,生活没有你那么潇洒。"友人常向我这么说。

　　这是中国人的大毛病。以为一定要照顾下一代一辈子。儿女,在中国人的眼里永远长不大,永远需要照顾。

　　家庭观念浓厚,很好呀,但是亲情归亲情,自己也要快乐地活下去呀。不会的。中国人一生做牛做马,为的都是儿女。省吃俭用,为他们留下愈多钱愈好,他们不会为自己而活。不但教养下一代,还要孝顺父母。这是中国人的美德,也没什么不好,但是有时所谓的孝顺,变成约束,把老人家也当儿女来管。

我这么一指出,又有许多人要骂我了。你这个礼教的叛徒,数千年的文化,你要来破坏?你不是中国人,更不是人。

哈哈哈哈。中国人,都躲在井里。为什么不去旅行?去旅行时为什么不观察一下别人的人生?

我的欧洲友人,结婚生子,教育成人后就不太理他们,就像他们的父母在他们成年后不理他们一样。

社会风气如此,做儿女的不太依赖父母,养成独立的个性,自己赚钱养活自己。

这时候,做父母的才过回从前的生活,自由自在,不受束缚,也就是所谓的潇洒了。在一般中国人的眼里,这是大逆不道,完全没有家庭观念。但他们自得其乐,不需要中国人的批评。

谁是谁非,都不要紧,重要的是互相尊重对方的生活方式。他们绝对没有错,他们不是不孝,他们也并非自私,他们只知道,做人需要自己的空间和自由。

我们做不到,但是可以参考参考,反省一下。一辈子为子女存钱,是不是自己贪婪的借口?

沟坏了

我爸爸常说,要知道一个人老了之后是怎么一个样子,看他们的父母就知道。但是周刊上见到从前大明星的子女的照片,除少数例外,通常都长得没有他们父母亲好看。反而,家长平凡的,却生得出俊男美女,到底是为什么？

主要原因，出在"浸淫"这两个字。大明星年轻时的样子，也和他们的子女一样普通，不过他们在娱乐圈长成的过程之中，学会了打扮，知道衣服的颜色如何配搭。做人有了信心，举止也大方起来。再加上不贪心地请高手的整容医生略为修改，观众觉得他们愈来愈美，道理就是那么简单。

我在电影圈那么多年，遇过小女孩不少，最初真是难看，还有点小儿肥，渐渐长成，变为美女。十五六岁的邓丽君，由她父母陪同来到邵氏片场见某个名导演，何璃璃的妈妈一看到，即刻大叫："哪来的一个丑八怪？"不过当年邓丽君脸圆圆，还算是可爱的，何妈妈有些偏见，说得过分一点。

至于外表普通的父母，他们在孕育子女时，一定是他们最搏命的年代，愈磨愈尖锐的智慧，令到胎儿变种，长出俊男美女。如果看这些父母年轻时的照片，也许好看过，经历沧桑才变成的现在这个样子。

我也很相信知识高的父母，生出的儿女，不会难看到哪去，可能是他们选美丽的东西和人物来看的关系。

父母样子还可以，加上聪明，儿女一定很美，像肥彭的那三个女儿，就是一个例子。

漂亮女明星的子女长得丑，还有一个原因，是她们选的老公，不是肥胖的纨绔子弟，就是庸俗不堪的暴发户，下一代经过父亲的种打了一打，就沟坏了，唉。

好学

凡是将来有机器代劳的事物，我都不肯去学。小时候上几何代数课，我交白卷。

老师用尺在我头上敲，不知肿了多少包包，好在我没暴力倾向，不然一定会抢过木尺来打那个"大肥婆"一顿。

"为什么，为什么，为什么你不肯学？"胖老师严厉地责问。

我说："总有一天发明一个机器，什么都替你算出来。"

不久，计算尺就出现了。过了些年，计算器一按，更是一清二楚。

这也能解释我对中文打字的抗拒。什么仓颉(输入法)，什么拼音注音，都是冤枉路，机器总会出现完美的声控，到时说什么言语，就出现什么文字，为什么要我去受训练过程的老罪？但是科技发展至今已不是计算尺那么简单了，计算机数据库的丰富知识令人感叹，不用太过可惜，非学计算机程序不可。但是回想起来，请个秘书操作，不就行吗？有谁应征，请来信。

笔还是最可靠的工具，用了几十年，这个老友不能抛弃。

基本分别出在文科和理科。我的个性、爱好都在前者。要是我是学机械或做会计的话，那么我一定会把数学基础搞好。

还有是时间问题，如果我是生活在外国，闲情多的话，乐得去学。

现在在香港忙得连睡眠都不够了，要我学计算机，不如去欣赏芭蕾舞和歌剧的影碟。

这几天看旧西班牙电影《爱情嘉年华》和新的意大利片《一个快乐的传说》，更引起我学这两种语言的冲动。

不过，不久的将来，一定有个机器，贴在喉咙，喊一声"love"，即刻有一个声音大叫"amour"。想至此，又作罢，其实都是自己懒惰的借口。

寻开心

"寻开心"这个字眼，原有贬义，是无赖的行为。

"你在寻什么开心？"当对方说这句话时，是骂你无事找事做。

现代的诠释已经不同。做人，的确是要寻开心，才是积极，快乐由自己创造，从书本，到音乐，种花养鱼，都是开心的泉源。

家庭主妇买菜，为了能够减一两毛钱，也乐个半天。到超级市场格价（比价），看哪一家的面纸卖得便宜一点，一天很快地活过。

不过愈来愈信宿命论，不开心的种，养出不开心的人，父母闷闷不乐，做儿女的要挤也挤不出一个笑容。快乐或否，完全由天生个性决定，再努力也没有用。除非你是一个以为人定胜天的人，这种"以为"的态度，已是积极。改变个性和命运的例子，还是有的。

回顾一下，有什么事能令你大笑一场？那么，重复去做吧！绝对没错。我说过的一天活得比一天更好，是生活品质的提高，不一定靠金钱，但需要努力，花时间研究任何事，结局都能变为专家，一变成专家就能卖钱。烦恼是不断地出现，有什么方法应付？学《花生漫画》的史努比呀！在草原上跳舞，大叫"日日是好日"。

或者，在意别人怎么看你，又烦恼了。再次学史努比呀！在草原上跳舞，大叫："一万年后，又有什么分别？"

钟伟民不开心，家中有一只大白鲨（宠物猫）后多么快乐！稿费之外，谣传他在石头上也捞一笔。李登不开心，背了几个相机到处拍照。阿Pink不开心，在咸湿版上画春宫呀！一点也不应觉得有什么难为情，做色情事业最开心。愈来愈觉得自己应该去开妓院，想一下也开心。想，是不花钱的，大家寻开心去也。

爱情和婚姻

很多年轻人问我:"爱情是怎么一回事儿?"

我自己不懂,只有借用哲学家柏拉图的答案了。

有一天,柏拉图问他的老师:"爱情是什么?怎么找得到?"

老师回答:"前面有一片很大的麦田,你向前走,不能走回头,而且你只能摘一棵,要是你找到最金黄的麦穗,你就会找到爱情了。"

柏拉图向前走,走了不久,折回头来,两手空空,什么也摘不到。

老师问他:"你为什么摘不到?"

柏拉图说:"因为只能摘一次,又不能折回头。最金黄的麦穗倒是找到了,但是不知道前面有没有更好的,所以没摘。再往前走,看到的那些麦穗都没有上一棵那么好,结果什么都摘不到。"

老师说:"这就是爱情了。"

又有一天,柏拉图问他的老师:"婚姻是什么?怎么能找到?"

老师回答:"前面有一个很茂盛的森林,你向前走,不能走回头。你只能砍一棵,如果你发现最高最大的树,你就知道什么是婚姻了。"

柏拉图向前走,走了不久,就砍了一棵树回来了。这棵树并不茂盛,也不高大,是一棵普普通通的树。

"你怎么只找到这么一棵普普通通的树呢?"老师问他。

柏拉图回答:"有了上一次的经验。我走进森林走到一半,还是两手空空。这时,我看到了这棵树,觉得不是太差嘛,就把它砍了带回来,免得错过。"

老师回答:"这就是婚姻。"

定 义

纯情的少女,看到被男人遗弃的女友,大感同情。"怎么可以把一个发生过感情,又上过的伴侣,就那么丢掉?"她说,"要是事情发生在我身上,我一定死去。"事情发生在她身上了,也死不了,照样活下去,伤心一阵子罢了。

男人抛弃女人的例子听得多,其实女人不要男人的例子,也一样多。这位纯情少女,当有一天,再次恋爱时,当然懂得珍惜,不过,她会忽然对这个男人生厌,爱上一个新的。这时候,头也不回,她的绝情,比男人还狠。"怎么可以把一个发生过感情,又上过的伴侣,就那么丢掉?"这句对白,现在轮到那个被抛弃的男子说了。纯情少女,做了负心妇,自己从不醒觉。

我们都把在天愿作比翼鸟的故事看得太过天真了。我们年轻的时候,把一切当成美好,永远不存任何疑问地爱上一个人,或者被爱,那是对感情这一回事,很陌生。

长大了,被人出卖的例子出现了太多次,自己也学会出卖人。人的变心,其实是基本的功能,当成罪恶,是自己太傻。

只剩下我们这群老古董,做事不会反悔,承担一切后果,当年的诺言,至死不渝地遵守。我们可以被制成标本,抬进博物馆去开展览,让后人当化石研究。问当今男女什么是恋爱,他们回答:"新对象一出现,恋爱就停止。"

爱的定义,是新的对象还没出现之前的一段脆弱感情,人不变心,是因为新对象还没出现,就是那么简单,他们解释。我们老古董,还是不懂。

才子

近年来"才女"这个名词被滥用,反而没有听说有什么"才子"的。

问问老人家如何才有资格做才子,听了不禁冷汗一把。原来要有以下条件:

琴棋书画拳
诗词歌赋文
山医命卜讼
嫖赌酒茶烟

单说"琴棋书画拳"已是不易,现代的青年能做到的大概只是操纵 walkman 上的按扭,上耳机听"琴"。

"棋"是电子游戏机。

"书"吗?连求职信也抄得不端正。

"画"有满书摊的连环图可以欣赏,要不然可看电视的一休和尚。

"拳",有什么比功夫片更好?

"诗",以前的小学生在厕所里还可作几句打油诗,现在忘了。

"词"?电视连续剧的主题曲中不是做得很好吗?"歌"当然懂啦,大 L 唱得不错。

不过,"赋"是什么东西?"文"自己不会写,只要会谈马经,已经是一大成就。

为什么要会看"山"?哦,原来"山"是代表风水。风水我相信。什么?有一本书叫《本草纲目》?是讲什么的?后来有什么用?伤风感冒喝单眼佬凉茶的茶最灵。不能出人头地是命中注定,给人家看看手相就好,何必自己去学？

"卜"，最好能预知孖Q跑出来的结果。

"讼"，就是打官司吗？

"嫖"还不容易？不过发现了医不好的疱疹，心里倒有点负担。麻将是生活的一部分，少不了。"酒"能享受到法国白兰地，谁够我威？每天早上饮"茶"，但是不喜欢用茶盅，倒得满桌是水，泡功夫茶的人更是笨蛋。"烟"吗？抽温斯顿，分外写意。你是说"烟"是抽鸦片，那不是吸毒？

"才子"二字，与我无缘。

第四章 食神传奇

妮格拉的噬嚼

许多著名的电视烹调节目，主持人都是男的。我最爱看的有 Floyd 那个老者，去到哪里煮到哪里，谦虚、幽默、有见地，非常出色。

Jamie Oliver 始终经验不足，虽然有点小聪明，但烧出来的菜不见得有什么惊奇，他目前已由主持《裸大厨》（*Naked Chef*）时的那个小孩子，变成一只"大胖猪"。

Anthony Bourdain 的《厨师之旅》（*A Cook's Tour*）很好看，什么都吃，但是旅游多过烧菜，他对自己的技艺似乎信心不大，很少看到他亲自下厨。

女主持中，最有经验的当然是朱儿童（Julie Child）了，但她又老又丑，节目谈不上色香味。

年轻的有 Kylie Kwong 的出现，她戴沈殿霞式的黑白框近视眼镜，身材也一样肥，经常皱八字眉，并非美女，烧的菜很接近马来西亚的，也许是那边的华侨，已移居澳洲，说话带澳洲土腔，不是惹人喜欢的音调。

Discovery Channel（探索频道）中的《旅行与冒险》（*Travel & Adventure*），最近已改成《旅行与生活》（*Travel & Living*），成了烹调节目。除了上述几位主持之外，看到一个女的。

这女人大眼睛，一头鬈曲黑色长发、浓眉、皓齿，说话慢条斯理，讲非常浓厚的贵族英语。衣着入时，但从不暴露，隐藏魔鬼的身材，四十岁左右，像一颗成熟得快要剥脱的水蜜桃，散发不可抗拒的引诱力。

说起讨厌的东西，表情带轻蔑不屑，可以想象到她有一副母狗式的势利个性。这个女人，到底是谁？

上网，查 Discovery 的数据，别的节目主持人名字都找到，关于她的欠奉，已看得头晕眼花。

只有在 Google（谷歌）空格中再打入"TV Cook Show Host"，出现了天下烹调节目的主持人，一个个查阅，都没有相熟的面孔。

正要放弃时，Bingo，照片里出现了一个名字，Nigella Lawson（妮格拉·劳森），是她了！

用她的名字进入搜查器，乖乖不得了，约有十三万九千个符合这个名字网站。

见笑了，原来是在英国的名门，杂志编辑，很多本书的作者和最受欢迎的电视节目 Nigella Bites 女主持。

"bite"这个英文字用得很妙，可作小食、咬、剧痛、腐蚀、卡紧、锋利等等解释。令人联想到的是夏娃叫亚当咬的那一口苹果，更贴切的是吸血鬼的噬嚼。女吸血鬼的身材永远是那么美好，相貌令人着迷，叫妮格拉·劳森来扮演，一点也不必化妆。

妮格拉出生于一九六〇年，大学在牛津专修中古及现代语言，毕业后开始在《星期日时报》写文章，后来成为文学版的副编辑，继续替各大报章和杂志撰稿，又于《观察家》（*Spectator*）和《时尚》（*Vogue*）写食评！

能平步青云，除了自己的本事之外，家庭背景也有关系，她的父亲 Nigel Lawson 是前保守党的第二号人物，戴卓尔夫人的左右手。母亲 Vanessa Salmon 是巨富之女，社交圈名人。

主持了电视烹调节目后,妮格拉风靡英国男女,节目更输出到美国,影迷无数。妮格拉烧菜的态度永远是一副懒洋洋相,从不量十分之一茶匙调味品,节目在她家中拍摄,她看见有什么新鲜的就煮什么,悠悠闲闲。烧到鱼时,她会说:"到鱼贩那里,请他们将鱼鳞和内脏清洗干净,自己做这些琐碎事干什么?"

和其他女主持不同,妮格拉烧菜时从不穿围裙,也不会把长发束起,又高贵又有气质,她说:"我不是一个大厨。我更没有受过专业训练。我的资格,是一个喜欢吃东西的人而已。"

她的第一本书叫《怎么吃:美食的喜悦和原则》(*How to Eat: Pleasure & Principles of Good Food*),她在书中说:"用最小的努力来得到最大的快乐。"

接着她写了《怎么做家庭女神》来提高家庭主妇的地位,书卖百万册。

和著名的电视主持人 John Diamond 结了婚,生下一男一女,这个女人应该很幸福才对,但九年后,她丈夫得喉癌死去。她一直生活在癌症的阴影中:母亲四十岁死于肺癌,妹妹三十岁得乳癌去世。

曾经一度又沮丧又发胖的她,将悲哀化为力量,愈吃愈好,愈好愈瘦,她现在身材丰满,但一点也不臃肿,如狼似虎的年华,发出野兽性的魅力。

"生命之中,总避免不了一些很恐怖的事发生在你身上。活的话,不如活得快乐一点。"她说。

问她对食物的看法,她说:"食物,是一种令你上瘾的毒药。"

今后制作烹调节目,最好找这种又聪明又性感的女人。怎么样,都好过看老太婆呀。网中可以找到很多她的照片,听英国友人说,有很多男士把她贴在厨房墙上,幻想自己的老婆是那个样子。

爱吃的女人

和我一起吃过东西的人，都知道我的食量不大，所有食物，浅尝而已。但也别以为我什么都吃少，遇到真正的美食，我还是吃得很多。

近来，我已经将试味和饮食分开了出来。到了餐厅，见到佳肴，我会吃一口来领略厨师的本领，但绝不满腹，维不了生。真正的吃，是一碗白饭，或一碟炒面，没什么佐料，仔细欣赏白米的香味和面条的柔软，适可而止，最多是吃个半饱而已。

其实，与其说我爱吃东西，不如说我爱看别人吃东西。一桌人坐下，我只选自己喜欢的几样。

请我吃饭最合算了，我不会点鲍参肚翅，遇到一尾蒸石斑，也不过是舀点鱼汁来捞白饭。

看女人吃东西最有趣，有时不懂得命理，也能分析出对方的个性和家庭背景。比方说主人或长辈还没举筷，自己却抢最肥美的部分来吃，或者用筷子阻止别人夹东西，都属于自私和没有家教的一种人。

进食时喷喷、嗒嗒地发出巨响，都令人讨厌，不断地打嗝而不掩嘴，也不会得到其他人的好感。餐桌上的礼仪，就算父母没有教导，也应该自修，不可放肆。

但是美女例外，她们要怎么吃，发什么声，都觉可爱。小嘴细噬最漂亮了，即使是张开大口狼吞虎咽，也性感得要命。丑人多作怪的八婆就不能原谅，真想一脚把她们踢出餐厅大门去。

开怀大嚼的，没有坏人，时间都花在欣赏食物上，哪有心机去害人？爱吃的人，享受食物的人，大多数个性是开朗的，他们不会增加你什么麻烦，不管在金钱上或感情上，的确是值得交往。

曾经有过几位被公认为大美人的，红烧元蹄一上桌，你一箸我一箸，谁管去减肥？一下子吃得干干净净，你看，那是多么痛快的一回事！

最不想看到的是节食中的"八婆"，要保持身材苗条我能理解，那么干脆茹素好了，为什么又贪吃又怕胖？夹了一块肉，拼命地把肥的部分用筷子仔细清除后才放进口。吃鸡时，皮剥了又剥，放在碟边，变成不洁的一堆东西，看了就令人反胃。

就算不吃肥、不吃皮，为什么不学一学那些好女人？她们会向旁边的男士说："你选一块没那么多油的给我好不好？"

这么一来，你怎么会厌恶她呢？

又见过一位什么都大吃一顿的女人，旁边的"八婆"看了，酸溜溜地说："这个人一定患忧郁症，所以要用食物来填满空虚的心灵。"

去你的，大食姑婆才是最可爱的人物，她们又不会来侵犯你，为什么要那么尖酸刻薄来批评人家呢？我听了打抱不平，向那些"八婆"说："你们心理，才有病。"

相反地，也遇过一位什么东西都不吃，只顾喝酒的女子，旁边的人一直夹给她，也不拒绝，因为她不觉得有什么必要向人解释她只爱酒。最后，面前一大堆食物，她向身边的人说："请侍者包起来，让你拿回家去消夜吧。"

这种人物，也实可爱。

真正热爱食物的女人，和陪你吃东西的女人是不同的，一眼就看得出。前者见到佳肴，双眼发光，恨不得一口吞下。后者把东西放进口后，又偷偷地吐出来，或者咬了一小口就摆在碟上，在你的面前装享受，但是从举止和表情中就能看出对食物的厌恶，这种女人最假，防之防之。

也有一边大鱼大肉，一边喊死了，吃那么多怎么办的女人。这一类最难分辨她们的好坏，可能是很坦白，也可能是做作，但两者皆为性格分裂。

还有一种肯定是讨厌的。在宴会中经常遇到一些中年夫妇，太太什么都吃，胖得要命。而先生呢？瘦得像电灯杆，他一举筷，老婆即刻发出警告："胆固醇已经那么高了，还敢吃？你吃死了不要紧，千万别爆血管、半身不遂要我照顾！"

怪不得倪匡兄常说："人一上年纪，如果要活得快乐，有两种人的话千万不可听，一是医生，一是太太。"

有些先生更不幸，娶的太太，是医生。

在自助餐中，最容易看到女人的贪婪。多年前，有一个臃肿的胖女人，无男不欢，一天数回合，消息爆了出来，八卦周刊称她为欲海奇葩。

一次吃自助餐，有一个肥婆，整碟食物装得满满的，一共来回无数次，嘴巴旁边都是油腻，还来不及去擦。这件事千真万确，绝非虚构，我的友人看到了，向她说："你真是一个食物的欲海奇葩。"

笑得我们从椅子跌落地。

自助餐上，也能看到女人优雅的一面，有一个拿空碟子，左一点右一点捡食物，黄的鸡蛋、绿的海藻、红的西红柿，像在作画。人和食物，都美得不得了，爱死这种女人。

陈茵茵菜谱

哪位是陈茵茵？也许大家还没听过，她是参加我的旅行团的团友之一，见面时大家一谈，我即刻问："你是福建人吗？"

对方点头，从此以闽南话交谈。

从小在香港长大的话，也许乡音不那么重。六七岁时才来，是不是福建人一开口我就听得出，绝对错不了。这个本事是家传的，我父亲常猜对友人的籍贯，现在轮到我了。

陈茵茵和她的先生两人都是斯斯文文，一脸福相。谈到福建，也分闽南和闽北，我会说的是厦门到泉州的闽南语，再北上的福州，就一窍不通。那边讲的福清方言，像希腊语，一句也听不懂。

闽南人吃的，台湾相承，提起什么红鲟糯米、蚵仔煎、卤肉饭等，一定是福建菜。其中代表性的，就是我最爱吃的润饼了。陈茵茵说她会做，我也一直想到她家去吃，但就那么不凑巧，相约数次，都因大家忙而从来没有试过她的手艺。

在另一次旅程中，她告诉我："不要紧，做法我会写成书的。"

大少奶奶，出什么食谱呢？正在那么想，书已寄到，名叫《家传滋味》，王陈茵茵著，由圆方出版，印得非常精美。

即刻翻到润饼的做法，竟然有十二页那么详细。十八种食材：高丽菜、冬笋、红萝卜、荷兰豆、蒜仔、韭菜、唐芹、芫荽梗、香菇、木耳、豆干、虾仁、蟹肉煎蛋、鱼肉、瑶柱、花生粉、春卷皮和浒苔。配料有：芥辣、辣椒酱、蒜白、芫荽叶、花生粉、蒜仔梗和浒苔。

一再出现的浒苔，不是福建人或台湾人不知是什么东西，原来是极幼细的海藻，陈茵茵连在香港何处能买到都记载下来，购入后以多少分量，如何再炮制过，也一字不漏地记载。这是润饼的灵魂，最为重要。

看完书好像吃过一样，按照作者的做法一定能成功。其他闽南菜还记录了数十种，泉州的五香肉粽也记录，是思乡的福建人必读的一本书。

大食姑婆

女人之中，最欣赏的是大食姑婆。

原因可能是我上餐馆的时候，一喝酒，便不太吃东西，所以见到身旁的女伴一口一口地把食物吞下，觉得着实好看。

我认识的大食姑婆中印象最深的是名取裕子，这位女演员曾在风月片《吉原炎上》中大脱特脱，但在文艺片《序之舞》里，她演个女画家，入木三分，得了许多奖，是日本第一流的女演员。

名取裕子来香港的时候由我招呼她吃饭，她坐在我身边，我说过我喝了酒不爱吃东西的，看她吃得津津有味，一下子吃完面前的菜，我就把我那份给她，她笑了笑，照收不误。

主菜过后，侍者问说："要面或饭？"

她回答："面饭。"

连我的，四碗吞下，还把其他人已经吃不下的十个荷叶饭打包回酒店，临走前把全部甜品扫了。

第二天一早送她去飞机场，问："你那些荷叶饭呢？"

"回到酒店已吃光。"她说得轻松。

这次的东京影展中又与她重逢，她拉着我的手，到处向人介绍我是她的男朋友，幽默地说："蔡先生喜欢我的，不是我的身体，是我的胃。"

松板庆子是位被公认的大美人。她有个毛病，就是大近视，又不肯戴隐形眼镜，看东西完全看不清楚，但是逢人便眯着眼笑，那些笨男人给她迷死了。

其他东西朦胧，但是对食物她绝对认得出，我们吃中餐时她也像名取裕子一样连我的吃双份，桌中其余男人看到了也不执输，拼命向她献殷勤，忍着饿肚皮把菜递上给她。她说："ALA！"（日本人喜欢说"阿拉"，没有什么意思，是个感叹词罢了，和上海话的"阿拉"无关。）

"ALA！你们香港男人，胃口怎么都那么小！"媚笑之后，她毫不客气地把几份同样的饭菜吃得光光。

其实不止日本女人是大食姑婆，香港美女大食的也不少，常与四五位身材苗条的美女去吃上海菜，她们第一道点的就是红烧猪膀，有一次一只吃不够，再来一客呢。

吃相难看的人，本身也是难看的。美女们开怀大嚼，满嘴是油，来得个性感。

其中一名一大早饮茶，独吞八碟点心，再来一盅排骨饭，完了叫一碟蛋挞，犹未尽兴，最后加个莲蓉粽子才满足。

几小时后，午饭到韩国餐厅，我常去的那家服侍我的是正统的韩国小菜，一共有十余碟，加上七八碟烤肉，加一个牛肠锅，干干净净吃完。

四点钟她已喊饿，到大酒店吃下午茶，先来个黑森林，接着是芝士蛋糕，我开玩笑说不如来两客下午茶套餐，她点头称好。又是三文治又是面包，她一人包办。

晚餐带她去意大利餐厅最适合了，这么一个会吃东西的女子，先用一碟意大利粉填满她的肚子。诧异的是那一大碟面条她只是当吃两片火腿罢了，接着叫头盘、汤、沙律、牛扒、甜品。我只是点了一客羊扒吃不完，分一半给她，她说味道不俗，可不可以自己来一份？

半夜消夜，在潮州摊子打冷，一碟鹅肠、一条大眼鸡、半只卤鸭，另叫花生豆腐。以为她会叫粥，但她点的是白饭，连吞三碗半，噎也不打一个。

垫上运动做得并不剧烈。

第二天，她一大早摇我起身，问道："今天吃什么？"

年轻时有个女友住吉隆坡，姓台，台静农的台，酷爱穿旗袍。她带我去湖滨公园去吃烤鸡，可以连吃五六只鸡翼、八只鸡腿、四碗白饭，后来看到卖榴莲的小贩挑着担子走过，再开了三个。

吃完她刷的一声把旗袍的拉链打开，完全不管四周的人是不是看着她，脚一摊，走不动了。我常开她的玩笑，说她不姓台，应该姓抬。

我想女人除患上厌食症，大多数喜欢暴饮暴食，只是怕胖，不敢罢了。潜意识里，她们都是大食姑婆，如果让她们放纵地吃，一发不可收拾。

雷·伯毕利的小说《火星年表》中有一段，描述核爆炸下全人类死光，剩下一个男的整天等电话，结果打来的是个女的，他喜出望外，经过十几天日夜追寻，终于找到了她，发现她是一个不停在吃巧克力的大肥婆。

不过，话说回来，好的女人，似乎是怎么吃也吃不胖的，这是她们天生的优越条件。

在区丁平导演的《群莺乱舞》一片中，背景是二十世纪四十年代的石塘咀青楼，众人物中我们本来设计了一只"大食鸡"，平时加应子、话梅、葡萄干吃个不停，到西餐厅去时来一杯大奶昔，她嗖的一声用吸管一口吞光，吃午饭时白饭一大碗一大碗，眉头皱也不皱一下。将姐妹们的晚饭都吃得干净，笑嘻嘻地接客，客人由她闺房走出来，一个个面黄肌瘦，四肢无力。

结果因篇幅，只是轻描淡写地浪费了这个人物，等下一部同题材的片子把她重现，一定生动滑稽。

什么东西都吃的人

在东京逛书店，看到一本叫《美食街》的书，就即刻买下。

回家一翻，原来是纽约的食评家 Jeffrey Steingarten 写的《什么东西都吃的人》（*The Man Who Ate Everything*）的日文译本，原著早已看过。

作者的怪癖甚多，他不吃韩国泡菜、咸鱼、猪油、印度甜品、味精汤、海胆等等。这等于是一个艺术评论家不喜欢黄颜色，或者对红和绿有色盲倾向。那么多东西不吃，怎么与食评？

克服食物恐惧症有种种方法：

一、脑手术：刺激老鼠的扁桃腺可以改变它们偏食的习惯，在人脑中做做手脚，也应该有同样的效果，但是我们的作者放弃这个念头。

二、饥饿：亚里斯多特说食物在饥饿时更好吃，但作者只在一九七八年饿过一次肚子，就再也不干了。

三、巧克力：如果肯试讨厌的东西，就得到一粒巧克力当报酬。但这种方法，连小孩子也骗不了。

四、服药：引起食欲的药物多数有副作用，失眠、沮丧等等，作者说算了吧。

五、尝试：逼自己去试，试多了就会接受，作者认为这是他唯一能接受的办法。

结果他去了韩国餐厅十次，买了八罐咸鱼，六个月拼命努力之下，他爱上了韩国泡菜，也接受了咸鱼。

而你呢？你有什么东西不吃的？想不想去克服？

至于我自己，是个好奇心很重的人，大概用天上的东西只是飞机不吃，四只脚的只是桌子不吃，硬的不吃石头，软的不吃棉花来形容吧？

我认为所有能吃进口的，都要试一试。试过之后，才有资格说好不好吃。我不必用 Steingarten 强迫自己的方法。我老婆常开玩笑说："要毒死你很容易，只要告诉你这种东西你没吃过，试试看。"

父母的影响是很重要的。小时候看我妈妈用来下酒的是广东人叫为龙虱的昆虫，等我长大后已经罕见。为了怀旧，一直在找。好在近来复古当时兴，龙虱也面市了。吃油焗龙虱并不恐怖，当然只是将硬壳剥去，手指按着头一拉，拉去肠，剩下的身体细嚼之下，有点猪油渣的味道，和吃炸蟋蟀、炸蝎子一样。

说到猪油渣，与贫穷的影响也有关系。当年有一碗雪白的饭吃已感到幸福，能淋上猪油更是绝品。猪油渣加些糖吃，比任何你们吃的快餐都好吃。

有些很怕吃的东西，是因为我没有试过好的。像鹅肝酱，做学生的时候在西餐厅吃过一块，觉得有死尸味，从此敬而远之，一直到三十年之后住法国，吃到真正的鹅肝酱才爱上它。你看我损失了多少机会！

对爱狗的人，吃狗肉是罪恶。第一次试狗肉，是我从日本留学回来，一群旧同学为我养了一只黑色的菜狗，用腐乳煮了请我吃。他们为了这一顿花了三个月时间，不试怎么说得过去？吃了果然不错，很香，但我并不会特地再去找来吃。当时克服心理障碍的方法是：这只菜狗不守门，也不会衔报纸，它只是一味吃吃吃，像猪多过狗，我吃的，是猪。

连狗肺我也试过。数十年前在广州的街头看到有人摆地摊，一只狗的所有部分都煮了风干，切片后陈列着。我看到有一堆肉类前面的牌子写着"狗肺"两个字，就买了一片吃进口。给女人骂得多了，不知道它的味道怎行？我告诉你，狗肺并不好吃，你可以不必试。

能吃的东西，像一个宇宙那么多。引导不喜欢吃芝士的人去吃芝士的方法，是先请他们试试澳洲出产的水果或果仁芝士，甜甜的，像蛋糕多过芝士，吃了并不觉恶心。跟着便由牛芝士吃到羊芝士，研究起来品种无穷，又是打开了一个新世界。

不吃榴莲吗？请小贩帮我们剥了壳，拿回家放在冰格中。榴莲肉不会冻硬，吃起来像雪糕，气味也没那么重，慢慢地，你就会上瘾，又是一个世界等着你去发掘。

只有食物能够打破人与人之间的隔膜，和其他国家的人谈起吃的东西，总有共同点。常听到的开心事是，顺德人最爱谈吃，遇到什么人都说自己妈妈包的鱼皮饺最好。

什么东西都吃的我，不爱吃山珍野味。并非为了环保，我只是觉得这些东西得来不易，而得来不易的东西，烧来烧去只有那几种单调的烹调法，就远不如牛羊那么变化多端。常去的一家餐厅，单单是猪，就能轻易地变出三十六道菜来。

我常说，与其保护濒临绝种的动物，不如保护濒临绝种的食物。许多儿时吃过的味道，当今已消失。能够尝到传统的食物，已经觉得非常幸福，哪里有时间讨论什么不吃的？

大辣辣

门口金漆招牌，以黄庭坚的字体，写着很大的"大辣辣"三个字。

地方不大，三千平方英尺左右，装修简单朴实。最大特色，是大堂中央的那个用铜打出来的锅，直径足足有六英尺，锅身很深，发出香浓的辣味。店里挤满了客人。

探头看锅中物，眼镜即刻给辛辣的蒸气弄得朦胧，只见一幅鲜红的抽象画，活着的，形态变幻多端，又冒着白色的烟雾。

煮的是一沓沓的排骨、猪手、猪颈肉、面颊肉、五花腩、猪心、猪肝、猪肠，当然还有大量的猪红。总之，整只猪最好吃的部位都在其中！

这一个大锅的汤汁是永不更换的，不断地加入食材和最辣的辣椒干、辣椒粉、胡椒、山葵、芥末，凡是造成辣味的因素都加了进去，就是不用味精。

锅边摆着很多对三英尺长的筷子，客人可以随他们喜好选择，把肉装满一碗就算一碗，两碗就两碗，大师傅为你斩件后香喷喷上桌。

一坐下来先用这碗东西下酒。啤酒是浸在充满冰块的大桶中，学习"东宝小厨"。用来喝的鸡公碗冰冻过。一口啤酒喝下肚，"滋"的一声，像能浇灭燃烧的胃火。

墙上贴着全世界辣椒品种的海报，分新鲜的和晒干的。

辣的程度是没有标准衡量的，只能用比较。图上是将最不辣到最辣的辣椒分为十度计算，我们以为会辣死人的泰国指天椒，辣度只不过是"六"罢了。"十"是来自古巴夏湾拿的黄色小灯笼椒（habanero）。我们用来涂鲮鱼胶的绿辣椒，辣度是"零"，根本不入流。

天井挂下来的是一串串的青红辣椒形的电球，发出亮光，还有无数的大蒜，大蒜虽然和辣椒家庭无关，但是，是最佳伴侣。

侍者的服装，女的穿大红，男的大绿，笑盈盈奉上茶水，不喝酒的有夏枯草。

打开餐单一看，不得了，里面全世界著名的辣菜都齐全。咖喱和冬阴功等不在话下，还有许多没有听过的辣菜，一一尝试，七天也吃不完。

叫了一个美国辣豆，用木碗上桌，吃时用的也是木制的汤匙，里面的豆红颜色，绝对不是番花染成，用最辣的得克萨斯州辣椒熬出来，中间夹了一些培根细肉。啊！味道奇佳！这是美国人唯一的地道菜，印第安人吃的，美国其他食物都受到外国影响。

涮羊肉用的是特别制造的锅，永不粘底，里面滚的不是汤而是酱——桂林辣椒酱，中间加了大量的大蒜。羊肉切薄片，白灼至半生熟，在锅中涮涮即能进口，吃完辣得抓着舌头跳迪斯科。

嫌啤酒不够呛的话，可叫浸着指天椒的伏特加酒。对酒精过敏有其他选择。其实解辣的最佳饮品是牛奶，店里卖的是每天由北海道空运来的鲜奶，浓度达五度。

菜单上还有一页是客人的独创辣菜，原来大家可以在店里厨房炮制自家菜。被店主挑选出来的话，今后就将这个客人的名字列在餐单里面。他们来这家餐厅吃东西，自创的菜终身免费。

看名字，"大佛口"的老板陈先生也在里面。他从前做的辣煮东风螺已被各大餐厅模仿。有一天，嗜辣的客人叫他做一道全世界最辣的菜，陈先生想了一想，走进厨房，剁了大量指天椒，混在鱼胶之中，再蒸出来。他说炸的话是不够辣的，结果吃得客人都跪地求饶。

另一边的墙上挂着一块很大的牌子，是吃辣龙虎榜。这家店有一道秘方特制的招牌辣菜，用个鸡公碗盛着，颜色红黑之中，夹着金黄，未上桌辣味已呛得客人流泪。一桌人来一碗，大家分着吃都吃不完。

龙虎榜上布满客人的名字，最下面的那一行是能够一个人吃完一碗招牌辣菜的，上一行是两碗，再上一行是三碗，以此类推。冠军能吃八碗，那是两年前的事,至今还没有人可以打破他的纪录。

当然,冠军级人物可以随时来店里免费进食,招牌辣菜第一碗算钱,能吃到第二碗就不必付款了。

甜品有辣椒做的雪糕和指天椒甜酒。

陪着嗜辣的人来店里,自己不吃的,可以叫"仿辣膳",大红大紫,看起来可怕,但吃着一点也不辣。

付账的柜台中,卖各国文字的辣椒书和辣椒食谱,并有全世界最辣的辣椒酱出售。那是用十公斤黄色小灯笼椒(habanero)浓缩成一小瓶的酱汁,装在一个特制的小棺材盒里面,表示致命,客人要买这瓶辣椒酱需要签一张生死状,辣死了店里不赔偿的。

因为材料并不是很贵,埋单时觉得价钱合理。

我们吃东西有时没有胃口,一没胃口就想起这家叫"大辣辣"的餐厅。

地址:不详。

电话:未装。

一切都在我脑里,店还没有开张,你有没有兴趣投资,做股东之一?

鲩鱼粥和机关枪

四老,真名没有人知道,到南洋谋生,已有四十年。

年轻时,四老对那回事真是天赋异禀,可以不拔鞘而连开四发,有"机关枪小四"的美名。年纪一大,人家便称他为"老四"。

在中国,他有妻妾、子女、孙儿。起初想赚了点钱回去,后来日本鬼子扰乱了他的计划,便一直拖了下来,未返家园。

单身在异乡，每天将卖笑女郎就地正法，钱再多也不够花，为了节省，就糊里糊涂地娶了个土女，连发之下，生了一个篮球队。

一年复一年，四老不断地寄钱回家，每接国内来信，看见发妻娟秀的字，便想起当年的洞房花烛夜，以及翌日清晨的鲩鱼粥。

这碗鲩鱼粥在其他地方绝对吃不到，他太太的刀法极佳，火候又抓得准，新鲜的鱼片，在滚粥里一灼，入口有弹性，不像别人烧得那么又碎又烂。

南洋的老婆亦很贤淑，她自认为占了人家丈夫，心中有愧，常常劝四老回家走走。

四老欠那笔感情债是无法补偿的，无论如何都应付不了见面的尴尬。

爱打趣的朋友对四老说："回去是应该的，不过要穿多几条底裤。"

"为什么？"四老问。

回答道："如果太太发了脾气，拿着剪刀要硬剪你那个话儿，最少也可以拖延几分钟时间逃走。"

四老听了只是苦笑。

到退休那年，坐也不是，四老脑中的鲩鱼粥越来越大碗。最后，他向那朋友说："怕什么？回去后最多先自行切下给她做及第粥。"

到了久别的家乡，儿孙候门，老妻却躲进房里。

左右邻居，老老少少挤成一团，他们主要的还是想分点礼物。

在纷扰中，四太太忍不住，从房里冲出来，喝请各人回去。

两人相对，感慨万端，叫四老惊奇的是她十分健硕，而且三围不变。

当晚，四老一家，关上门，在厅上叙旧。四太太向儿媳们说："你们父亲在外，孤单寂寞，他讨一房小的，也是应该。"

四老听了松一口气。

她继续说："一个男子，无人服侍，如何了得。何况……何况他那……"

说到这里，四太太向他望了一下，两人都红了脸。儿媳们都莫名其妙，本来是同情四太太守活寡的，现在她那似笑非笑的表情，不知要怎么反应才好。

"好了，不早了，你们收拾碗碟快点睡……"四太太一说，大家散了。

那一夜，四太太烧了一盆热水，亲自替四老"洗番脚"。

之后，她自己亦在房里沐浴，四老要看她，她熄了电灯，燃上一对红蜡烛，而且焚了香，在香烟缭绕之下，两人都有了幻觉，回到当年洞房的时候……

镜头摇上，天空有个圆月。

天未亮，四太太起了床，整发抹粉，她望着酣睡中的丈夫，越看越开心。悄悄到厨房，她煮了一碗鲩鱼粥，再添上自己种植的芫荽，给四老作早点。

"很久，很久，没有尝到这味儿了。"四老说。

"是的，很久很久，没有尝到这味儿了。"四太太喃喃自语。

四老又爱又怜，拖她入怀，但给她用手推开。

"我那小的，虽然贤惠，但没有你……"四老说到这儿，她立刻捂着四老的嘴道："从此之后，不许你在我面前提她。"

看在四老眼里，其意心动，其音悦耳，其味甘酸，是一首艳诗。

四老强来亲了个嘴，她说："给媳妇们看到像什么话？"

说完起身。

四老问道："你要去哪里？"

"关门呀！"她说。

镜头又摇上，天空有个大太阳。

从第二天起，四老一步亦不踏出房门，和四太太如糖粘豆。

四老在家住了两个月后，陪太太到全国去游山玩水。到了苏州寒山寺，夫妇向佛像祷告彼此平安，他们所献的是一束昂贵的绸花，洋名为"永毋忘我"。

又去了泰山，四太太真是健步如飞，四老脚力不济，她回头，把四老的腋下一托，两老果然登上了南天门。

"老的，你还了得。"四太说。

四老喘着气："我在南洋，出门还要用拐杖，现在像打了一针荷尔蒙。"

四太说："老的，你已经够犀利了，打了针还得了？"

听了气顺，四老的呼吸再不急促。

看着他的微笑，四太说："番鬼药太霸道，以后还是试试北京同仁堂的十全大补丸好一点。"

日出的壮丽，也勾起另一处的健壮，两人一看旁边无人，又来了一下。这一次，差点就要了四老的老命。

又回乡下，四老还是赖着不肯走。四太可是个明理之人："老的，你在那边已落地生根，和我不过是一场旧梦，明天，你好去买船票了。"

送到码头，四老说："明年，这个时候，再来看你。"

"路途遥远，没有回来的必要了，让小的照顾你好了。"

"你舍得吗？"

"第一次我已经挨了四十年；这一回，可以顶一世。"

四老笑道："我忘不了你的鲩鱼粥。"

四太涨红了脸："我才忘不了你的机关枪呢！"

乌龟公阿寿

很久之前，我在台北工作，住第一饭店，一泡就是两年。

那小房间就是我的家，里面堆满了翻版书，这种东西在台湾最便宜，不买是罪过。

看书看到半夜，肚子饿，没有厨房，我一定横过马路，跑到对面的大排档去吃炒面。这摊子的老板四十多岁，对工作一丝不苟，先爆蒜茸，生面炒个半熟，加上汤滚，又把一大锅的面分成六七份，各份均等地放入鲜鱿、五花肉、葱菜、鸡蛋、腊肠和虾，翻炒一下，撒上猪油渣、炸小红葱后上桌。那面入口，不软也不硬，香甜到极点。

多年后重游，想起那家炒面口水直流，即奔该大排档，已不见影踪。不死心，到附近的商店去打听，没有人记得，因为他们也是新搬来的。最后，找到一间简陋的杂货店，那干瘪的老太婆说："你是讲阿寿是吗？他的福建面好好吃唷！"

"对呀！对呀！就是他！"我开始看到了希望，"他人在哪里？"

"面不卖，去做乌龟公了！"老太婆说。

"乌龟公"，台湾指妓院老板。我心想："他妈的，真有种！"

老太婆也不知道他的地址。我对自己有个交代，以为事情告一段落。最近在西门町，看到一个熟悉的背影，马上高兴大喊："喂，阿寿！"

"是你呀，蔡先生，真久没见！"阿寿并没有忘记我。

看他一身新衣服，头发染得乌油，真有点龟公相，单刀直入："听讲你做了乌龟公，是真的？"

阿寿尴尬地点点头。

"不过，"他说，"做乌龟公不算是一件羞耻的事！"

"我不反对。"我同情他还是羡慕？

"真巧，我刚从监牢放出来，她们给我钱去理完发。我们先到一条龙去喝几杯吧！"阿寿也高兴起来。

三杯下肚后，这是阿寿的故事：

有一晚，来了七八个女人，她们都是附近做酒家女和舞女的，常来消夜，大家都很熟悉。她们叫了半打绍兴酒，吃到醉了。

"喂，阿寿，"其中一个说，"过来饮一杯，我敬你！"

我心里想老婆刚跟团去日本去玩，自己一个也无聊，就关了铺和她们吃酒。

"今夜这一顿算我请了！"我一喝醉就很大方地说。那几个女子高兴得跳起来，说我人真好。我一想起赚的钱全部给老婆拿去花，就有气，叹了一声："做人，不如做猪哥。"

"猪哥有什么好？"那个五月花说。

"赚钱！"我回答。

大家都笑得由椅子上滚下来。

皇后说："不如我们请你做猪哥！"

那一群女的都赞成："对了，我们免费替你服务，赚到的大家分，但是还有一个条件，就是要你炒面给我们吃！"我当时把心一横，就一口答应下来。

说说说之间，她们租了一间厝，我也把所有的钱给了我老婆，反正都是她抓着，收了面档跟着那群女人跑了。

起初大家都在酒家做，白天接客，半业余。钱赚得刚够开销，大家乐融融，一块儿吃炒面。我分配她们，也和炒面一样，很平均，而且你知道我做事一丝不苟，她们都很欢喜。

后来生意慢慢好了，她们干脆不当番，一天到晚吃这嘴饭，又招了许多姐妹，一下变成二十多个。问题来了，生意大家争，炒面也要抢着先吃，结果给一个新来的坏女人告到警备所，把我抓进去。她们哭得好伤心啊！一个个轮流来探监。

两年很快过去，她们今晚等我回家吃饭，我不知去还是不去，因为我听说这桌菜，是一档卤肉饭的老板在家烧的。

邹胖子水饺

邹师傅做的水饺，热、香、软，皮是皮，馅是馅，两者各有独特的滋味。早年在内地，他的水饺档，已闻名全国。跟着人群逃到台湾后，又在一街头开档，客人拥挤前来，交通受到阻塞。

商人哪肯放过这个赚钱机会，纷纷拿钱出来请邹师傅开店。他不识字，不会取名字，自己身体肥胖，就干脆叫为"邹胖子水饺店"。

邹师傅开的店起初生意很好，后来客人就慢慢少了。投资者前来问原因，邹师傅脾气不好，左一声"他妈的"，右一声"他妈的"，"老子就不干了！"

他一走，后台老板还是以邹胖子为名，继续请旁人做饺子，生意虽然没有刚开始的那么好，但能够维持下去。后来还逐渐转佳，分店开了一家又一家，但是所做的饺子，已和邹师傅完全无关了。

数年前我在一家机构做事，它的饭堂所卖的小吃，只适合喂猫狗。忽然听到一个好消息：鼎鼎大名的邹胖子跑到香港来做生意，而且不是在别的地方开店，竟然肯到我们这间饭堂来包饺子！

当天，所有的高级职员包括总裁都一早去霸定位子，等着欣赏邹师傅的手艺。果然名不虚传，他做的水饺吃后毕生难忘。

但是，问题又来，休息时间只有一小时，等东西吃要花三十分钟，许多同事都不耐烦。过了几天，饭堂里的客人又少了，大家宁愿挨饭盒子去了。

公司的一个管理员跑到厨房去教训邹胖子，只见他慢条斯理地一个包完又一个。管理员大声喊道："我说呀，邹师傅，我们这里人多，你为什么不早把水饺包好，大家叫的时候即煮给他们吃？这么慢，怎么做得了生意？"

"你他妈的懂什么？"邹胖子瞪大了眼，"一早包好，馅上的汁就渗到皮里去了！包水饺，功力就在现包现煮，你要快！你便去吃他妈的麦当劳！"

邹师傅收拾了行李。江湖上，从此再见不到他。

锅贴

程校长是山东人，南来已有数十年，我记得他常来家里做锅贴给我们吃。对一个吃惯炒粿条和虾面的孩子，锅贴是很新奇的味儿，所以印象特别深刻。程校长的锅贴，皮薄干脆，中间酿着的肉团子，摇起咚咚有声，蘸上浙醋，美味非常。

南洋的中文教育制度日渐变化，程校长不以为然，但亦默默耕耘。他的妻子的年纪比他小很多，甜甜的微笑，慧淑，以前是他的学生，对她的先生，她一直没有改过口地称为程校长。

工作之余，程校长有个兴趣，那便是变魔术。他无师自通，看着书照学，也很有成就，许多难变的魔术他都能表演，让我们一群儿童，有时看得惊叹，有时看得哈哈大笑。一天，程校长忽然宣布他不教书了。大家劝他留下来，他很固执地摇头，问他要干什么，他说："最多，回内地去！"

带着些微薄的积蓄，程校长和他太太告别亲友，便上路了。

据说程校长到了老家，老家已面目全非，亲戚们见他手头不阔，也少来往。

干部问道："你能干些什么？"程校长想了想："我会变戏法。"

之后，他和他的爱人，背着笨重木箱，到处漂流，给部队表演他的魔术。

渐渐地，掌声少了，大家也看腻了。

他太太一直当他的助手，怪罪在自己身上："校长，是不是因为我老了？"

程校长摇摇头。

"要不要我替你去找个年轻的女同志代替，校长？"

程校长摇摇头。

当晚，程校长又做锅贴，他太太吃了："校长，为什么味道苦苦的？"

程校长自己也吃了一口："不会嘛，还不是和以前做的一样？"

从此，我们再也没有听过程校长的消息。今天到北方菜馆，忽然又想起他做的锅贴，摇起肉馅子，可没有咚咚的声音。

大胃王

为了做宣传，在美食坊举行竞食比赛。参加者有六名，五名是香港的，第六名来自日本东京，是日本的大胃王，叫小林尊。

这个人二十七岁，不是个胖子，样子还不丑，头发染成金色，眉毛剃得尖尖的，像一个偶像歌手，还带着经理人兼保姆上阵。

比赛之前，我们坐下来聊聊："能吃那么多，天生的？"

他对我还算是恭恭敬敬的样子："不，我们家里的人都不是大吃的。"

"那么是训练出来的？"

"绝对要训练，最初吃一碗饭，接着两碗、三碗、四碗那么吃出来的。"他说。

"你在纽约的热狗比赛，一连五年都是冠军，到底能吞多少只？"

"五十多只，汉堡包我能吃六十多。"

"汉堡不是比热狗还难吗？"

"不是快餐厅那种那么大的，"他回答得老实，"比热狗容易。"

"这次比赛吃叉烧包，你有把握在十二分钟内吃多少个？"我问。

"没吃过，不知道。"

"为什么'大吃会'的比赛时间都定在十二分钟的呢？有没有原因？"

"也不明白最初是谁规定的，"他说，"后来的都跟着定十二分钟，没什么医学根据。"

"你现在还有其他工作吗？"

"没有。全靠拿奖金过活了。"

"世界上有那么多的比赛，你到底怎么知道会在哪里举行？"

"互联网上有很多网站，我的经理人公司替我找出来，我一个个去，今年的期已经排得满满了。"他说。

时间到了，工作人员来叫我们上场。

台上站着几位大汉，身材都比小林尊高大，个个都对自己的胃口很有信心。

轮到小林尊出场，他走出来，很有台风，已有许多少女尖叫，当他是明星。日本来的（不能称影迷或戏迷，最多是胃迷吧），纷纷举起相机拍照，小林尊向众人举出Ｖ字形手打招呼，更惹得那群疯狂女子高潮来到。台上，工作人员摆了一笼笼的叉烧包，一笼十个，叠得很高。

后台播出强烈的迪斯科音乐，我举起大槌往铜锣一敲，比赛开始。

小林尊用最快的速度，在一分钟内，解决了一笼。

狂扫第二笼，小林尊一面吃一面摆动身体跟着音乐节奏跳舞，简直是一名经验老到的表演者。想起倪匡兄吃得太饱时也跳几下，说能快点消化，笑了出来。

第三笼很快地吃光，我发现他是将叉烧包捏扁，令它们更容易吞下。开始喝水了，到了第四笼的时候，我在他后面问道："喝了水，包不发胀吗？"

他没有因为我打断注意力而分神:"不,反而容易让面包粉皮软化。"

第五笼又吃完,别的参赛者放慢,已有气喘的迹象,小林尊干掉了六笼。

看时间,已过了六分钟,赛事过半,第七笼开始,气氛愈来愈热烈,因为他充满信心,不会令人联想吃得太多而肚子爆裂的恐怖印象。

时间一秒一秒过,我发现他的平均速度是七秒钟吃下一个,原来这个人已经胸有成竹地把要吃多少个算好,八笼已吃完。

别的人已经不太会动了,他已是赢定,但是没有停下来,像要打破自己的纪录。第九笼了,剩下两分钟,我拼命替他打气,现已经到了第九十八个,九十九,一百,完成。

在十二分钟内吃了一百个叉烧包!

闪光灯照个不停,小林尊优胜,看其他参赛者,最多吃到四十多个而已。

我把大银杯和奖金交到他手上,各家电视台和报纸杂志的记者争先恐后发问,小林尊淡定地一一作答。

"肚皮有没有胀呀?"记者问。

小林尊大方地拉开恤衫,露出大肚皮,众人惊叫时,他又收缩,展示六块腹肌,像健美先生一样。

他苦口婆心向小朋友呼吁:"这是训练出来的,千万不可以学习。"

"你认为香港选手的表现怎么样?"

小林尊很圆滑地:"我看他们都有潜力,只是没有像我那样训练而已。"

"你比赛前有没有吃东西呢?"

"没有。"他回答得坚决,"饿了三天,做好准备。"

"那你平时一天吃多少餐?"

"六餐。每餐吃得不多。"小林尊说。

"吃了一百个叉烧包,今晚还会吃吗?"

"香港是美食天堂,我本来已经吃不下了,但是还是忍不住要试试你们的海鲜。"

给小林尊那一顶大帽一戴，香港的记者都很满意地收工了。

记者招待会完毕后，小林尊再找我闲聊。

"辣的行不行？"我问，"下次请你来比赛担担面。"

"第一碗会辣坏，但是到了第二碗就感觉不到了。请你一定要请我。"

"记得到时要多吃木瓜，木瓜能解辣，不然后患无穷。"我劝告。

"一定听你的话。"大胃王小林尊说，"我们有共同的地方，我吃多，你吃巧，都是靠吃为生，做这一行真快乐。"

老友记

天一冷，就想起吃火锅，跑到九龙城老友"方荣记"去。火锅的话，除了这一间，不做他选。

还是那么热门，店外站满客人等桌，我有特权，摩啰替我找到一个位子。

摩啰，是"方荣记"少东的别号。怎么取的？没有问过他。此君对红酒甚有研究，要开瓶"八二年"来请客，我说免了，一个人喝不完。

"喝不完，我陪你喝。"他说。

"算了，算了，今晚还要写稿。"好容易才把他的盛情推却。

"要吃些什么？"他拿着单子。

"自己来好了。"我本来要跑到玻璃柜台后，找那个切肉的老伙计。

"他退休了。"摩啰说。

熟面孔一个个老的老，走的走。想起来，旧老板，外号叫"金毛狮王"的，也过世了好几年，但是有新朋友接任，摩啰和他的弟弟现在主掌这家九龙城最热门的火锅店。从他们年轻看到他们大，摩啰也步入中年了，老店保持水平,实在不易。

切一碟肥牛。这里的来货,还是摩啰的妈妈每天早上从很多家肉档亲自进的,不是每一只牛都有的,是最好的部分。灼一灼,吃进口,一点渣也没有,不亲口吃过不相信。

"单单一碟牛肉怎么够,再来再来。"摩啰说。

"好吧,再一碟米粉好了。"

汤底已被牛肉煮得很甜,米粉将汤汁吸着,比山珍海味好吃。

蔬菜是奉送的,抓了一把西洋菜放进锅里滚,甜上加甜。

要埋单,摩啰坚决不肯收,我是一向坚持付钱的,争执一番。

"不行!"我喊了出来。

"当我朋友吗?"他说。

没话说。好,今次就白吃白喝了,拍拍屁股,走人。

糖斋

冯康侯老师生前很喜欢吃甜,后来干脆把书房改了一个名字,称之"糖斋"。

通常好酒嗜烟的人,对甜的东西一定没有好感。冯老师那时候已经八十岁,酒不多喝,但烟照样抽得很凶。我自己碰到糖果就皱眉头,为什么老师嗜甜,是我一直不能理解的事。一直没有机会问老人家,只是在外国旅行时总往糖店钻,希望找到一两样老师没有吃过的,带回香港试试。如果喜欢,下回才大量购买来孝敬。

"在珠江艇上饮花酒,几兄弟一下子就把一瓶白兰地干了。"老师说道,"每晚,艇仔的地板,总躺几个酒瓶尸体。"

这种回忆我也拥有,和倪匡、黄霑二兄做《今夜不设防》节目时,两个钟下来,三人喝两瓶白兰地亦为常事。

黄霑兄已经不喝了,说脚有痛风。倪匡兄虽然宣布自己饮酒的配额已用光,滴酒不沾,但是当我到旧金山去,我们两人还是照喝不误。倪太看在眼,也不阻止。量,当然大不如前,但啤酒和烈酒一瓶又一瓶。

我一直认为身体中有一个刹车掣,到时到候喝了不舒服,就不去勉强自己,酒一少喝,奇怪得很,开始可以接受雪糕。各种不同的冰淇淋,看到了就想吃,尤其爱掺 Baileys 酒的,非吃到肚子痛不罢休。

旅行时坐长途巴士,也会从和尚袋中拿出一包包的糖果。太硬的不是很喜欢,嫌它们要吃个老半天才溶解,把它们当骨头咔嚓咔嚓地咬嚼。最爱吃的是黄砂糖,拣其中黑色的硬粒来咬,小时候不也是这么吃过吗?返璞归真罢了。

渐渐了解冯老师爱糖的心态,他逝世后糖斋没有人承继,由我来延长吧。老人家曾经写过的"糖斋"横额,不知落于谁手。今后搜索,找到了可当招牌,这家甜品店,终有一日开张。

入厨乐

说到烹调书,书店已有一大架子装得满满的选择。外国出版的,种类更多,摆得一面墙都是。中国烹调书,很多来自台湾,早年有著名的《培梅食谱》,但我们香港人看来觉得外江佬菜太多,并不亲切。后来内地也出了很多图文并茂的烹调书,但大多贪心,把全国的佳肴都放进去,反而少了特色。诸多的烹调书中，做法和分量都没搞清楚，有的太粗，有的太细，把读者弄得头昏脑涨，宁愿有英文，可以交给菲律宾家政助手去阅读。方太一系列的烹调书较佳，"糖朝甜品"洪小姐写得也不错。唯灵兄的英文书我还没有看过，不知内容如何。

说到最精美最实用的，是黄吴婷女士著的《入厨乐》。第一次看到，已爱不释手，读后得益甚多，今后自己烧菜，一定偷师。翻到"九江煎堆"，先是一张彩色照片介绍食物的全貌，背景的道具也陈设得细心，后页是做法的过程，一系列的照片拍出原料的包装、厂名，再有详细的过程，由搓扭到煎炸，一丝不苟，最后再看作者的烹调心得，把重点紧紧抓住，如果看了不会自己做煎堆的话，别入厨了。每一页的右上角都有一张古董茶盅的照片，用来盛菜的陶瓷更是悦目，作者不只做中国菜，西菜和日本菜也略加几道，炸鸡皮的背后是一樽白兰地，为 Martell 的 Extra。很多菜谱都先以冷盘入书，吴女士的不同，从传统的送茶甜心开始，接着是包点，然后才是主菜、小吃和粉饭汤酒，连做给小孩吃的脚板底也不放过。家中有位吴女士这样的高手，黄先生一生，已无憾了。

潮菜天下

"香港最好吃的潮州菜，有哪几家？"我这个潮州人，给朋友那么一问，也很难有个答案。

被公认为正宗的，有上环的"尚兴"，那里的螺片烧得出名，但价钱贵得也出名，已被客人冠上一个"富豪食堂"的名称，当然不是我们每一天都去得的。

另一家是在九龙城的"创发",食物地道得不能再地道,只要你不是尽点一些高价海鲜,价格也适宜。那里的气氛有点像把大排档搬入店里,有些熟食是大锅大锅熬出来的,像他们的咸菜猪杂汤,也绝对不是家庭做得出的。

除此之外,从前南北行小巷中的摊子,搬进了维多利亚街一号的熟食中心,起初还有好几家开着,后来地方不聚脚,泊车又难,租金高昂,刻苦经营之下,走失多档。当今只剩下卖猪杂汤和粿品的两家是正宗的,其他的和别的广东小食一样,真是可惜。

市面上也有多间潮州菜馆,都已粤菜化,什么豉汁凉瓜、咕噜肉、沙律明虾等都厚着脸皮拿出来当招牌菜。今天招待日本友人到一家不出名的潮州餐厅,叫了一客蚝烙,上桌的竟是一片圆形的煎鸡蛋,切成六尖片,友人一看到,大叫:"Chiu Chow pizza(潮州意大利薄饼)!"

真羞人。煎正宗蚝烙用的是一个平底锅,普通的凹型铁镬是煎不出来的。厨子大概连这个道理也没弄清楚!

潮州菜基本上很少油,吃惯浓油赤酱上海菜的日本人,初尝潮州料理,惊为天人,认为健康之余,还一吃上瘾,绝对没有那种油腻腻圆饼的印象。

当今,要吃到一顿正宗的潮州菜,就连去到老家的汕头和潮安,也不一定找得到。经过"文化大革命"这个断层,又加上香港菜卖贵鲍鱼鱼翅的坏影响,我去过当地试了多家,都感失望。后来,到了汕头的金海湾酒店,老总替我找到了一位老师傅,和他研究了半天,问小孩子时吃过什么,才慢慢把他的回忆勾出。翌日一起去菜市场买菜,当晚才做出一餐像样的潮州菜来。

今天阅读张新民写的《潮菜天下》,感动得很。作者付出大量心血,将旧潮菜的历史和做法一一记录,实在是一本好书。多年后,当潮菜完全灭绝时,至少存着文字,让后代的有心人加以重现。

这本书出版得也辛苦,不在潮汕印刷,要山东画报出版社来刊印,可见自己人并不重视自己的文化，令人痛心。

阅此书引起我对潮菜的种种怀念，书中提及的鲎、薄壳、鱼生、护国菜、牛肉丸、老妈宫粽球、真珠花菜猪血汤、黄麻菜、姜薯等等，都是美味的回忆。研究潮菜、喜欢潮菜的人，不可不读。

说到潮菜，从"糜"开始，糜就是潮州粥。潮州粥要用猛火，水一次加足，煮至米粒刚爆腰就算熟了。这时候整锅粥让余热糜化，米粒下沉，上面浮着一层如胶如脂的粥浆，就是糜了，和广东粥截然不同。

从送糜的小菜，就能看出潮州的文化。潮人叫这些菜为"杂咸"，当然以盐渍为主，蔬菜、肉类、鱼虾蟹贝壳类，都腌制得咸得要命。海中的小生物一点也不放过，小蟹小贝，全部食之。像蟛蜞和黄泥螺，和宁波人吃得一模一样，这代表了什么？代表两个地方从前都很穷困，小量盐渍，才可多下饭下粥。

小水产的腌制，潮州人用个独特的字，称之为"鲑"，这与鲑鱼的"鲑"搭不上关系，潮语发音为"果娃"，黄泥螺叫成"钱螺鲑"，小鱿鱼腌制的是"厚尔鲑"，虾苗腌制的是"虾苗鲑"。有时，几颗盐腌薄壳，也能吃几碗糜了。

其他杂咸有鱼露腌制的大芥菜和芥蓝茎。菜脯、乌榄、榄角、香腐条、腌杨桃、咸巴浪鱼、熏鸭、橄榄菜、豆酱姜、贡菜等等，数之不尽。我上次去金海湾酒店摆早餐，自己到菜市场中找，铺满桌上的小碟杂咸，就有一百碟之多，一点也不夸张。

根据张新民这本书，再到潮汕去发掘，怀旧的潮菜可能会一样样出现。怀旧菜，是一个巨大的宝藏，我们不必创新，只要保存，已是取之不尽的。

再下来，可以到南洋去找回原味。华侨们死脑筋，一成不变，传统潮菜，却让他们留了下来。佼佼者有新加坡的"发记"。他们的炊大鹰鲳，一刀片开，插上尖枝，像一张帆。再在鱼肚内塞两支瓷汤匙，这么一来，那么厚的鱼肉才炊得完美。

还有曼谷的"廖两成",也有很多怀旧菜。曼谷的另一家潮菜叫"光明酒楼",老板已经七十多岁了,还亲自下厨。他的儿子当了医生,不继父业。这家店做的潮州鱼生特别地道,配菜也一丝不苟。我吃了埋怨杨桃不够酸,老板耸耸肩:"没办法,泰国这种地方,种出来的水果,都是甜的!"

食桌

小时,最喜欢听到"食桌"这两个字,是家中办宴席,大请客人的意思。

师傅前来烧菜,叫"做桌"。他们搬了种种材料、几个炭炉和一块大锌板——用来盖屋顶的那种。

先把锌板铺在草地上,另一边烧起炭来,炭一烧红,就摆在锌板上。大师傅拿了一支猎户用的双叉,穿乳猪,就那么烤起来。

记得捧着双腮,看大师傅把乳猪转了又转,绝对不会让猪皮烤得起泡。乳猪全身熟透,但表皮光滑如镜。

后来在香港吃到的乳猪,皮上都爆得起了芝粒,绝不光滑,也没有小时尝过的那么好吃。烤完猪后便把鱼翅分了上桌,当年并不是很贵的东西,吃时一人一大碗,满满的尽是翅,不像现在的人吃的,有三两条在汤上游泳那么寒酸。翅是红烧,没猪油红烧不成。蒸鲳鱼为主菜,越大尾越好。大师傅把鱼肉片开,但留一部分在骨头上,让汤汁更加入味。鲳鱼上面铺满咸酸菜、中国芹菜、香菇片和红辣椒,但最主要的,还是大量的肥猪油,切成幼丝,蒸后溶在鱼肉之中,没有了猪油,绝对不好吃。蒸后碟中剩下很多汁,除吃鱼,汁当汤喝,虽略咸,但饮酒之人不会抱怨。

也少不了虾枣蟹枣,那是把虾蟹和猪肉剁碎后,用网油包起来炸,再切成粒状上桌。不用网油包的话,已不能叫为枣。

最后,大师傅还会做一大碗的芋泥,当然又是猪油炒出。

总之,潮州人食桌,全是猪油。

最好吃的不是食桌,而是食桌后的那几天,把剩下的东西和春菜一起翻煮。很奇怪的,猪油被春菜一吸而净,看不见浮在上面的那一层,而这碗春菜才是天下美味。鲍参翅肚,给我站开一边。

到会记

当年母亲做寿,因行动不便,已甚少出外吃饭,就请了"发记"到会。

到会,南洋人又叫办桌,是把餐馆搬到家里来。香港著名的"福临门"也以到会起家,做工一流,店名吉祥,生意滔滔。到会这件事,年轻一辈见也没见过。当今能做到,已算是豪华奢侈的了。

"发记"我认为是全球最好的餐厅之一,许多老潮州菜都被五十岁的东主李长豪先生固执地保存下来,如今即使去到汕头,也难找到同样水平的。

长豪兄放下店里的生意,在星期天驾了辆面包车,带着位助手和两位女侍应,搬了家伙,浩浩荡荡来到我家。

先把他设计的烤乳猪铁架从车上搬下,搭好了,点起炭来。这么难得的过程,我当然得从头观察到尾。

"大概需要多少时间准备一顿饭?"我问东问西。

"一个小时吧。"他回答。

"真快。"我说。

"现在方便得多，又有帮手，我爷爷当年去马来西亚的小镇到会，单枪匹马，带去的只是两支铁叉。"

"没有炉子，怎么烤猪？"

"在地下铺一张盖屋顶的铁皮，上面铺炭，不就是最好的炉子吗？"

"食材呢？"

"主人家里多数种点菜养些鹅鸭，至于鱼，还要亲自到附近池塘里抓呢，哈哈哈。"

乳猪两只，在店里已去了骨头。火生好了，长豪兄将叉插进乳猪中，就那么在我家停车场烧烤起来。

"先烤皮还是烤肉，或者两边烤？"我问。

"烤皮。"他肯定地，"肉可以等皮烤好后慢慢烧。"

"要不要下调味酱？"

"在这个阶段什么都不必涂，只要抹上一点黑醋，它使皮松化。"

一手一叉，长豪兄将铁叉翻转后，由家伙中拿出一支长柄的刷子，点了油，涂在猪皮上。"涂油是要令温度降低，不是更热。"他解释，"在这个过程之中，最重要还是心机，看到皮一过热，马上涂油，不然便会起泡。"

老潮州烤猪和广东做法不一样：广东人烤的是芝麻皮，要发细泡；潮州则是光皮，一个泡也不允许有。

忽然，在猪臀那个部分发现——不是细泡，而是一个涨得很大的，眼看就要爆开。说时迟那时快，长豪兄又取出一根尖长的铁枝，从肉中穿去，空气漏出，皮又变回平坦。

二十分钟后，烧得快好，但猪头旁边接触不到火位，有点生。长豪兄拿起铁叉，放在火炉架子的下面，让余温将猪头慢火熏熟，完全是一种艺术。

盐也不下，怎么够咸？在乳猪烤起的最后一刻涂上南乳酱，大功告成，斩件上桌。

接着做生蒸鲳鱼。两尾三斤重的大鲳，洗净后放在砧板上。助手说忘记带刀来，这如何是好？

"家里的很钝。"我说。

"不要紧。"长豪兄拿了过来，翻着碗底，就那么唰唰唰磨起来。一下子变成锋利无比的工具。

每条鲳鱼片三刀，两面共六刀。一刀在鳍边，一刀在背上，一刀剖尾。将两支瓷汤匙塞入背和尾的缝中，放在底。面上的缝里塞进两粒浸得软熟的大酸梅。鳍面腹部塞入了冬菇。"得把另一片冬菇铺在鱼肚上，那个部分最薄，不这么做会蒸得过老。"长豪兄说。

在鱼上放红辣椒丝、茼蒿菜和冬菇一只，红绿黑三色，极为鲜艳。淋上点鱼露，最后没有忘记猪油丝，蒸出来后脂肪完全溶化，令鱼的表面发亮。

"鱼蒸多久？"我问得详细。

"餐厅的火猛蒸五分钟，最多是六分钟，家里的弱，要十一分钟。"他回答得准确。用这种方法才能把整条大鲳鱼蒸得完美，至今，我到过无数的餐厅，都没看过。要不是长豪兄得到祖父传下来的手艺，在这世上已经失传。

下了一大锅热油，把南洋人叫为贵刁的河粉炒透，到略焦时另煮一大锅上汤烧的鱼片、虾、猪肉、鲜鱿和菜心，淋在河粉上面，兜两下，即上桌，给家母的一群曾孙子曾孙女先饱肚，大人再慢慢欣赏其他寿肴，包括了炸虾枣、甜酸海蜇头、芥蓝炆猪手、炒肚尖等等十几道菜。还有我最爱吃的潮州鱼生，将当地叫为西刀的鱼切片上桌，鲜甜无比。最后上的是甜品金瓜芋泥。

付账时，价目看得令人发笑，我说："不会是因为我们的友好关系，算得特别便宜吧？"

"你讲明不吃鲍参肚翅的，怎会太贵呢？"长豪兄笑着说，"那些材料，也见不到什么功夫。当今的客人只会叫那些东西，而且吩咐一定要清淡，一点猪油也不许下。"

"叫他们自己做去。"我说。

南洋的天气下，长豪兄满头大汗，略为肥胖的身体上穿的衣服也被汗水浸透。他听了我的话，好像已经不在乎，笑着附和："是的，叫他们自己做去！"

基础菜

"大荣华"的老板梁先生请我们一群去吃虾。乘火车到罗湖，再转包车，直奔深圳机场附近。见一片片的"水田"，耕的是基围虾。树皮搭的屋子中，已准备好两桌，最先上桌的是开边的麻虾，食指般大，用炸过的蒜茸蒸，虾头膏美，肉鲜甜。接着是白灼基围虾和炒狗虾。三虾三味，各不同。我一向对基围虾没有好感，到底比不上在海洋中游水的虾鲜甜，但是这次吃到的，说是养过，只有一代左右，肉还是够味，吃完颈部还留有比味精更甜的汁液，久久不散。台湾有一种草虾，一养几代，像一个满口美国腔的洋女，白灼后颜色艳红，有如她们丰满的身材，但一吃，却似嚼发泡胶，一点味道也没有，是天下最难啃的东西之一。

另一种菜是我从来未尝过的鱼，皮厚，肉呈褐黑色，细细长长，斩成数段炒，也很鲜美。有个古怪的名字，叫"蛇耕"。蛇是没错，那个"耕"字到底是不是这么写，就不清楚了。友人说小时候常吃，长大了再也没见过，可能是因为污染而濒临绝种。

肉类菜肴则有白烫鸭，用一个热镬把鸭烫得半焦上桌，另外有只白斩鸡，当然是主人养的走地鸡，肉略硬，但细嚼后亦口齿留香。最后是黄油蟹，好吃不在话下。

梁先生提一个背包前来，打开，原来是一小型的手提雪柜，向主人要了数只黄油蟹装进去，说要拿回香港，他的朋友在元朗有个鱼池，所养乌头最肥美，供应梁先生宴客，所以梁先生拿蟹报答。拿好东西与吾等共享，梁先生是真正的食神。这次吃到的是一顿最基础的菜，无花无巧。吃东西要懂得欣赏基础，才能毕业，等于学画的人，如果不懂得素描，一下子跳到抽象派，是死路一条。

方荣记

星期天，和一群好友打台湾牌，晚饭时间到了，友人家用人放假，驱车到九龙城去找东西吃。泰国菜试了太多，下个月初又要去曼谷，想换个胃口。大家建议纷纷，最能引发食欲的，还是"方荣记"的火锅。

第一次是周石先生带我去，介绍了老板"金毛狮王"八哥给我认识，从此做了好朋友。当年还是烧炭的，抽烟时赤手拿起一块炭来点烟，是八哥的看家本领。后来改为煤气，八哥没得表演，气氛逊色了许多。原来不准用炭，是市政局规定的。像茶楼不准挂鸟笼，罪魁祸首也是他们。

周石先生作古，八哥也于去年逝世，更想念"方荣记"。八嫂不在，八哥的两位公子热烈招呼，人世间，就是那么循环。我们叫了一桌食物，摆也摆不下。肥牛从前是八哥一大早一档档去收集，现在这责任交了给八嫂，保持一贯的水平。牛肉入口即化，香甜无比，一点渣也不存口，一吃就是两大碟。另外有牛百叶，黑色的那种。猪肝猪腰、鱼云、鹅肠、鱼丸牛肉丸、水饺鱼皮饺、生蚝、黑豚、金菇和蔬菜，以及各种记不清楚的，最后用粉丝把甜美的汤吸了，干捞食之。配料有一大碗花椒和辣椒，最过瘾的是大蒜茸，大家都猛嚼，不怕你熏我我熏你。怎么吃也吃不完那么多东西，最后只有站吃，胃还是满满的，只有跳几下，制造多一点空位来填。

剩余食物打包，现在半夜，一面写稿，一面滚矿泉水，把所有的东西扔进去熬个稀巴烂，香味一阵阵传来，此稿就写完。快点走进厨房吧，不吃渣，只喝汤，痛快，痛快。

死后邀请书

苏美璐在传真中，告诉我她先生有个友人，虽是个洋鬼子，但样子和个性都很像我。这位仁兄叫 Bruce Bernard，也是个作者。今年年头把这一个世纪中的照片，集成一本很厚的书，图文并茂，花了一生心血。此书叫《世纪》（Century），我在伦敦的书店看过，很厚，最少有五公斤，随书还送一个精美的塑料手袋，以便读者拿回家。出版后大卖特卖，给作者赚了巨额的版税，但他没有家庭子女，又知道自己快要死了，就开一个派对给他的朋友。

苏美璐的丈夫和他在同一间酒吧喝了三十年的酒，当然也收到他的邀请书，试译如下：

准备很好的食物和酒请大家，并且研究每个人的喜恶，供应他们爱吃爱喝的东西。如果我自己能参加这个派对的话，我会特别喜欢吃羊肉冷盘，把肉煮得颜色深红，但不可太熟。我还喜欢吃很生的牛扒。薯仔沙律非用最好的洋薯不可，酱也得精心炮制，我吃了之后再也不想看到一个薯仔。Branston 酱，我认为最好吃。甜品可从 Maison Bertaux 入，我的客人也爱这一类东西的话，至少有一大部分应该从这家店进货。请原谅我把食物描写得太长。绝对不可禁止任何人参加，除非他们是招摇过市而且令人讨厌。来吧，你们这些虚荣又苦恼的朋友，欢迎你们。我会选择 Macallen 威士忌，除非你更喜欢煤炭味，可选别的。啤酒不能忽视，餐酒也是。Chateau Musar 不错，大量供应。非喝香槟不可的客人，自己付钱买来好了。这是唯一不供应的酒，不应由本人的治丧委员会负担。

2-3-00 Bruce Bernard 谨约

我还没有想通自己的邀请书要怎么写，文笔不如他，改一些菜谱和酒名，其他的，照抄可也。

师伯过招

九龙城侯王道七十七号的"茗香茶庄"，老板陈氏兄弟，在隔壁开了一间让客人歇脚和叹（饮）一杯茶的地方，名为"乐茗会"。每逢星期六下午三时至五时，开班招待客人学习饮茶之道。共八堂，指导冲泡和品茗。供应冲泡工具、茶叶及讲义，学员均获赠紫砂壶一只及茶杯一套。课程包括茶之基本认识、冲泡茶具之应用、选壶、冲泡方法、品茗心得等等。普通客人也可以随时走进去喝一杯，收费二十。参加过学习课程的，均自动成为"乐茗会"的会员，今后在店品茗，免收茶费。

潮州功夫茶道教课的不多，"乐茗会"提供这个机会，实在可喜。对于茶道，日本的那一套太注重礼节，用绿茶粉冲了滚水，再以鞋刷般的竹具来大搞一番，茶本身并不好喝。中国台湾派的茶不错，礼节上学了日本，有许多不必要的功夫，在我来看，都是硬加上去的，像弄个"闻香杯"来闻一闻，弄个"公道杯"来分茶，等等，都是多此一举。还有喝茶时要用食指遮嘴部，也令人生烦。潮州式功夫茶注重实际，看起来是用小茶壶注入几个小杯中罢了，但是研究起来，颇有功夫。历史悠久的一种传统，自有它的学问，并非玩玩泥沙而已。除铁观音，"茗香"也有很好的岩茶，像武夷水仙就有多种选择。至于广府人喜爱的普洱，课程中也有涉及。

我也向陈氏兄弟的父亲学过功夫茶道，和他们属于同辈。周末大家上课时，如果我身在香港，偶尔也会走进来，就让我这个师伯，和各位过几招。

当食家的条件

小朋友问："昨天看台湾的饮食节目，出现了一个出名的食家，他反问采访者：'你在台湾吃过何首乌包的寿司吗？你吃过鹅肝酱包的寿司吗？'态度相当傲慢。这些东西，到底好不好吃？"

"何首乌只是草药的一种，虽然有疗效，但带苦，质地又粗糙，并不好吃，用来包寿司，显然是噱头而已；而鹅肝酱的吃法，早就被法国人研究得一清二楚，很难超越他们，包寿司只是想卖高价钱。"我说。

"那什么才叫精彩的寿司？"

"要看他们切鱼的本事，还有他们下盐，也是一粒粒数着撒。捏出来的寿司，形态优不优美也是很重要的，还要鱼和饭的比例刚好才行。"

"怎样才知道吃的是最好的寿司？"

"比较呀，一切靠比较。最好的寿司店，全日本也没有几家，最少先得一家家去试。"

"外国就不会出现好的寿司店?"

"外国的寿司店,不可能是最好。"

"为什么?"

"第一,一流的师傅在日本已非常抢手,薪金多高都有人请,他们在本土生活优雅,又受雇主和客人的尊敬,不必到异乡去求生。第二,即使在外国闯出名堂,也要迎合当地人口味,用牛油果包出来的加州卷,就是明证。有的更学了法国人的上菜方法来讨好,像悉尼的 Tetsuya 就是个例子。"

"那么要成为一个食家,应该怎么做起?"

"做作家要从看书做起,做画家要从画画做起,当食家,当然由吃做起,最重要的,还是对食物先有兴趣。"

"你又在作弄我了,我们天天都在吃,一天吃三餐,怎么又成不了食家?"

"对食物没有兴趣的话,食物就变成饲料了。一喜欢,就想知道吃了些什么。最好用笔记下来,再去找这些食材的数据,做法有多少种,等等,久而久之,就成为食家了。"

"那么简单?有没有分阶段的?"

"当然。最低级的,是看到什么食物,都哗的一声大叫出来。"

小朋友点点头:"对对,要冷静,要冷静!还有呢?"

"不能偏食,什么都要吃。"

"内脏呀,虫虫蚁蚁呀,都要吃吗?"

"是。吃过了,才有资格说好不好吃。"

"那么,贵的东西呢?吃不起怎么办?"

"这就激发你去努力赚钱呀!不过,最贵的东西全世界都很少的,而最便宜的最多,造就的尖端厨艺也最多。先从最便宜的吃起,如果你能吃过多种，也许你不想要吃贵的东西了。"

"吃东西也是一种艺术吗？"

"当然，一样东西研究深了，就变成艺术。"

"那到底怎么做起嘛！"

"你家附近有什么东西吃，就从那里做起，比方说你邻居的茶餐厅。"

"不怎么好吃。"

"对了，那是你和其他地方的茶餐厅一比，才知道的。"

"要比多少家？"

"听到有好的就要去试，从朋友的介绍，饮食杂志的推荐，或网上公布出来的意见得到数据，一间间去吃。吃到你成为茶餐厅专家，然后就可以试车仔面、云吞面、日本拉面，接着是广东菜、上海菜、潮州菜、客家菜，那种追求和那种学问，是没有穷尽的。"

"再来呢？"

"再来就要到外国旅行了，比较那边的食物，再回来，和你身边的食物比较。"

"那么一生一世也吃不完那么多了。"

"三生三世，或十生十世，也吃不完。能吃多少，就是多少。我们的社会，是一个半桶水社会，有一知半解的知识，已是专家。"

"可不可以把范围缩小一点？"

"当然。凡是学习，千万不要滥。像想研究茶或咖啡，选一种好了。学好一种才学第二种，我刚才举例的茶餐厅，就是这个道理。"

"你现在呢？是不是已经达到粗茶淡饭的境界？"

我笑了："还差得远呢。你没看过我的专栏名字，不是叫《未能食素》吗？那不代表我吃不了斋，而是在说我的欲望太深，归不了平淡这个阶段。不过，太贵的东西，我自己是不会花钱去追求了，有别人请客，倒可以浅尝一下。"

感谢

对食物的喜恶，是很主观的。绝对不能统一哪样是最好吃，哪样是最难吃。这要看你是什么地方的人，吃怎样的东西。法国人将自己国家的菜形容得要多好有多好，我们说中国菜是世界公认的绝品。大家互相不认同。还有美国佬呢，他们一谈起薯仔片和汉堡包也自豪得很呀。

我认为吃惯的东西就是好吃的东西，尤其是妈妈烧的菜。第一个印象，就深深烙印在你脑中，从此毕生难忘。如果你妈妈生长在美国，烧汉堡包给你吃，你也会认为它是天下最好吃的，即使你是中国人。吃惯了白米饭之后，到外国旅行，尝遍当地美食，但总是想往唐人街跑，来一碗叉烧饭，不管他们煮得是多么难吃。

从前拍戏，来了很多外国工作人员，很享受唐餐，但不出几天，他们又去快餐店啃面包了，道理是一样的。就算是在中国，上海人还是吃烤麸和葱爆鲫鱼，北京人吃水饺和涮羊肉，山东人吃炸酱面和大饼蘸面酱包大葱，南方人吃点心和云吞面，都说自己的东西最好。别忘记四川人，吃毛肚开膛的大麻辣，其他淡出个鸟来。捡来的味觉也令人上瘾，去了泰国一趟，尝过冬阴功，从此爱上，继续寻找这个新欢。韩国菜、越南菜也一样。还有日本的鱼生（生鱼片）、鳗鱼饭和司基亚基（寿司）呢。成为一个老饕，一定要有尝试各种不同口味的勇气和好奇心。吃过了，才有资格说什么好吃，什么不好吃，但是这一切都取决于遗传基因，有些人对吃一点兴趣都没有，饱腹就是，也是天生的。愈来愈珍惜父母给了我这份福气，也觉得不是生长在兵荒马乱的国土，非常侥幸。所以每次吃到一顿好的，虽非教徒，也感谢上帝一番。

好吃命

李居明是他在新艺城工作时认识的,至今已有很多年。

最近他那本叫《饮食改运学》的书提及我,查太太买来赠送。见面,李居明从一位瘦小的青年变成圆圆胖胖、满脸福相的中年人了。

他说我是"戊"土生于"申"月,天生的好吃命。而且属土的人需要火,所以我任何热气食物都吃,从来没有见过我大喊喉咙痛,这便是八字作怪的。

哈哈哈哈,一点也不错。他说生于秋天"戊土"的人,是无火不欢的,因此喜欢的东西皆为火也。

一、抽烟,愈多愈好。

二、喝酒,愈多愈行运。

三、吃辣,愈辣愈觉有味。

无论你列出烟、酒及辣有什么坏处,对蔡澜来说,便是失效。八字要火的人,奇怪地抽烟没有肺癌,身体构造每个人都不同,蔡澜要抽烟才健康。

同样地,酒也是火物,但喝啤酒便乍寒乍热,生出个感冒来。

辣椒也是秋寒体质的人才可享用的食物,这种人与辣是有缘的。

李居明又说我的八字最忌"金"。"金"乃寒冷,不能吃猪肺,因猪肺是"金"的极品。这点我可放心,我什么都吃,但从小不喜猪肺。

他也说我不宜吃太多鸡,鸡我也没兴趣。至于不能吃猴子,我最反对人家吃野味,当然不会去碰。

我现在大可把别人认为是缺点的事完全怪罪在命上了。我本来就常推搪,说父亲爱烟,母亲喜酒,都遗传给了我,而且不知道祖父好些什么,所以也是遗传吧。

一生好吃命,也与我的名字有关。蔡澜蔡澜,听起来不像菜篮吗?

第五章 好吃命

吃的讲义

有个聚会要我去演讲，指定要一篇讲义，主题说吃。我一向没有稿就上台，正感麻烦。后来想想，也好，作一篇，今后再有人邀请就把稿交上，由旁人去念。

女士们、先生们：

吃，是一种很个人化的行为。

什么东西最好吃？

妈妈的菜最好吃。这是肯定的。

你从小吃过什么，这个印象就深深地烙在你脑里，永远是最好的，也永远是找不回来的。

老家前面有棵树，好大，长大了再回去看，不是那么高嘛。道理是一样的。

当然，与目前的食物已是人工培养，也有关系。

无论怎么难吃，东方人去外国旅行，西餐一个礼拜吃下来，也想去一间蹩脚的中菜厅吃碗白米饭。洋人来到我们这里，每天鲍参翅肚，最后还是发现他们躲在快餐店啃面包。

有时，我们吃的不是食物，是一种习惯，也是一种乡愁。

第五章 好吃命

一个人懂不懂得吃,也是天生的。遗传基因决定了他们对吃没有什么兴趣的话,那么一切只是养活他们的饲料。我见过一对夫妇,每天以方便面维生。

喜欢吃东西的人,基本上都有一种好奇心。什么都想试试看,慢慢地就变成一个懂得欣赏食物的人。

对食物的喜恶大家都不一样,但是不想吃的东西你试过了没有?好吃不好吃,试过了之后才有资格判断。没吃过你怎知道不好吃?

吃,也是一种学问。

这句话太辣,说了,很抽象。

爱看书的人,除了《三国》《水浒》和《红楼梦》,也会接触希腊的神话、拜伦的诗、莎士比亚的戏剧。

我们喜欢吃东西的人,当然也须尝遍亚洲、欧洲和非洲的佳肴。

吃的文化,是交朋友最好的工具。

你和宁波人谈起蟹糊、黄泥螺、臭冬瓜,他们大为兴奋。你和海外的香港人讲到云吞面,他们一定知道哪一档最好吃。你和台湾人的话题,也离不开蚵仔面线、卤肉饭和贡丸。一提起火腿,西班牙人双手握指,放在嘴边深吻一下,大声叫出:"mmmmm"。

顺德人最爱谈吃了。你和他们一聊,不管天南地北,都扯到食物上面,说什么他们妈妈做的鱼皮饺天下最好。中央派了一个干部到顺德去,顺德人和他讲吃,他一提政治,顺德人又说鱼皮饺,最后干部也变成了老饕。

全世界的东西都给你尝遍了,哪一种最好吃?

笑话。怎么尝得遍?看地图,那么多的小镇,再做三辈子的人也没办法走完。有些菜名,听都没听过。

对于这种问题,我多数回答:"和女朋友吃的东西最好吃。"

的确,伴侣很重要。心情也影响一切。身体状况更能决定眼前的美食吞不吞得下去。和女朋友吃的最好,绝对不是敷衍。

谈到吃，离不开喝。喝，同样是很个人化的。北方人所好的白酒，二锅头、五粮液之类，那股味道，喝了藏在身体中久久不散。他们说什么白兰地、威士忌都比不上，我就最怕了。

洋人爱的餐酒我只懂得一点皮毛，反正好与坏，凭自己的感觉，绝对别去扮专家。一扮，迟早露出马脚。

应该是绍兴酒最好喝，刚刚从绍兴回来，在街边喝到一瓶八块钱人民币的"太雕"，远好过什么八年、十年、三十年。但是最好最好的还是香港"天香楼"的。好在哪里？好在他们懂得把老的酒和新的酒调配，这种技术内地还学不到，尽管老的绍兴酒他们多的是。

我帮过法国最著名的红酒厂厂主去试"天香楼"的绍兴酒，他们喝完惊叹东方也有那么醇的酒，这都是他们从前没喝过之故。

老店能生存下去，一定有它们的道理，西方的一些食材铺子，如果经过了非进去买些东西不可。

像米兰的 IL Salumaio 的香肠和橄榄油，巴黎的 Fanchon 的面包和鹅肝酱，伦敦的 Forthum & Mason 的果酱和红茶，布鲁塞尔的 Godiva 的巧克力，等等。

鱼子酱还是伊朗的比俄国的好，因为抓到一条鲟鱼，要在二十分钟之内打开肚子取出鱼子。上盐，太多了过咸，少了会坏，这种技术，也只剩下伊朗的几位老匠人会。

不一定是最贵的食物最好吃，豆芽炒豆卜，也是很高的境界。意大利人也许说是一块薄饼最好吃。我在拿坡里（那不勒斯）也试过，上面什么材料也没有，只是一点西红柿酱和芝士，真是好吃得要命。

有些东西，还是从最难吃的变为最好吃的，像日本的所谓中华料理的韭菜炒猪肝，当年认为是咽不下去的东西，当今回到东京，常去找来吃。

我喜欢吃，但嘴绝不刁。如果走多几步可以找到更好的，我当然肯花这些工夫。附近有家藐视客人胃口的快餐店，那么我宁愿这一顿不吃。也饿不死我。

"你真会吃东西!"友人说。

不。我不懂得吃,我只会比较。有些餐厅老板逼我赞美他们的食物,我只能说:"我吃过更好的。"

但是,我所谓的"更好",真正的老饕看在眼里,笑我旁若无人也。

谢谢大家。

吃些什么?

"吃些什么?"外地朋友一来到香港,这总是我的第一个问题。

"随便。"这总是他们的答案。

"没有一种菜叫随便的。"我说。

"你决定。"

"如果你住多几天,那就由我决定。"我说,"但是你在香港的时间不多,每一餐都不能浪费。"

"什么都想吃,教我怎么选择?"

"那么先分东方和西方好了。"

"怎么分法?"

"东方的包括中国、日本、韩国、泰国、越南、新马、印度尼西亚,还有印度。"我解释,"西方的有法国、意大利、西班牙。"

"为什么东方选择那么多,西方的只有三个国家,连德国菜也不入围呢?"

"德国系统的菜,包括奥地利、瑞士和北欧诸国的,那里的人头脑比较四方，学理科多过文科，对于吃的幻想力不够，烧不出好菜来。"我说。

"我们在外国，纽约的 Nobu，澳洲的 Tetsuya 都是全球最好，香港有没有好的日本菜？"

"我认为 Nobu 和 Tetsuya 都不行。"我说，"只有在香港还吃得过。"

"为什么？"

道理很简单，日本菜最基本的还是靠食材。只有香港，有这样的地理环境和财力，才有资格天天空运来。那两家用的都是当地食材，就算大师手艺再好，还是次等。"

"好吧。"友人决定了，"吃中国菜。"

"中国菜也分广东、上海、北京、四川、潮州、湖南、湖北……"

"好好，好了，别再数下去。"友人说，"在香港，应该吃广东菜吧？"

"也不一定。"我说，"香港的杭州菜，做得比杭州更好，'天香楼'是首选。"

"有什么那么特别？"

"单单说绍兴酒，就很特别。"我说。

"绍兴酒还不是内地来的吗？去内地喝不是更好？"

"陈年的绍兴，大半已经蒸发掉，要兑新酒才好喝。调酒的经验很重要，内地当然有陈绍和新酒，但就没有'天香楼'调得好。"

友人的酒虫差点从口中跑出来："还有呢？"

"还有东坡肉。"

"浙江各地都有呀！"

"书画收藏家刘作筹先生，在香港艺术馆中有一个厅，陈列他捐出来的书画，很有名。生前，和内地的画家都有来往，他问对东坡肉最有研究的程十发：全国哪里的最好吃？程十发回答：在香港的'天香楼'。"

"那么厉害？到底好吃在哪里？"

"味觉这东西，不能靠文字形容，只能比较，你去吃吃看，就知道了。"

"如果我想吃西餐呢？选法国还是意大利的好？"

"西餐厅有 Hugo's、Amigo 和 Gaddi's，但都已经不是纯法国菜，只可以说是欧洲菜，我建议你还是到 Da Dominico 去吃意大利菜。"

"那么好吗？"友人问。

"不会比在意大利吃的更好。"我说，"但最少是和在罗马吃到的一样。他们所有的材料都是由意大利运来，就算一尾虾，其貌不扬，头还是黑色的，但是不同就不同，吃起来的确有地中海的海鲜味，不过东西很贵，你老远来，价钱不是一个问题。"

"泰国菜呢？"友人问，"今天天气很热，没什么胃口，想吃刺激一点的。做得和泰国一样吗？"

"做得比泰国好。"

"这话怎说？"友人问。

"举一个例子。"我说，"像冬荫功，在泰国吃到的只是用一般海虾做材料，香港人懂得什么叫豪华奢侈，用龙虾做材料。"

"那么吃海鲜吧！"友人决定，"香港的海鲜，一定天下最好。"

我说："这句话二十年前不错，但是现在的海鲜都不是本地的，本地的已经吃光了，由世界各地运来，老鼠斑已不是真正的老鼠斑，没那股沉香的幽香味。连一尾鳜鱼都是养的。从前的鳜鱼，还没拿到桌上已先闻到鱼香，现在的只有一股石油味和泥味。不过话说回来，蒸鱼的功夫，还是其他地方不能比的。"

"非洲菜呢？"友人问，"香港什么菜都做得好，连非洲菜也不错吧？"

"非洲人是为了生存而吃，不是为了美食而吃。"我说，"饮食是一种培养出来的文化，要有长远的历史，也要靠土地的肥沃，不是魔术可以变得出来的。"

无法取代的荣誉

作为一个美食天堂,香港的地位不可能被动摇。

"什么?"内地朋友说,"我们的北京、上海,那些餐厅之大,装修之豪华,食物之地道,香港完全没得比。美食天堂的声誉,早就被我们超越!"

"什么?"欧洲的朋友说,"巴黎和罗马的食物,分分钟胜过香港!"

"什么?"纽约的朋友说,"如果说到国际食物的齐全,我们才是天下第一!纽约到底是欧洲和美洲加起来的大都会,香港那个弹丸之地,哪来那么多东西吃?"

说得一点也没错,各自有它比香港好的理由。我到了北京和上海的餐厅,其规模之大,让我瞠目结舌;巴黎和罗马的高级餐厅,侍者穿着晚礼服,把客人捧上天去,也真的没一家香港食肆比得上;说到纽约,他们的意大利菜做得比意大利更地道,甘拜下风。

但是让我们冷静地分析一下:

北京和上海的传统菜,在食材方面没有一种是特别高价的。自古以来中国人说:"欲食海上鲜,莫问腰间钱。"豪华的装修,需要贵菜来维持,大家都卖鲍参翅肚去了,而这些菜做得最好的是广东人。试问:"北京和上海,有哪一家粤菜馆做得像样呢?"

"重赏之下,必有勇夫。"他们说。

这也没错。错在最好的厨师,在本地已经供不应求,哪会老远地跑到外地去?我在北京和上海被邀请到所谓的高级粤菜馆,主人大撒金钱,一顿几万块,吃完还不是一肚气?干鲍鱼发得差,如啃发泡胶。好好的鱼空运到了,不会蒸,做出来的又是发泡胶。鱼翅几条,像在游泳,也够胆向你要上千块一碗。

"那么，广州有比香港更好的粤菜吧？"

比香港更大更豪华的餐厅是有的，更好的就没了。

这么一说，巴黎和罗马更没有高级粤菜。前者的越南餐还可以接受罢了，后者都是一些温州人去开的中菜馆，若非思乡病重，根本不会去"光顾"。

说到纽约，它在国际上的地位的确比香港高出很多，各地方的美食都齐全，但齐全并不代表精致。就算价钱比香港贵出几倍，什么本钱都肯花的最高级日本餐厅 Nobu，看它玻璃橱窗中的食材，寥寥可数，哪有什么小鳗鱼苗（nore sore），比目鱼的边线（engawa），或者濑尿虾的钳肉（shyako no tsumi）等刁钻的东西？

香港的日本餐厅，食材有的两天来自大阪，两天来自札幌，两天由福冈空运而来。就算东京的寿司铺，最多一个星期到筑地两三次，已算高级的了。全日本，也只有几间寿司店可以拿出三宝：腌海胆、海参的卵巢拨子和乌鱼子。

香港餐厅铺租又昂贵，相对地觉得食材便宜，就肯在这方面大撒金钱了。而且，北京、上海、巴黎、罗马和纽约，有哪些地方的泰国菜、越南料理、印度和印度尼西亚餐、新马菜等做得比香港更好呢？要知道，这都是地理环境所致，香港作为世界上最繁忙的交通总汇之一，东西南北都容易到达，开埠以来就是一个经济中心，食材进口方便，当然比其他都市优胜。

最重要的一环，是香港人拼命赚钱，也拼命地吃！只有肯花钱的地方，才能培养出那么多的食客，也才养得起那么多的餐厅！也只有舍得吃的人，才能创造出美食文化来！

大都会，生活节奏一定快。在巴黎、罗马的一餐要吃上三四个钟头，到了香港，你要慢也行，要快更是拿手。这一点，西方绝对做不到。

但是作为一个美食天堂，香港的小贩食物，水平真是太差了。

我们到了曼谷，吃得最好的是他们街边卖的面食。香港开的泰国餐馆，卖的都是大路货，如果能有几档真正地道的泰国街边小吃，那就完美了。

不止泰国，越南的小吃也是，法国和意大利的更是找不到了。

香港的沪菜、山东菜、四川菜都做得不错，但是那些地方的小吃，永远比香港精彩。

如果有一个开放式的小食中心，让大家出来以小食谋生，就可以补救这个缺点了。只要卖一样东西，做得好的话，客人源源不绝。从小做起，一成功了就变成一大餐厅，要记得，"镛记"也是当小贩，从卖烧鹅做起的。

新疆的羊肉串、四川的凉粉，还有东莞的道滘粽子，都是我尝过的最佳美食，这些百食不厌的东西数之不尽，全部是财路。

经济低迷时，有什么比当小贩更容易？有什么比当小贩更自由？有什么比当小贩更不必花重本呢？

情形更坏，当国家有战乱时，当小贩更能维生。记得母亲在日军占领的城市之中，到乡村去采了小芒果，回来用甘草、醋和糖腌制一下，就拿到街边卖，结果养活了我们一家，就是一个实例了。

把各国的小食集中在香港，美食天堂的地位更能巩固，其他都市在各方面虽可赶上，但香港不是停着等，美食天堂的荣誉，是无法取代的。

求精

地球上那么多国家，有那么多的食物，算也算不完。大致上，我们只可分为两大类：东方的和西方的，也等于是吃米饭的和吃面包的。

"你喜欢哪一种，中菜或西餐？"

这个问题，已不是问题，你在哪里出生，吃惯了什么，就喜欢什么，没得争拗，也不需要争拗。

第五章 好吃命

就算中菜千变万化，三百六十五日，天天有不同的菜肴，但不管你是多么爱吃中菜的西方人，连续五顿之后，总想锯块牛扒，吃片面包。同样的，我们在法国旅行，尽管生蚝多么鲜美，黑松菌鹅肝酱多么珍贵，吃得几天之后总会想："有一碗白米饭多好！"

我们不能以自己的口味，来贬低别人的饮食文化，只要不是太过穷困的地方，都能找到美食。而懂得怎么去发掘与享受这些异国的特色，才是作为一个国际人的基础。拼命找本国食物的人，不习惯任何其他味觉的人，都是一些可怜的人。他们不适合旅行，只能在自己的国土终老。

人有能力改变生涯，但他无法决定自己的出身。我很庆幸长于东方，在科技或思想自由度上也许赶不上欧美，但是对于味觉，自感比西方人丰富得多。

当然，我不会因为中国人吃尽熊掌或猴子脑而感到骄傲，但在最基本的饮食文化方面，东方的确比西方高出许多。

举一个例子，我们所谓的三菜一汤，就没有吃个沙律、切块牛扒那么单调。

法国也有十几道菜的大餐，但总是一样吃完再吃下一样，不像东方人把不同的菜肴摆在眼前任选喜恶那么自由自在。圆桌上进食，也比在长桌上只能和左右及对面人交谈来得融洽。

说到海鲜，我们祖先发明的清蒸，是最能保持原汁原味的烹调法。西方人只懂得烧、煮和煎炸，很少看他们蒸出鱼虾蟹来。

至于肉类和蔬菜，生炒这个方法在近年来才被西方发现，stir-fried 这字眼从前没见过。我们的铁锅，广东人称之为"镬"，他们的字典中没有这个器具，后来才以洋音 wok 安上去的，根本还谈不到研究南方人的"镬气"，北方人的"火候"。

炖，西方人说成双煮（double boiled），鲜为用之。所以他们的汤，除了 consume 之外，很少是清澈的。

拥有这些技巧之后，有时看西方的烹调节目，未免不同意他们的煮法。像煎一块鱼，还要用支汤匙慢慢翻转，未上桌已经不热。又凡遇到海鲜，一定要挤大量的柠檬汁辟腥等等，就看不惯了。

但东方人自以为饮食文化悠久和高深，就不接触西方食材，眼光也太过狭小。最普通的奶酪芝士，不能接受就是不能接受，这是多么大的一种损失！学会了吃芝士，你就会打开另一个味觉的世界，享之不尽。喜欢他们的鱼子酱、面包和红酒，又是另外的世界。

看不起西方饮食的人，是近视的。这也和他们不旅行有关，没吃过人家好的东西，怎知他们多么会享受？

据调查，香港的食肆之中，结业得最快的是西餐店，这与接触得少有极大的关系。以为他们只会锯扒，只会烟熏鲑鱼，只会烤羊鞍，来来去去，都是做这些给客人吃，当然要执笠（倒闭）了。

中国人的毛病出在学会而不求精。一代又一代的饮食文化流传了下来，但从没有什么大突破。"文化大革命"那段时间，来了一个断层，后来又因广东菜的卖贵货而普及，本身的基础，已开始动摇。

模仿西餐时，又只得一个外形，没有神髓。远的不说，近邻越南煮的河粉，汤底是多么地重要！有一家店也卖河粉，问我意见，我试了觉得不行，建议他们向墨尔本的"勇记"学习，但怎么也听不进去。这家店的收入还是不错，如果能学到"勇记"的一半，就能以河粉一味著名，更上一层楼了。

我对日本人的坏处多方抨击，但对他们在饮食上精益求精的精神倒是十分赞同。像一碗拉面，三四十年前只是酱油加味精的汤底，到现在百花齐放，影响到外国的行业，这也是从中国的汤面开始研究出来的。

西方和东方的烹调，结合起来一点问题也没有，错在两方面的基本功都掌握得不好，又不研究和采纳人家成功的经验，结果怎么搞都是四不像，fusion 变成 confusion 了。

一般的茶餐厅，也是做得最好吃的那家生意最好。要开一家最好的，在食材上也非得不惜工本不可。香港的日本料理，连最基本的日本米也不肯用，只以什么"樱城"牌的美国米代替，怎么高级也高级不来。米饭一碗，成本才多少，怎么不去想一想？

掌握了蒸、炖和煮、炒的技巧，加入西方人熟悉的食材，在外国开餐厅绝对行，就算炒一两种小菜给友人吃，也是乐事。别以为我们的虾生猛，地中海里面头都黑掉的虾比我们游水的肥美得多，用青瓜、冬菜和粉丝来半煎煮，一定好吃。欧洲人吃牛扒，也会用许多酱料来烧烤，再加上牛骨髓，更是精细。我们用韩国腌制牛肉的方法生炒，再以蒜茸爆香骨髓，西方人也会欣赏。戏法人人会变，求精罢了。

共勉

昨晚和"金宝泰国菜馆"的老板吴先生夫妇到处去试菜。吴太太爱研究食物，店打烊后大街小巷找东西吃，我要是没有新的食肆写，问她，一定没错。去了大角咀吃油渣，小店独沽一味，生意兴隆，吃了才知道为什么那么多人"光顾"，味道好，做了几十年保持水平，是最基本的条件嘛。

想来一点甜品，就驱车到旺角去，周刊上介绍过一家，由几个年轻人合伙开的，非试不可。多种甜品已经卖完，我说有什么吃什么，上桌的几样，一吃，不是味道，距离好吃，还差得远。其实年轻人创业，小本经营，有这种成绩已算不错，也不能苛求。不忍心指名道姓写出来批评。本来想私下说几句，但见他们洋洋得意，也就算了。毛病出在哪儿呢？答案是年轻人没有机会吃过更好的。通常是几个好朋友，凭一股热忱，大家吃过喜欢的东西，就学习一番，出来开店。要知道，这是不够的。我想他们也希望边做边学吧。

从前食肆要见报宣传，不知道要托什么人才好；现在不同，报纸都有饮食版，加上那么多周刊，要找数据不易，所以一有新食肆开张，都抢着报道，也不理有没有水平，写了再说。年轻朋友的小馆，当然受过报纸杂志的吹捧，但是到底是不是像记者写的那么好，自己也飘飘然认定是了。生意很好，边做边学的事忘得一干二净。哪知热潮一过，新的食肆又出现，竞争之下，客人少了，久而久之，每月要亏损。做不下去的例子，不知看过多少。饮食的学问是无止境的，大家共勉，才有明天。

烹调学校

看电视新闻，说有一个批发菜市场，楼上的空位要给大学做场地，但没人要。

这简直是暴殄天物。

如果能够在这蔬菜和肉类的批发市场楼上，建一间烹调学校，应该是多么顺理成章的一件事！

第一，材料够新鲜，种类也多，学生们首先认识的，也就是从这些东西开始。

第二，办普通学校怕嘈杂的话，烹调学校则绝对不成问题。学成后工作的地方，也是嘈杂的。

第三，培育出一批优秀的厨师，对于有"美食天堂"声誉的香港，绝对有好处。

不是每一个孩子都肯正正经经地学课本上的 sin 或 cos 的几何代数，

学了也没有用。让他们在烧菜上面发挥潜能，好过逼他们"落D吃fing头丸（堕落吸食毒品）"。

饮食界最乏的是有知识的厨师。学徒出身的话跑不出小圈圈，而且当今世界上流行的是把厨师当成明星，他们可以吸引大批的食客，再也不是一个躲在厨房中脏兮兮的小子。

学校管理得好，也可以成为游客必经之地，他们可以上一个短暂的课程，回去烧些中国菜给老婆或丈夫吃。

学校还能办一食堂，以最新鲜最便宜的价格服务群众，学生和老师们一起烧菜，毕业后自己开餐厅也好，替人家打工也好，也有实地学习的过程。

香港从来没有办正规烹调学校的经验，从何入手？向外国借镜好了，法国的烹调学校无数，美国的CIA并不单指情报机关，烹调学校也用同一个简称。

让孩子有一技傍身，也是天下父母的愿望。

香港政府做这件事，功德无量。

比较

有许多人喜欢问我："你吃过那么多地方的菜，哪一个国家的最好吃？"

我总是一下子回答不出，并非不知答案，只是怕重复太多遍了，想想还可以用什么其他方式来向对方交代，也能满足自己。

例牌的回复有："和朋友一起吃的菜，最好吃了。"这种说法，自己觉得愚蠢，怎么骗得了别人？只有兜圈子："世界各地，去得最少的是内地，有许多省份的菜我都没试过，比较不出。"

"那么以你去过的地方作准，到底是哪一个地方的最好嘛？"朋友不放过我。

"中国和法国。"我说。

对方又做出一个"这是理所当然的答案"的表情，觉得我在敷衍他们。

"那么中国和法国，谁比谁更好？"非打破砂锅不可。

"各有各的好。"我又直接地回答。

爱国心爆棚的对方大怒："当然是中国菜比法国菜好吃，还用得着讲吗？"

既然有自己的答案么，还要问我干什么？

"意大利菜不好吗？我觉得意大利菜比法国菜好吃得多。"对方又说。

我不否认意大利菜是好吃的，就和不否认日本菜好吃一样。但是意大利菜和日本菜吃来吃去都是那几样，到底变化没有中国菜和法国菜那么多。

一个国家，要有肥沃的土壤和丰富的农产品，才产生吃的文化。

中国菜好吃，局限于江南和珠江三角洲，其他地方的菜，还是粗糙的；法国地方小，整个国家山明水秀，各地菜式都不错。法国人是环境造成他们爱吃，中国人是生下来就爱吃，差就差在这儿。

团年饭

农历新年来临前，报纸和杂志总是喜欢刊登一些过年菜，也常有记者打电话来问我："你过年吃的是什么？"

第五章 好吃命

很老实地说，印象非常模糊，记不起一定要吃这个吃那个，小时候年糕是妈妈做的，用最原始的蔗糖，一大包买回来，打开一看，像黄色的沙，里面有一粒粒结成块状的，呈褐色，先捡起来吃，就是我们的瑞士糖了。

不放在冰箱，年糕也不会坏，可吃很多天，加的是最上等的碱水，先煎煎，打个鸡蛋进锅，再煎一下，就那么吃了，很黏牙，也不觉得特别好。到后来，和其他年糕一比，才知道母亲是高手。

十几岁开始在海外生活，过年朋友叫去家中吃饭，总是躲避，不想破坏一家人的气氛。

到了住进邵氏片场宿舍的年代，朱旭华先生当我是亲人，我就到他家帮助老用人阿心姐做金饺子。

过程是这样的，有一个大师傅做菜的铁勺子，在火上慢烤，那边厢，把鸡蛋打匀，慢慢地倒入勺中，还要不断地摇，一张金黄色的饺子皮就完成了。

剁肉，包出饺子来，放入煲着鸡和白菜的锅中煮熟。

记得的过年菜，就那么多。

在日本过的是新历，不像过自己的年。他们的菜肴也丰富，但多数是买回来的，一盒盒便当式，里面也有红鱼和龙虾等贵料，都是冷冰冰，名副其实的好看不好吃。

欧美过的年，更是惨淡，他们只注重圣诞节，吃的多数是剩菜。

农历年最好是旅行，要往没有中国人的地方走，才有不关门的餐厅。曼谷是一个好选择，泰国菜西餐齐全，别去正宗的中菜馆就是。

如果在香港过，那最好是在收墟前到菜市场去，见到什么最新鲜就买什么，回来弄一个火锅，将所有的都放进去，这种过年菜也叫作"围炉"，很好吃，错不了。

死前必食

在书店看到一本叫《死前必游一千地》（*1000 Places to See Before You Die*）的书，引起我写这篇《死前必食》的散文。

人生做的事，没有比吃的次数更多。刷牙洗脸，一天最多两次，吃总要三餐。性爱和吃一比，更是少得可怜。

除非你对食物一点兴趣也没有，好吃的人算他有五十年懂得欣赏，早上两个菜，中午五个，晚上十个，十七道乘三百六十五，再乘五十，是个天文数字。

这么多种食物之中，要谈的何止一千种？我根本不能想象天下有多少种美食，几世人也绝对吃不完，只能在我的记忆中找出几个。怕杂乱无章，先以鱼、贝、菜、肉、果、豆、藻、谷、芋、香、卵、茸、实、面、腌、酪、泡为顺次。

鱼的种类无数，但是一生人非试不可的是河豚。当今有人通过研究养殖出没有毒的河豚，怕死可以由此着手。吃着吃着，你就会追求剧毒的。那种甜美，是不能以文字形容的，非自己尝试不可。曾经有个出名的日本歌舞剧演员吃河豚被毒死，但死时是笑着的。

贝壳类之中，鲍鱼必食，它的肠最佳。潮州人做的炭烧响螺也是一绝，片成薄片，入嘴即化。龙虾之中，有幸尝过香港本地的，那么你就不会去吃澳洲或波士顿龙虾了。

菜类之中，豆芽为首。法国的白芦笋不吃死不瞑目。小白菜（chicory）带苦，也是人生滋味之一。西湖莼菜很滑。各种腌制的萝卜之中，插在酒槽内泡的 bettara tsuke 甜入心，百食不厌。

肉只有羊了。没有一个懂得吃的人不欣赏羊肉。古人说得好，女子不骚，羊不膻，皆无味。南斯拉夫的农田中，用稻草煨烤了一整天的羊，天下绝品。

果以榴莲称王。日本冈山县的水蜜桃不容错过。

豆类制成品的豆腐菜，以四川麻婆豆腐为代表，每家人做的麻婆豆腐都不同。一生之中，一定要去原产地四川吃过一次，才知什么叫豆腐。

藻类可食冲绳岛的水云，会长寿，冲绳岛人皆高龄，有此为证。用醋腌制得好的话，很好吃。

谷类之中，白米最佳，一碗猪油捞饭，吃了感激流泪。什么？你不敢吃猪油？那么死吧！没得救的。

芋头吃法，莫过于潮州人的反沙芋，松化甜美。芋泥更要磨得细，用一个削了皮的南瓜盛着，再去炖熟。当今还剩下几位老师傅会做，不吃的话就快绝种了。

香代表香料，印度咖喱最好吃。咖喱鱼头固佳，咖喱螃蟹更好。在印度果阿做的咖喱蟹，是将蟹肉拆出来和咖喱煮成一团的，其香无比。

卵有千变万化的吃法，削法国黑松菌做奄姆烈，死前必尝。至于完美的蛋，是将一个碟子抹上油，烧热，打一只蛋进去，烧到熟为止。每一个人对熟的程度，要求皆不同，不是餐厅可以吃到的，要自己做。

鱼子酱则要抓到巨大的鲟鱼，开肚后取出，下盐。太多盐死咸，太少盐会败坏。天下只有五六个伊朗人会腌制。吃鱼子酱，非吃伊朗的不可，俄国的不可相信。但也只有在伏尔加河畔，才能吃到生开出来的，盐自己加，一大口一大口送，人生享受，止于此。

乌鱼子则要选希腊岛上的，用蜡封住，最为美味，把日本、土耳其和中国台湾的，都比了下去。

茸有日本松茸，切成薄片在炭上烤，用的是备长炭，火力才够猛够稳定，又不生烟。松茸只有日本的才香甜，韩国、中国的都不行。

意大利的白菌，削几片在意粉上面，是完美的。

实的贵族是松子。当今到处可以买到，并不稀奇，好过吃花生一百倍。撒哈拉沙漠中的蜜枣，也是一流的。

面则以私人口味为重,认为福建炒面为好。在福建已吃不到,只有吉隆坡茨厂街中的"金莲记"炒得最佳。为此去吉隆坡一趟,值回票价。

腌则以火腿为代表。金华火腿中的肥瘦部分,一小块可以片成四百片,香港的"华丰"烧腊店中可以买到。意大利的庞马火腿生吃,最好是给意大利乡下佬请客,一张餐桌,坐在果树下,火腿端来,伸手去摘头上的水果一齐吃,才是味道。至于西班牙的黑豚火腿,不能片来吃,一定是切成丁,在巴塞罗那吃,就是这种切法。

酪是芝士,在意大利北部的原野上,草被海水浸过,带咸,羊吃了,生咸乳汁,再做出来的芝士,吃得过。

泡是泡菜,以韩国人的金渍做得最好,天下最最好吃的金渍,则只能在朝鲜找到。他们将鱼肠、松子夹在白菜中,加大量蒜头和辣椒粉,揉过后放在一边。这时把一个巨大的二十世纪水晶梨挖心,将金渍塞入,雪中泡个数星期,即成。

要谈的话,再写十篇或数十篇、数百篇都不够。天下美食,可写成一套像《大英百科全书》的辞典。尽量吃最好的,也不一定是最贵的,愈难找愈要去找。吃过之后,此生值矣,再也不必说死前要吃些什么,也不必忌讳"死死声",你已经不怕死了。

开间什么餐厅?

开间什么餐厅?不如来家国际性的。卖些什么才好呢?

每一个国家都有自己的美食,但是你们吃得惯的,并非我所喜爱的,要找出一个共同点,得从诸多的菜式淘汰挑选出来,剩下的只有十几二十道，但都会被大家接受。

像香港最地道的云吞面吧，你去到任何国家的酒店，半夜叫东西来房间吃，都有这一道汤面。当然，在西方，更普遍的是三文治和意大利粉。

咖喱饭也很受欢迎，在胃口不好时，它是恩物。不过一般人都喜爱的，还是海南鸡饭，不然来碗喇沙（叻沙）也很不错。

最好，当然是越南粉了。

但是，在酒店里房间服务的餐永远不好吃。为什么？做得不正宗呀！当地师傅可能没出过门，也不知道什么叫沙爹或印度尼西亚炒饭，反正总厨叫做什么就什么，有一条方呀，流水作业罢了。

要做得出色，必须由一个真正了解各国饮食文化的人来当质量管理。每一种菜，用的是什么食材，不能马虎，连酱米油盐，都得从原产地运来，不这么一点一滴坚持，就走味了。

持有一个原则，那就是连原产地的人来吃，也觉得好。

先从云吞面说起，云吞不可太大粒，也不能尽是虾，猪肉的肥瘦恰到好处，面条要选最高质量的爽脆银丝面，汤底要够浓，大地鱼味不可缺少。

用最原始的"细蓉"方式上桌，碗不太大，面小小一箸，云吞数粒垫底，加支调羹，让面浮在碗上。分量宁愿少，价钱卖得便宜也不要紧，吃不够可叫两碗，利润更高。

延伸下去，再卖虾子捞面，用上等虾子，也花不了太多本钱，撒满面面可也。又有牛腩，采取带肉皮的"坑腩"部分，煲至最软熟为止。

三文治的蛋、芝士或火腿，除了选上等货，分量还要多得溢出来，给客人一个不欺场的感觉，那么小的一块面包，包的食材不可能很多，要给足。

意大利粉当然用意大利的，按照说明书的时间去煮，不能迁就吃不惯的客人弄得太软，意大利人吃硬的，就要做硬的，西红柿酱、芝士、橄榄油和老醋，都要原产地进口。

海南鸡饭不可用冰鲜或冷冻鸡，要当天屠宰的，不然一看到骨髓黑色，即穿帮。鸡煮后把鸡油和汤拿去炊饭，不可太软熟，要每一粒米都见光泽。保持不去骨的传统，客人不在乎啃它一啃。浓酱油，用鸡油爆的辣椒酱和生姜磨出来的茸，都要按当地规矩去做。

喇沙分两种，新加坡式的和槟城式的。前者一定要加鲜蚶，椰浆要生磨，不可用罐头的；后者必用槟城虾头膏，酸子、菠萝和香叶不能缺少。

越南粉的汤底最重要，尽用牛骨熬是不行的，要加鸡骨才够甜。洋葱和香料大量，这是专门的学问，秘方可参考墨尔本的"勇记"。

咖喱则采取日本式的，这么多年来，他们把咖喱粉研究得出神入化，不是太辣，嗜辣者可另加，用上等的神户牛肉当料。

说到牛肉，其实了解货源，就知道成本并非很高。客人要吃牛肉，为什么不给他们最好的？

至于日本米，价钱即使比其他米贵，但白米饭能吃多少？应该用炊出来肥肥胖胖，每一粒都站着的米。用来做寿司也好，做最新鲜鱼虾铺满的 chirasi sushi。

还供应多款的送饭小菜，成本高的可以卖，低的奉送好了，像蒜、葱。更有多种下酒的零食：沙爹、串烧（yakitori）、罗惹（Rojak）、春卷、虾片等等。

一般老板都把利润打得高，但是如果把利润一部分花在食材上面，让客人满足，转台次数较多了，纯利不会减少。

餐厅内部，干净、大方、光猛，是最重要的，不必花钱在无聊的豪华的装修上面，桌面可以做成长形，像伦敦的 Wagamama 或国泰的商务舱候机楼那种设计。

桌面可改为大理石的，不必太厚，把灯藏入，光源从下面射上，非常柔和。大理石材用云南产的，成本不会太高。

每一条长桌前面或后面站着一位服务员,下单后,仔细观察客人的需要,用无线通话关照厨房人员奉上。

厨房方面,食材愈是高级,要求的厨技愈少,把处理的步骤拍成照片,钉在墙上,不会弄乱。主要是质量控制,不合格的不能上桌。久而久之,把年轻人操练熟了,就不必受师傅的气。

进货的要高手,分量算准了就不浪费,也容易控制,一份东西用多少斤菜和肉,不会流失。

研究了开餐厅多年,认为"平、靓、正"三个字,是永远不会错的,其中一字缺少,毛病就跑出来了,像贵货要卖贵价,以为理所当然,但也有客人吃不起的风险。东西好,价钱意外地便宜,才是正途。

一切计算完善,还是有风险,做任何生意都有风险,但是不做是不知道的。我常说:"做,机会五十五十;不做,机会是零。你遇到一个美女,大胆前去搭讪,被拒绝最多是一个白眼。光看,让她走过,永远后悔。"

开一家福建餐厅

福建人在香港,至少有几十万吧?他们来自闽南,也有不少印度尼西亚华侨,多数集在北角一带。但是,连一家像样的福建餐厅也开不成,实在令人费解。

数十年前还有中环的"伍华"和北角电气道上的一家,颇有规模,但当今只剩下春秧街的"真真美食店"和土瓜湾的"阿珠小吃店",纯属小吃。我还记得炮台山道有另外一间,由上海餐厅的经理出来开,也已停业。很奇怪的,上海馆子里的侍者,聘请很多福建人,不知是什么原因。

首先问的是，福建菜不好吃吗？不，不，我能举出的好吃的多不胜数。那到底为了什么？也许只能归根于福建人不太会做生意，像他们出茶，安溪的铁观音和武夷山的水仙，但卖茶的多是潮州人或广府人。

这话也不是事实，国内的福建商人不少，到了海外，南洋首富陈嘉庚就是一个例子，而掌握菲律宾经济命脉的，也都是福建华侨。

去到厦门，各类食肆林立，像老字号"老清香"就等于香港的"镛记"，街边小吃更是成行成市，不过就没一间来香港开分店的，真是难为了那么多居港的福建人，和我们这群爱好福建饮食文化的人。

福建的小吃无疑是美味，像颇受大众欢迎的沙爹面、五香卷、咸饭、肉粽、蚝仔煎、扁食（一种迷你饺子）、番薯糜、炒面、炒面线、炒米粉和炒粉丝，等等，我一数就口水直流。

别忘记他们最著名的包薄饼，用七八种蔬菜炒了又炒、焖了又焖来当馅，铺上螃蟹肉、鸡蛋丝、腊肠、芫荽、葱和虎苔来包，简直是天下美味。

另外有吃了会上瘾的"土笋冻"，把洗净的沙虫熬成浓汤再结冻而成，但许多人听到有个"虫"字都怕怕，所以他们把"虫"改成"笋"字来卖。

但说句公道话，小吃精彩，大菜不太显著。如果要在香港开一家高级的福建餐厅，尽可以向同系列的菜式取经，像那道"佛跳墙"，虽说是福建菜，但属于福建北部的福州，闽北闽南分别甚大，甚至于方言都不能相通。

"佛跳墙"用一个大瓮来炖，内塞有鲍参翅肚，几乎你能想象到的昂贵食材，都可以放进去一块儿炖，一炖十多个小时，最后的汤浓得挂碗，才算合格。

用同一种烹调方式，以猪筋、猪皮和较为便宜的食材来代替，只要火候上不偷工减料，也能做出一道上乘的汤来，绝不昂贵。

福建人还有一道几乎失传的汤，那就是用一个深底的大锅，把食材一层层铺上去炖,最下面的是大只的蛤蜊,第二层是芋头,接着是炸肉块、鸡、鱼、大虾、白菜、鸡蛋、生蚝等等,一算数十层,你想想看,熬出来汤有多好喝!

福建的卤肉也做得好,和潮州的卤水物不同,它的味较浓,色较黑。卤猪肉软熟,香喷喷,切了就那么送酒下饭也行,不然切开个扁馒头,把肉连汁夹在里面吃,这就成了台湾人叫的"割包"了。

谈到台湾,本省人多从闽南去,当地菜都带福建传统。香港人最爱吃台湾菜了,所以福建菜在香港没有理由流行不起来。开福建菜馆时,向台湾菜借镜,有大把菜式取材。

因为闽南和台湾都靠海,鱼虾及贝类的煮炒变化多端。像第一碟可以上蚵仔,那是将小蛤蜊略略烫开,再以生抽、大蒜和辣椒腌制的前菜,鲜甜无比,吃完包管要再来一碟才满足。

接着是炒海瓜子、白灼斧头螺和越熬越好喝的螺肉葱蒜汤。福建人虽然没有粤人的蒸鱼本领,但是他们的半煎煮或上汤煮鱼,像煮鲳鱼等,都是令人吃不厌的。

做螃蟹更是拿手,拆了肉炒丝瓜,不然整只斩件铺在糯米饭上蒸,叫为红蟳米糕。

除鱿鱼、鱿鱼沙爹米粉、鱿鱼焖肉等,福建人的白灼八爪鱼更是一绝。经他们烹调,那八爪鱼一点也不硬,像在地中海吃到的一样美妙。

开福建餐厅时把福州菜加入,一点也不勉强。福州菜除了佛跳墙,最出色的是他们的红糟文化,红糟鸡、红糟猪肉、红糟鱼虾等等。

另一道精彩的叫醋熘猪腰,是把猪腰和海蜇皮,加上油炸鬼、糖、醋和绍酒,一气呵成地炒出,试过的人无不赞好。

他们的白米饭更是特别,用一个橘子般大的小绳笼,把洗好的白米放进去,挂在锅边蒸熟。上桌时侍者对着空碗,把那小笼的饭挤进去,做法又好吃又好玩的。

至于面类，福建人爱用的黄澄澄的油面，不管是煮是炒，皆为美味。油面很粗，有时不入味，可以改良，用日本拉面般的细条，会更受欢迎。

但福建菜不管怎么做，没有了猪油，就逊色得多。当今客人怕怕，是能理解的，可以把餐牌改为传统味的和古早味的。前者用植物油，后者以猪油煮炒，各适其适，一点也不冲突，点菜时向侍者指定好了。

上述菜式，是福建菜的十分之一还不到，如果香港的福建富商有兴趣投资，开家出色的福建餐厅有多好！我可以义务来设计餐单，那时自己也有了个好去处呀。香港的美食天堂美誉，更加固定了。

经营越南餐厅

香港人一从外国引进一种料理，就尽是些大路的玩意儿，绝不去钻研。

有的厨子，只学了几招，便开始混入中国菜的做法，基础没打好，就fusion了起来，更得打屁股了。

像西餐菜，我们只会烤烤牛扒，涂一层粉，焗个羊架，煎煎几片鹅肝，油浸只鸭腿罢了。你看，吃来吃去那几味，不是枯燥得要命吗？

由于我们对越南的牛肉河粉发生了兴趣，越南餐厅势若春笋，一家开完了又一家，但又是犯了样板戏的毛病。只是春卷、粉卷、甘蔗虾、咖喱牛肉、烤大头虾、滨海米线圈、米纸包鲜虾等等，一点新意也没有。

也不必等着你去创新，越南原有料理无数，等着你发现。如果要开一间越南餐厅，不是去那里走一圈就算数，住上两三个月，包你学会一些香港不常见的。

很难做吗？一点也不。最主要的，原料不可省，不能用本地货代替，非从当地输入不可。每天已至少有四班直航的飞机从西贡或河内飞来，购入那些原料，一定不会贵过日本刺身。但偏偏就不肯那么做，连最基本的鱼露，也要用廉价的泰国货来代替，一开始已经走了样。

做一道越南菜，先得从鱼露开始。原产的够浓，够腥，不太咸，这是越南料理的灵魂。每天吃，当然做得比中国、泰国和其他东南亚国家的好。接着就是摆在桌上那些鱼露浆（nuoc nam cham）了，一家越南餐厅，菜做得如何，先试一口鱼露浆就知道。做法应该是两份的鱼露、一份糖、一份白米醋和四份的水。但要做得出色，必须以柠檬或青柠汁代替白醋，而清水，则要改用新鲜的椰子水。鱼露浆要当天做，当天吃，隔一日没有问题，再放就变味，不管你是否放进冰箱里面。

香草更是不能马虎，最普通的香茅、金不换（罗勒）和薄荷叶用泰国的无妨，但是越南独有的毛翁（ngo om）和印度人用来包槟榔的蒌叶（la lot），以及锯齿叶芫荽（rau mui tau），又叫烤蒂草的，则一定要输入。

吃春卷时没有鱼露浆，吃牛河时没有上述的香草，都不能算合格。

有了这个基础，我们可以开始做一些香港不常吃到的越南菜了。

首先，最简单不过的是一道蚬汤，用大只的蚬，浸它一天让它吐沙，水开了把拍碎的香茅放进去滚，下蚬，最后撒金不换叶和鱼露。待蚬壳打开，熄火，大功告成。这道汤非常惹味，嗜辣不嗜辣的人都会喜欢。

椰青水煮鱼。把生鱼煎一煎，下椰青去煮，加鱼露，可以迅速做成。如果用的猪肉，则选半肥瘦的，下大量鱼露卤之。若嫌鱼露不够浓，可加虾膏，最后放椰青水。需时一个钟，肉才会柔软入味，此菜很能下饭，卤肉时可用一个砂煲，扮相更好。

果仁鸡或鸭。用这两种肉，去骨，下镬，爆香红葱头后把肉煎至金黄，加清水和鱼露滚之。待肉半熟，把花生或开心果磨碎加入，再煮至全熟，慢火收掉汤汁。加荔枝或龙眼肉，撒上芫荽即可上桌。

黄姜鱼。把黄姜（turmeric）舂碎榨汁，记得用手套，否则很难洗得脱颜色。鳗鱼或生鱼，铺粉炸它一炸。另用一个锅，加油，爆香，放切块的西红柿，煮至软熟，加鸡汤和鱼露，把鱼放入，熬成汤浆。有人会下芡粉令汤稠，但还是慢火的做法较佳。上桌时撒红辣椒丝、葱丝和芫荽。以这个做法，也可以不用西红柿，而是用全生的香蕉切片去煮，更能用生的大树菠萝，这么一来，就更有越南风味了。大家吃不出是什么食材，好奇心倒令此道菜珍贵。

莲藤（莲茎）沙律。莲藤也是其他料理罕见的食材，去掉外皮，切段后过一过滚水备用，另外把鲜虾煲熟，也备用。爆香红葱头，把炸过的花生磨碎，将以上材料混在一起，加鱼露和糖，淋上青柠汁。最后把芫荽、红辣椒丝铺上。不用虾，也可以灼熟鲜鱿代之，又可撒炸虾片碎和下大量的芝麻。另一个做法是用生大树菠萝代之。生的大树菠萝去皮，剩下果肉和核。这时的核也不会太硬，可食，用滚水煮熟，再切成长条拌之。又有用芒果、蟹肉的变化，再可下煮熟后去水的粉丝，总之让你的想象力奔放就是。

田螺塞肉不只用在沪菜，越南料理也有同样的做法，剁螺肉、猪肉，加粉丝、马蹄和黑木耳及虾米，塞入田螺壳后焗之煮之炸之皆可。越南人比较有文化，将两枝香茅的细茎插在壳中，吃时方便起肉。

甜品可以将香蕉和各类水果炸后用老椰浆煮之，也能将哈密瓜磨浆后放进煮甜的粉丝，加上一片薄荷叶，加青柠和苏打，加上酸梅，或简单地把切掉不用的香茅青茎部分打一个结，滚水冲之，再加冰上，就没有冻咖啡或三色冰那么单调。

越南不远，把各种扎肉，像猪头肉肠、内脏肠等等，以及做得极好的鹅肝、鸭肝酱直接每天送来，夹上面包，已是与众不同了。

谈吃

发现顺德人和法国人有一个共同点，那就是大家都喜谈吃。

"我妈妈做的鱼皮饺才是最好吃的。"顺德朋友都向我这么说。

"啊，普罗旺斯，"法国朋友说，"那才是真正的法国。那边的菜，才像菜。"

其实东莞的菜也不错，东莞人默默耕耘，不太出声罢了。

还是很佩服顺德人，见过他们的厨子的刀章，把一节节的排骨斩得大小都一样，炒也把汁都炒干，可真不容易。

我们一直以中国菜自大，但法国菜实在也有他们的好处，把鹅颈的骨头拆掉，酿进鹅肝酱的手艺，不逊中国厨子的花巧。

顺德人和法国人不停告诉你吃过什么什么好菜，怎么怎么煮法，味道如何又如何，听得令人神往，恨死自己不是那些地方出生。

比法国人好的，是顺德人自吹自擂之余，并不看低其他地方的菜肴。法国人不同，他们一谈起酒菜，鼻子抬得愈来愈高。

当我告诉一个法国朋友："我去意大利的托斯甘（托斯卡纳）地区，他们的红酒也不错。"

"是吗？"法国朋友扬起一边眉毛，"意大利也有红酒的吗？"

不过住在大都会的人才那么市侩，乡下的还是纯朴，不那么嚣张。

在南部小镇散步，见到的人都会向你打招呼，还说"Good morning""Good evening"，不像人家所说的你用英语他们不回答你。

喜欢谈吃的人，生活条件一定好，所生活的地方物产也丰富，但钱也不存留很多，没有那种必要嘛。大城市的暴发户才穷凶极恶，猛吞鲍参肚翅、鱼子酱或黑菌白菌。悠闲的人，聊来聊去，最多是妈妈做的鱼皮饺罢了。

口味

真正好的潮州餐厅，香港没剩下多少家，多是一些和粤菜混合的，结果两方面都没做好。

贵菜，像鱼翅、螺片等，也许有人认为在上环的那两家老店做得好。小食方面，从前是潮州菜最佳，当今搬进熟食中心，味道逊色了许多。

地道的平民化食肆，只有九龙城的"创发"。我人在香港的话，就会想去吃吃。今晚，双腿又把我扯去。

和老板已是好朋友了，像初遇那么亲切。他知道我吃得不多，每一样菜都来一点点，像腌咸白带鱼，送给我一小块试味罢了。

站在玻璃橱窗内的光头老伙计也把我当成亲人，看咸白带鱼冷了，在油锅煎得香喷喷才拿给我。

这里的猪肚和猪粉肠煮咸菜汤，绝对在别的地方吃不到，最巧手的"家庭煮妇"也做不出来。无他，只是他们客人多，大量胡椒一大锅一大锅熬出来，你去哪里找？

"炒一碟锅粿给你吃吧！"老板说。

用米浆做出来的长条锅粿，有两种炒法，下黑酱油、韭菜和鸡蛋，用平底镬煎出来的，这只有在"创发"才能做到的。

锅粿照样是和鸡蛋一齐煎，但是以芥蓝梗薄片代替韭菜，还加了蚝仔、下鱼露，有点像蚝仔煎混上锅粿，但是还下了很多糖。

什么？又咸又甜？广府人和上海人吃进口一定皱眉头。

这才是真正的潮州菜呀！不是从小养成这种口味，是不会了解的，这种又咸又甜，也只有潮州人才够胆创出来。

潮州饮食文化特别，常将意想不到的味觉掺在一起，像他们的龙虾是冷吃的，片后再点甜的橘油，咸甜融合得天衣无缝。这道理和沪菜的浓油赤酱一样，但你不是上海人的话，也不懂得欣赏。可惜，浓油赤酱和咸甜锅粿在消失。剩下的，只是淡出鸟来的新派菜！

潮州鱼生

如果有另一个地方，比潮州更像潮州的，那便是曼谷了。

你能想象到的关于潮州的一切，这里都有。能讲潮州话，在曼谷更是通行无阻。

最好的潮州东西，当然莫过于潮州菜。

在一家叫"笑笑"的馆子，我叫了一碟鱼生，用的是鲩鱼，蘸甜梅酱吃，味美无比，一碟不够再一碟，一共吃了四碟才肯离开。

以前在加连威老道的一间店里还可以吃到，后来卫生官阻止，在香港已不卖。除了曼谷，新加坡也还剩下两档。别的地方是否有鱼生，我就不知道了。

潮州鱼生做起来挺麻烦的，切鱼当然要讲究技巧，佐料需要：菜脯丝、萝卜丝、中国芹菜、杨桃片、黄瓜片、酸柑、芝麻、芫荽等等。甜酱最难调得好，中间加的豆酱油不可缺少。总之每个细节都要考究。

在尖沙咀东部的"兴隆楼"，遇到熟客时，还肯做鱼生，但是已不劏鲩鱼，改用深水的鲻鱼，才不怕生虫。要吃时必得先预定，当场叫的话大师傅不会睬你。

我去试了几次，味道甚佳，不过后来我每次要吃，他们都说今天的鲻鱼不够鲜。大概是生意太忙，不想理我这个疯子。

办桌菜

食物，个人的喜恶，是很强烈的。我会说福建话，又懂点日文，年轻时到了中国台湾，住上两年，可说是如鱼得水，因为老一辈的人，都以闽南语和日语沟通。他们很热情，理所当然地，我爱上台湾菜。

什么叫台菜？简单来说，承继了福建传统，又掺了当地人口味，加些天妇罗之类的日本东西，就是台菜了。

台菜的小食著名，什么担仔面、贡丸、四臣汤、鱿鱼羹等等，都是美味，但如果只吃上一桌的大菜，则以"办桌菜"为主。

什么叫办桌菜？办桌，就像广东人的到会一样，是群吉普赛流浪式的厨子，去到哪里，做到哪里。从礼宴、生日、庙祝到丧事，都请他们前来煮食，富贵人家在庭院中办，普通老百姓在路边或空地摆起桌来宴会，故叫办桌菜。

因为我喜欢，这次去了台湾，友人蔡扬名的儿子送给我一本叫《台湾办桌食谱》的书。喜出望外，以为可以做深一层的研究，但翻阅过后，才知道是作者一家之食物，以客家人做的为主，与福建师傅的手笔，又有不同，不能代表一切办桌菜。

其实应该这么说：一个厨子最拿手的菜，都可以叫成他的办桌菜。师傅做的花样并不多，来来去去都是十几二十道，叫他做别的，就不好吃了。

但是，标准还是有的。标准是要老土，愈土愈好，一加新派菜肴，就失真了。老土菜有它的好处，那就是真，不花巧，不做作。

怎么一个老土法？像第一道菜"五福拼盘"，书中介绍的已经是改良过的：炸腰果桂圆、红糟五花肉、炒鱿鱼丝、炸虾卷和烤乌鱼子。

真正的老土闽南拼盘，也有乌鱼子和五花肉，不过是卤的，并非客家的红糟；炸虾卷也有，但不是以豆腐皮来包，用的是猪网油；另有一样龙虾沙律，一共四种。在中间，非摆螺肉不可。台湾什么海产都有，唯缺螺肉，认为是最珍贵，也只能买到进口罐头的。为了要证明是真材实料，把罐头盖一开，整罐摆在中间，以示无假。有时，办桌的人也以车轮牌罐头鲍鱼代替螺肉。这种上菜的方式，你说老土不老土？但是一将这方式抛弃，办桌菜的精神即刻丧失，再美观也不感觉到好吃。

一定出现的还有佛跳墙。这道菜由福州传来，真正的做法要花上好几天准备，内容有鱼翅、海参、鱼唇、鱼肚、鲍鱼、干贝、猪蹄筋、猪肚、火腿、鸡、鸭、鸽蛋、冬笋、冬菇、萝卜等，配上鸡汤、肉骨汤、绍酒、酱油、冰糖、姜以及八角，以荷叶密封于酒坛中，用文火煨个一整天才能上桌。

办桌的佛跳墙已是大众化，保留了海参和猪蹄筋，萝卜上面又加了芋头和蚬等较为便宜的食材，偶尔添些江瑶柱，鱼翅更是少得可怜，像在汤上游泳。不过做法没偷工，照样以慢火熬足几个小时，煲出的汤都能挂碗。

土鸡也是不能缺少的，用的多是母鸡，几斤重者，做法有如广东人的白斩鸡。但台湾人不论是闽南或客家后裔，都把鸡煮熟，取少许盐，趁热抹在鸡上，摊冻后切块铺盘，客家人蘸橘酱，闽南人则蘸蒜泥酱油，用的是浓郁的西螺豉油膏。走地鸡在台湾叫放山鸡，很有鸡味，这一道菜很受吃惯农场鸡的人欢迎。

鲳鱼在广东不受重视，但在福建和潮州则是上桌菜。有些师傅做的是盐酥白鲳，用面粉轻轻喂过，再油炸，上桌前加盐，但是正宗的是用蒸的，加了很多汤水。

汤汁多，似乎是办桌菜的特色之一，有些用个深底锅，最下面放大蚬，上一层芋头，再上一层炸猪肉，又一层萝卜，再有江瑶柱，又再是蚬。最后客人多数是喝汤罢了，肉再也咽不下去，反正你我拼命灌酒，也只有喝汤来消除醉意。

但是办桌菜还是照样上个不停，吃不完，是它的精神。红蟳米糕非吃不可。所谓蟳就是蟹，米糕即是糯米饭。优秀的师傅会将膏蟹的肉拆出，混在糯米中，上面再铺充满膏的活蟹，慢火炊成。一般的只用糯米，不混蟹肉。

炒米粉家家都会做，但是办桌的弄出不同的风味。炒福建面，更是一流。炒粉丝，家庭主妇没有把握，只有办桌师傅不会炒得焦掉。当然，用的是猪油。

台湾渔产丰富，靠海的人家办桌，就地取材，多为九孔小鲍鱼、鲜瑶柱、西施舌、生蚝、海瓜子、皇帝鱼、活虾、鳊鱼、沙肠、柴鱼、鲈鱼，还有一种雪白柔软的鲨鱼叫豆腐鲨，都能入肴。

最后的甜品，多为季节性的莲雾、菠萝、芒果、西瓜等等，也煲些汤水，像甜花生汤、绿豆沙等等，各家不同，各自精彩。

这数十年来，办桌菜被视为落伍，只有老人家肯吃，沦落了许久。拜赐于怀旧当时尚，当今办桌菜已有复苏的现象，但是师傅一个个死去，剩下的高手不多。不过已搬进餐厅营业，不是流浪的厨艺家，有几间是打正招牌做办桌菜的，一桌桌卖，如果客人人数不够，可以叫"半桌"，这也是传统。

也可以请最后的大师到会，或者在他们的小店外面搭个帐蓬，办个十来桌。吃时请一队叫 Nagashi 的流浪乐师来伴奏，跟着来的是几位裙子短得不能再短的年轻歌手，大嘶大叫，才有正宗的吃办桌菜气氛，是非常好的享受。没试过，是人生的憾事。向没吃过这办桌菜的友人说了，他们无动于衷，已有成见，认为台湾菜没什么好吃。我也不怪他们，他们没有对台湾发生过感情。我早说过：食物，个人的喜恶，是很强烈的。

福建薄饼

邻居是一家福建人,有待我长大后将女儿嫁我之意,所以有任何好吃的,我必先享。

代表福建的食物,应该是薄饼。包薄饼是一件盛事,只有在过年过节时才隆重举行。一煮一大锅的菜,连吃好几天,越烧越入味。虽然单调,但百吃不厌。如果你吃上瘾,便是半个福建人。

它的材料通常都不必太花钱,每一家人都吃得起,不过总是要用一整天工夫去准备,这也是种乐趣。

薄饼皮在街市上买得到,可惜嫌太厚,吃皮就吃个半饱,而且洞多,菜汁容易渗出,又易僵硬,用湿布包得不紧,第二天第三天就变成碎片。

皮最好是自己做。买个三分厚的平底铁锅,以温火平均烧热擦净,并以油布周围薄薄地涂一圆圈。将面揉和,顺手抓一面团,迅速地在铁锅上一粘,像魔术师一样变出一张张的薄饼皮。

主要原料是大量的包菜、大头菜、荷兰豆、豆干、红萝卜等,切丝,加冬菇,温火炒之又炒,以尽量不要多汁为原则,炒一大锅,放在一旁。

另外准备烫熟了的豆芽、芫荽、扁鱼碎(大地鱼碎)等,还有福建人叫作"虎苔"的,是一种煎脆了的海草。

那么,我们便能包薄饼了。先将皮张在碟子上,涂了甜面酱或甜酱油,加一点蒜泥,接着用两个汤匙从大锅中把菜取出,挤干,不让它有水分,不然皮便会破,将菜铺在皮上。然后加上述的虎苔等,要豪华可加螃蟹肉或虾片,顺手左右两折,再将下边的皮往上一卷,大功告成。

通常一人可以吃上几卷,大小随意,所以要自己包才好吃。好辣的人可放辣酱。大食者吃上十几卷也不奇。你如果客气不自己动手,那主人一卷卷肥肥大大地为你包好摆在你面前,不吃不好意思。

后来，我并没有当福建女婿，白吃白喝了他家几年，深感歉意。

谢谢他们让我学会讲福建方言，更了解了福建人珍贵的吃的文化。

蔡家蛋粥

在西班牙拍戏，连赶几个晚班，天昏地暗，不知今天是星期几。

黎明归来，肚子饿个叽里咕噜，本来想泡一包方便面充饥算数，但又觉得太对不起自己。想起小时家人所煮的粥，一阵兴奋，好好地做一餐享受享受。

吹着口哨，用第一个炉子烧了一壶开水。打开窗户，让清凉的风吹进来，顺便听听小鸟的啼叫。

由远方带来的虾米，等水一沸，便先冲去过量的盐分，倒掉，再添一碗浸出虾米的鲜味。把昨天吃剩的硬饭放进锅中，第二个炉子已热，加入虾米和鲜汁，滚它十几分钟。

这过程中，快刀切小红葱成细片，在第三个炉中以慢火加猪油煎至金黄。另将芫荽和青葱剁烂，放在一旁待备。

猪肉挑选连在排骨边的小横肌，这种肉煮久也不会变硬，而且香味十足，价钱很便宜。切片后扔进粥中，使汤中除了虾米，还有别的味道变化。豪华一点可加火腿丝，但是不能太多，否则喧宾夺主。

准备工夫已经做得完善，再下来的一切都是瞬间的事。所以态度绝对要从容，秩序按部就班，时间一秒也不可有差错。粥已滚得发泡，抓定主意，一、二、三，选两个肥鸡蛋打进去。打开鸡蛋壳原则上要用单手，往锅边一敲，食、中、拇三根手指把蛋壳撑开，等鸡蛋入锅后即扔第一个蛋壳，随着投入第二个。记住，用双手打开鸡蛋，是对鸡蛋不敬。闪电般地用勺子把鸡蛋和粥捣匀，滴进鱼露，随即撒些冬菜，加入青葱和芫荽，最后，以黑胡椒粉完成。

用小碗盛之，入口前，添几茶匙爆香的小红葱猪油。香味喷出。听到敲门声，隔壁的同事，拿着空碗排队等待，口水直流。

问老僧

煲了几天广东老火汤，有点生厌。走过九龙城侯王道"新三阳"时，抬头一看，挂着一笼笼的腌笃鲜，想起好像未尝过，我决定以此煮汤。

腌笃鲜就是笋尖干，亦叫扁尖，得和春笋一起煲。当今春笋已过，冬的还未来，见店里卖着台湾来的鲜笋，此物最甜，用来代替春笋无妨。

有了两种笋，就要有两种肉，店里卖的咸肉色粉红，多一点肥肉最佳，另外到菜市场买同样分量的五花腩。

把这四种食材过水，十分钟左右。咸肉和腌笃鲜都得过久一点，否则太咸，汤就没救了。

再转到沙煲煮，店里的上海人说煮个四十分钟就够，我则煲了一小时，最近牙齿常痛，待肉煮得像苏东坡做的那么柔软，才好吃。

本来，还要下些百叶结，但处理起来麻烦，我干脆用豆卜代之，亦无不可，反正我不是真正沪人，可以乱来。

煮出来的汤，鲜美到极点，就是嫌略咸了。有办法，弄一把粉丝，浸过水后扔进汤中滚，今晚不烧饭也可以吃饱了。

虽然是画蛇添足，我想，要是把江瑶柱也放进去煮又如何？第二天，即刻又试验我的腌笃鲜，发现味道又丰富了些。第三天，又买了些活虾，等最后汤沸时放进去灼它一灼，也行。

跑去问店里的人，要是有了咸肉，再加金华火腿呢？他们摇头摆手，说万万不可，这次乖乖地听他们话，不敢再放肆了。

看到超级市场中有迷你豆卜卖，方糖般大，一口可吃数个，就买来代替大豆卜，看起来有趣得多。

古诗云："初打春雷第一声，满山新笋玉棱棱。买来配煮花猪肉，不问厨娘问老僧。"说的就是腌笃鲜吧？各位要试煮，不必问和尚，照我的方法做做，看行不行？

龙井鸡

有人老远送来最高级的清远鸡，怎么一个做法？白切、酱油、油炸，皆太普通。最好是原汁原味食之，想出一个办法，用深身锅来又蒸又焗，但家中少这件烹调器具，正在想什么地方才能找到合适的，好友陈鸿江送来了一个。一见大喜，原来是德国货 Berndes，这家厂生产的煲是铸出来的，不像一般的是压模制造，锅底和锅身厚度相同，底部受热力度不足，很易烧焦食物。Berndes 铁铸锅底层很厚，非常耐用，是一生一世不坏。又遇上《饮食男女》中的《蔡澜教室》已无存货，同事要我示范些新菜式，就以鸡为主题。

焗鸡做法最好是把禾秆草放在锅里，上面再放一片大的荷叶，把鸡放了进去，像放进鸟巢一样，再盖层荷叶蒸之。一早八点，赶到九龙城街市，问熟悉的小贩友人："哪里可以找到新鲜的荷叶？""现在已经不卖了。"他回答，"如果你早一天吩咐，我可以趁到新界进货时替你摘几叶回来。"

太迟了，怪自己为什么不事先准备，到花墟去也许能找到吧？小贩摇头，说："难。"怎么办？只有随机应变，看见有人卖甘蔗，削了皮切成五英寸长的，一把十条，就买了三把，再到"茗香茶庄"找到三哥，要了两明前龙井。

开始做菜，把甘蔗架在锅里，留空间，将鸡涂了橄榄油和少许盐，放在上面，再铺一层甘蔗。龙井装入玻璃水杯，滚水沏之，茶叶半开时倒在鸡上。再用淋湿的玉扣纸把锅边包好，蒸个二十分钟。熄火，再焗十分钟，大功告成。鸡色油黄中带碧绿，味道香极。同事问这菜叫什么名堂，我想也不想，冲口而出：龙井鸡。

火腿蒸蚕豆

这次为杂志拍煮菜示范，到九龙城街市走一趟，南货铺子外边摆的像小香蕉般大的绿色东西，原来是蚕豆。剥了皮，里面是三至四粒，浅绿色的豆，肥肥胖胖，一块钱硬币般大。豆外层还有衣，很硬，不能像花生一样连衣进食，一定要去掉。若嫌麻烦，可以买已经剥了外衣的蚕豆，但是整条的剥起来比较好玩。通常的吃法是把蚕豆连衣扔进水中，滚个十来二十分钟，捞起，待冷，剥了衣下点盐。这确是一道下酒的好菜。把盐放在滚水中也行，但是不能放糖，不然粘手，感觉不佳。蚕豆本身味淡，很适合加点糖。把蚕豆磨成糊，加糖吃也是一道可口的甜品。

"有没有其他吃法？"问南货店的人，许多沪菜都是由他们指导的。

"炒火腿呀！"

我记起来，上海菜中有此一道，将火腿切粒，和蚕豆一起炒，不用其他配料。一盘碧绿的蚕豆，加上红色的火腿，扮相不错，但也太过普通，花点心思较佳。选了一块带肥膏的金华火腿,肥膏部分占整块四分之一左右。拿到厨房,先把火腿过过滚水,免得太咸,然后一片片切薄备用,再用一罐鸡汤把蚕豆煮熟,剥皮后捏一捏糖。找个碗,把火腿铺在碗底,肥肉向碗中心排,瘦肉在碗边,一片叠一片,像把扇子那么整齐,最后将蚕豆填满。铺上保鲜膜,就那么拿去蒸。碗厚,要蒸二十分钟以上才够火候,上桌时盖个薄碟,把碗翻转,再把肥肉微微掀开,露出翡翠般的蚕豆。简单的美味,你不妨试试。

蚬和鲥

又到拍烧菜照片的时间,这星期要煮些什么?多数到菜市场走一圈,就有灵感。

想起在中山喝的一道汤,就先买了些蛤蜊,广东人叫沙蚬的。回家养它一天,放一把生了锈的刀,让它们吐沙。如果你用的都是不锈钢,可把一块磨刀石置于水中代替。将蛤蜊飞水,烫它一烫,将其中剩余的杂质冲净之后,便可以放进一个沙煲中滚汤。现在是大头芥菜上市的季节,选两个肥大的,洗净。大芥菜的缝中最易藏沙泥,这一点切切注意。另外,两个大番薯,切大块。加一片姜。三种材料可以同时滚之,二三十分钟之后,就是一煲最鲜美的汤了。当然,番薯、大芥菜和蚬,都能将汤水煮得很甜,不过你如果没有信心的话,可加一点所谓的"师傅"。我说的并非味精,一下味精任何食物都变成同一个味道。我说的"师傅"是少许的冰糖。冰糖你不反对吧?对身体也不会有害。这一点点的冰糖,保证这一道汤的成功,不是太过分。

当今又是鲥鱼最肥美的季节。鲥鱼有个"时"字边，叫人非合时不食。鲥鱼，生长在富春江的最好吃，郁达夫的故乡，文章时有提起，咸淡水交界的最佳。鲥鱼一般的吃法是清蒸，或用铁板烧之，因为它的鳞可吃，后一种做法较受欢迎。我爱吃鲥鱼，但嫌它骨多，今天在菜市看到一尾五斤重的，即刻买下，起的鱼腩部分，也有两大块。先爆辣椒干、鲜辣椒和致命的指天椒，大量。三种不同颜色的辣椒，铺底。上面放块鲥鱼腩，也将鳞爆了爆，再猛火蒸它八分钟，即成。样子漂亮，味道好。吃时起了腩中的大条骨，剩下的有如广东话中所说：啖啖肉。

试吃《随园食单》

清朝才子袁枚著有《随园食单》一书，我一直想试个中味道，奈何无时光旅行器，未能偿愿。一天，忽发奇想，要求"镛记"甘老板为我重现书中佳肴。他说需时间考虑，三天之后，来电称可试菜了。

昨夜欣然赴约，甘老板先拿出食谱中记载的四小菜：熏煨肉、炸鳗、鸡丁和马兰。熏煨肉依足书上所写："先用秋油将肉煨好带汁上，木屑略熏之，不可太久，使干湿参半，香嫩异常，吴小谷广文家制之极精。""镛记"非吴家，但做出来的绝不逊色，略为改变，用茶叶和甘蔗代替木屑，更香甜。甘先生自己先试了数次，认为极有把握，大家各吃一块，拍掌叫好。

接下来有五大菜：萝卜鱼翅、红煨海参、假蟹、蒋侍郎豆腐、童子脚鱼。用最高贵的鱼翅配合最廉价的萝卜丝，并非省钱，这种构想大胆，宁愿尝此吃法。从书上看起来容易，做了才知难。萝卜丝要切得和鱼翅一般幼，一下子就折断，熟了更容易稀烂，味道又太有个性，盖过鱼翅也不行。

童子脚鱼其实是山瑞，用一只和碗一般大的，壳盖起来刚好，色香味俱全。"镛记"重现得极出色，《随园食单》中的菜，并无特别令人惊叹者，平凡之中见不凡，是为特色。种类也不必太多，刚刚够饱就是。

三点心有颠不棱、裙带面和糖饼。连酱料也是《随园食单》中出现过的虾油和喇虎酱。经我要求，加了一块白腐乳，绝不是《食单》做法，出自甘健成兄的父亲的私家货，只做少量来让老先生下粥。上次写过，友人纷纷想试，甘先生答应我在举行友好团聚的"《随园食单》大食会"时，每位一块。事先声明，吃了不能再叫。

小插曲

将《随园食单》复活，在"镛记"举行"大食会"。老板甘健成兄很花工夫，之前试做了好几次才叫我品尝，果然有他的一套，每一道菜都在平凡中见功力，加入我的意见后推出。

菜单中有四小碟：炸鳗、熏煨肉、鸡丁、马兰。热菜是萝卜鱼翅、红煨海参、假蟹、蒋侍郎豆腐、童子脚鱼。甜品有颠不棱、裙带面和糖饼。每一样都依足书中记载炮制，才对得起作者袁子才，连酱料的喇虎酱和虾油也不敢苟且。但特别声明，白腐乳则是甘先生令尊叫人做的，本来货少，自己食用，但求者甚多，这次的盛会中拿出来共享罢了，书中并无提及。四小碟中的熏煨肉，是把一大块方形的猪肉红烧之后，再拿去煮和用茶叶熏烤，上桌时切成十二块，每人一方。此菜又香又滑又把油走得精光，当晚十二桌，一共四十四人，人人赞好。

我打算下次聚会，请甘先生把乳猪也用同一方法烧出来。鱼翅本非我所好，但是和萝卜丝一起煨，最便宜的东西配搭最贵的，要做得好，不容易，萝卜丝切得和鱼翅一样细，熟了不断，也是难事。最重要的还是好不好吃，好在所有客人都喊精彩。童子脚鱼是用一只迷你山瑞炖成，一人一只，虽然炖得好，但是到底有些客人不吃这一类的东西，最后"安哥"熏猪肉，再来一碟，让不吃山瑞的人也感满足。

其中一位朋友踢馆："我在《随园食单》中，怎么找也找不到颠不棱这道菜，是你们自己创造出来的吧？"好个甘老板，即刻从办公室中拿出一大沓的《随园食单》线装书，查出菜名，向这位朋友说："你看的是新版。"这是当晚最有趣的小插曲。

海女餐

念书时的一个漫长的夏日假期，我由小仓乘船渡海到釜山登陆，一路坐火车，每逢一个感觉到有趣新奇的小站都下车，玩个一两天。

韩国人给许多有偏见的人的印象是粗鲁和野蛮，其实少数也许是如此，大部分是勤俭和纯朴的，对老者非常尊敬，年轻人多热情、可亲。

一日，到达济州岛海边，见一群以潜水捕捉海产为生的女人，她们嘻嘻哈哈，几乎当工作是种乐趣。炎日下，她们显得特别健康和美丽，我很想跟她们出海。

看见海岸的另一边有几艘小船，每艘船上两个海女，正在招徕客人。原来还有此种服务，正合我意，即刻跳上一艘，她们一看我是外国人，指手画脚地迎笑招呼。

把船划到海中，摆好小桌，拿出几碟酱油，又拿出小鱼、小螃蟹等小菜，开了一瓶土炮让我先下酒。我懒洋洋地躺在又厚又软的枕头上,把杯望海,享受着宁静。

小菜一碟碟的,每一种都新奇。有一种是将海参切成一块块生吃,蘸着辣椒酱,起初感到硬,慢慢嚼之,也极易进口。

她们戴上玻璃眼罩,叽里咕噜地问我,大概是要知道我想吃什么,我只有拼命点头。她们一笑,扑通地跳下海。我心急地等,她们一潜水便两三分钟才浮出海面,每人手中拿了两只大鲍鱼。上船后她们即刻在一个小火炉生火,一面挖出鲍鱼肉,把那条肠子切下,点酱油和绿芥末送到我口中,看着那黑绿色的东西,我心中直发毛,但是一吃下,甜味横溢。接着她们拿了大木槌把鲍鱼大力搞烂。一次又一次,敲成扁扁的薄片后,一层层地叠起,插入铁叉在火上烤。一边烤一边涂上酱油和虾膏,阵阵的香味传来,准备好了撕成细块喂我。我再也没有尝试过那种入口即化的美味。另外还有用大蚬、海带和豆腐烧的汤佐酒。一杯杯地喝下,我已经有点醉,其中一个海女开始为我做脚部按摩,一个让我躺在她的怀中,温柔亲热后昏昏入睡。

后来因工作去了十几趟韩国,经济州岛都去找,没寻着,笑自己是否是想找回青春。

土人餐

到欧洲拍戏时,觅空隙,叫朋友带我去吃土人餐。

朋友千方百计地找到一间小馆子,我们没有订位就匆忙赶去。哈,还是客满呢。

大家津津有味地吃着一条条的活树虫,样子像蚕,但颜色像发了绿霉的蛋黄，恐怖得很。我也要了一条试试，咬进嘴，啵的一声，汁液流出，好像在吞生猪肺，心中发毛，不敢再动手。

接着再试大甜蚁，我怕它先咬我的舌头，把蚁头用餐刀切断，吃它的身子，味道其怪无比，吃完口中发麻，可能是蚁酸起了作用。快点喝面前的那杯白液，它是大树根磨出来的汁，土人在旱季的时候以此解渴，又苦又甘，但总算比中药可口。

烤大蜥蜴最精彩，热气上升的一大圈肉放碟子上，看起来是蜥蜴肚子的那部分。用手撕出一条肉尝尝，硬过鱼肉，但比任何牛排羊排都要软熟，有一阵幽幽的清香，是肉类中的上品。

最后的甜品是从来没有看过的生果，有的黄，有的红，上面有细刺，原来是仙人掌的果实。咬了一口，才知道中间有一颗颗的硬果子，想吐出来嫌麻烦，就吞了下去，第二天好像放子弹地拉出，锵锵作响。

泰皇宫餐厅

曼谷地广，有个商人用片大地皮建筑了一个别开生面的餐厅——泰皇宫。

在那里，他挖了个人工湖，湖畔立亭，湖中泊舟，并有美女舞团表演传统的泰国舞，是个吸引游客的地方。上这间餐厅的本地人还是占大部分，可见它的菜色不差。

最主要的特色是服务极佳，据说有两千名侍者，这可能夸张，不过连厨房的人也算进去，近千人错不了。

客人坐下，有一名少女站在桌边侍候，她只管一两台人，所以永远没有找不到侍者的麻烦。那么大的地方，订单一下后，不消片刻即见酒水，十五分钟之内食物必定送到——侍者是骑着滑轮雪屐的。

喜欢刺激的客人可以坐在走廊进食，侍者捧着火炉烧的冬阴功，飞来飞去，但绝对不会撞到人，感觉上是一面看 Starlight Express，一面在吃东西。

试了一味泥鳅酥，炸得香脆，淋上酸辣汁，是少见的泰国美味。

付账时柜台的少女不停地微笑，其实在这里所见的人都不断地微笑，傻兮兮的似乎有点白痴，但比起香港的侍者来，真有天渊之别。

法式田鸡腿

在法国南部吃了田鸡腿，念念不忘。

回到香港去了几家法国餐厅，均不满意，不是那个味道，唯有自己炮制。参考了许多法国菜谱，包括 Julia Child 写的《Mastering the Art of French Cooking》，不得要领，只能凭记忆和想象重创。

到九龙城街市，走过那档卖田鸡的，看到的不是很大。田鸡最肥大的来自印度尼西亚，那两条腿像游泳健将般，肉质也不因大而生硬，是很好的食材，但并非这次的选择。

小贩剥杀田鸡，总是残忍事，不看为清净，丰子恺先生也说过，吃肉时不亲自屠宰，有护生之心，少罪过。

再去外国食品店买了一块牛油、一公升牛奶和一些西洋芫荽，即能开始做菜。

先把田鸡腿洗干净，用厨房用纸把水吸干了，放在一旁备用。

火要猛，把牛油放进平底镬中，等油冒烟，下大量的蒜茸。

爆香后放田鸡腿去煎，火不够大的话全部煎熟，肉便太老，猛火之下，田鸡腿的表面很快就带点焦黄，里面的肉还是生的。

这时加点牛奶，让温度下降，田鸡腿和奶油配合得很好。再把芫荽碎撒下去，加点胡椒，动作要快，跟着便是下白酒了。

用陈年佳酿最好，不然加州白酒也行，加州酒只限用来做菜。带甜的德国蓝尼也能将就。但烧法国菜嘛，至少来一瓶 Pouilly-Fuisse 吧。

酒一下，即刻用镬盖盖住，就可以把火熄了，大功告成。

虽然没有法国大厨指导，做出来的还蛮像样，但只能自己吃，不可公开献丑。

吃完，晚上还是去"天香楼"，叫一碟烟熏田鸡腿，补足数。

完美的意粉

怎么做得成一碟和在意大利吃的一模一样的意粉？从来没有做过，有可能吗？有可能。失败了一两次就学会。第一，所有原料都要由意大利输入。很简单，到 City'super 或 Oliver's 去，架上一大堆产品任选。先学做一碟最基本、最简单的"西红柿酱汁意粉（spaghetti al pomodoro）"吧！材料主要有：面条、橄榄油、醋和西红柿酱。买什么牌子的面？Caponi、Pallari、Voiello、Spigadore、Martelli 都是响当当的名牌。什么橄榄油？一定要选特级处女橄榄油（extra virgin olive oil）。最好的有 Bertolli、Delverde、Solleone 等。什么醋？天下最贵的是意大利醋了，有如红酒，愈久愈醇，名牌有 Balsamico。什么西红柿酱？Montanini、Spigadore、Delverde 皆宜。芝士则选 Parmigiano Reggiano 硬芝士。绝对要遵守的，是面条包装纸上的时间说明，煮八分钟就八分钟，十分钟就十分钟，千万不能多也不能少。人家数十年经验，不会骗你。

煮面过程中，加橄榄油于平底镬中，把蒜茸爆香，加切碎的洋葱、芹菜和红萝卜。倒进西红柿酱，多少由你，依面的分量作准。这时面条已煮熟，即刻倒入酱汁中拌匀，搅拌同时，加月桂叶、金不换、盐、少许醋和胡椒。最后，撒上磨碎的硬芝士，即成。简单吧？十分钟之内搞掂。

要注意的是先利其器，买一个高身的煮面锅，中间夹一层沥干器的那种。从沥干器取出面条，非快不可，买支手指形的面托或面夹，《桃色公寓》中，积·林蒙用网球拍捞面，记忆尤深，但那是电影，千万不可学习。

伊比利亚火腿

西班牙火腿，为什么是世界最好？有四大因素：

一、种。只有伊比利亚半岛的猪，才有那股独特的味道。

二、生态环境。只有用西班牙南部的草原中种出来的橡树的果实来喂的猪，才能有那股味道。

三、大地生长。只有在那些草原里，猪和牛一样，自由奔放地生长。

四、气候。只有在那一小片地区的微气候不冷不热，不湿不燥，能让火腿长时间风干。

西班牙有种猪，其特点在于四蹄又尖又长，皮和蹄都是黑色，这种猪叫为伊比利亚黑猪。整个西班牙生产的火腿，也只有五个巴仙能叫为伊比利亚火腿（Iberian ham）。

将伊比利亚火腿切片，肉色由粉红到深红，中间，像大理石的纹一样，夹着白色的脂肪。整块肉都会发亮,这是吃橡实得来的。

香味发自脂肪,猪一瘦,就不香了。

我们这次在巴萨隆那,每一顿饭都要叫伊比利亚火腿来吃,它的香味,不是意大利火腿能比的。

被世界上高级餐厅和名厨公认为最好的,是 Gran Reserva Joselito。西班牙著名的食评家 Rafael Gracia Santos 说:"如果十分满分的话,Gran Reserva Joselito 应该打九点七五分。"

Joselito 这家公司选一百巴仙的伊比利亚猪,橡实之外,还喂香草。每只腿风干需时三十六个月,用最纯的海盐人手腌制。工厂里,唯一机动的是窗门,一按钮,开窗闭窗来控制室温,仅此而已。

每只腿大概八公斤,削皮,即可进食,但最好的状态应该在削皮后,再等一两个小时,让它和室温相近,再片来吃,此刻最香。

怎么一个香法?对还没有尝过的人是很难解释的。可以这么形容吧:我们这次在餐厅叫了一客,未上桌前忽然闻到香味,转头,原来是侍者从厨房中拿了出来。

这种伊比利亚火腿的蛋白质比普通猪肉要高出五十个巴仙来。它的脂肪是 oleic acid,相等于橄榄油中的"好脂肪"。"好脂肪"会产生 HDL,就是所谓的"好胆固醇"了。大家知道胆固醇有好有坏,HDL 会消灭"坏胆固醇"LDL,是被医学证明过的。

怕肥吗?愈吃愈健康才对,要是你吃的是 Gran Reserva Joselito。这种火腿,一只八公斤的要卖四百九十五欧元,等于五千多港币。

我们这次吃下来,发现另一种叫 Jabugo Sanchez Romero Carvajal 的,也可以和 Joselito 较量。

Jabugo 是伊比利亚火腿的另一个叫法,而 Sanchez Romero Carvajal 则是西班牙最古老的一家火腿公司的名字,始创于一八七九年。它也是全国最大的,每年要屠宰十万只伊比利亚猪。最高质量的猪属于这家公司养的,血缘来自野猪。

最高等级的盖着 5J。我们在 Las Ramblas 的菜市场 Saint Jose 第一档火腿档 Reserva Iberica 购买时，店员切了一块 3J 的和一块 5J 的给我们比较，不管是色泽还是香味，都是 5J 为佳。

所谓 J，代表了年份，一般人以为是腌制了五年后来吃的叫 5J，火腿像红酒一样，也是愈老愈醇。

其实，代表年份的 J，是指猪只的长成，5J 的由乳猪养了四年半，肉质才是最成熟、最香。养三年的，就比不上了。腌制过程，要经三十六个月。

这种火腿，一只七公斤的，卖四百二十五欧元。

有些人以为 serrano 火腿就是伊比利亚火腿，其实是错的。serrano，是山脉地带的意思。这些猪不养于生满橡实的草原，不自由奔放，只是吃谷物长大，最大分别，猪皮是白的。它只需十八个月就能屠宰，一只八点五公斤的火腿，只要卖一百四十九欧元，合一千多块港币罢了。但也已经是非常非常地好吃。

如果不整只腿买的话，可购入去骨和去皮的，一只腿斩成四件，真空包装，售价就更贵了。也有切成片的，真空包装。我们去了巴塞罗那，回程经巴黎，在高级食品店中找到，价钱已经高过一倍，怪不得老饕们都从西班牙厂一只一只邮购去。整个欧洲，肉类的输入是没有问题的，寄到香港，则禁止。

吃腻了，可换换胃口，叫一客 Chorizo Iberico。这是用伊比利亚猪腌制的香肠，加了大蒜、辣椒和香草，切开后即可进食，不必煮过。

通常，看到颜色深红的火腿，以为必是过时，或者是表面被风干太久，但是真正好的伊比利亚火腿，颜色都是深的。吃法也并不一定是片片，老饕们会将它切成丁丁，骰子般大。不管是片片，或者切丁，好的火腿，入口即化，天使也要下凡，与你争食。

帕尔玛火腿的诱惑

到意大利，香港人总是去罗马的西班牙石阶，或者前往米兰的拿破仑大道名店街购物，甚无文化。

文化也不一定是欣赏什么绘画或雕塑，吃也算在里面。离开米兰两小时，就能抵达帕尔玛（Parma），应该顺道一游。

欣赏意大利菜，从粉面入门，再下来就是他们的生火腿了。我们经常把生火腿叫为 Parma ham，但和只有香槟区产的汽酒能叫香槟一样，帕尔玛产的火腿才能称之为 Parma ham，其他地方的，只叫 prosciutto 罢了。

帕尔玛火腿经过称为 Consorzio del Prosciutto di Parma 的政府协会严格控制，一定要按照古方炮制，检验之后，打上像劳力士的皇冠火印，方能合格。我们在超市中，也要认清此标志购入，才不会受骗。

"怎么这条腿有四个皇冠火印？"我问，"是不是印愈多愈高级？"

我们参观了 Villani 这家厂，厂长笑着解释："完全没这一回事。这条腿做好了，要分成四块真空包装，才打四个印，总之不管你买块大的或小的，都有火印才对。我们还是从头看起吧。"

打开仓库，比想象中大得多，分成几层，第一部分是刚从宰场中运来的猪腿。

"西班牙黑猪，吃橡树的果实，帕尔玛的也是？"

"不，不。"厂长又笑了，"你知道帕尔玛地区，除了火腿之外，最出名的就是我们的帕尔玛芝士（Parmesan cheese）。猪吃的，是做完芝士剩下的渣滓，肉特别肥美，不可以用其他饲料来喂。"

好幸福的猪，专吃著名芝士长大！

"有没有分左腿或右腿的？"

"意大利人不懂得分别，左右腿都用上。也许你们中国人吃得出吧？"

"猪要养多大?"

"两年。"他说,"帕尔玛区很大,要在 Langhirano 这里养的才最好。"

"像不像神户牛那样听音乐?"

厂长笑得差点跌地:"不过,帕尔玛这个地方的人都爱音乐,Verdi 和 Toascanini 都是帕尔玛人,也许猪也受到感染吧。"

"一只腿,要腌制多久?"

"和养猪的时间一样,也是两年。"他说,"你看到我们仓库的窗吧?又窄又长,是种特色,这是因为要给风吹进来。"

"一年到头都开着?"

"又开又关,厂里一个有经验的老师傅全权负责。"

"一只腿有多重?"

"十二到十四公斤,风干到最后剩下十公斤左右。"厂长打开一个仓柜。哗,里面至少挂着上千条猪腿。

"只用盐来腌。"他说,"用的是最好的海盐,其他香料和防腐剂一概不准碰,否则给火腿协会一发现,几百年的声誉就扫地了。"

过程是先把湿盐搓在皮上,露出肉的部分干盐腌之,放在一到四度的气温中,湿度保持八十度。

"七八个星期后就要拿出来洗,用的是温水。"

"洗后再用盐腌?"

"除了盐,还要用人手揉上猪油,叫 suino。"

"猪油腌肥猪,倒还是第一次听到。"我也笑了。

另一位老师傅出现,打开下一层的仓库,用一根尖刺,在火腿底部插进去,边插边闻,每只刺了五下。

厂长解释:"并不只闻是否够香那么简单。为什么要刺五下?这都是血管的部位,血管中还留着残血的话,火腿就会变坏了。"

学问真大。我问:"帕尔玛人从什么时候学会腌火腿的?"

第五章 好吃命

"有一个山洞里发现了一堆栈的化石,检验了知道骨头里有盐分,那是四千年前的人贮藏的,可能是人类知道这个地区的气候最适宜做火腿吧。"

我们已走到最后的仓库,挂着成千上万的火腿,等待运出到全世界去。我已等不及,向厂长大叫:"试吃,试吃!"

"已经准备好了,请便吧。"

大厅中摆着装有由三只火腿片出来的火腿片的银盘。还有另外一只,也切出来给我们比较。厂长说:"这是其他欧洲国家做的火腿,你看,一点都不肥,完全不是那么一回事。"

帕尔玛的色泽粉红,一阵甘香扑鼻,入口即化,是仙人的食物。最美妙的,是吃火腿吃到饱,也一点不口渴。我问:"是不是只适合配蜜瓜和无花果?"

"什么水果都行,只要甜的就是。"

"你认为西班牙的黑猪火腿如何?"

"意大利也另外有种出名的,叫 San Daniele,和西班牙火腿很接近,颜色黑一点。"

"哪一种最好吃?"我问。

厂长又露出一排牙:"像女人,怎么比较?有人喜欢肥润的,有人爱枯瘪一点的,两个都是美人,不同而已。"

这时,厂长看到有些女士把帕尔玛火腿上的那层脂肪拉掉,只吃瘦的,偷偷地在我耳边说:"我最反对这种吃法,一定要和肥的一块儿吃才叫吃帕尔玛火腿。女人要瘦身的话,吃少一点好了,真笨。"

大蒜情人

如果食物中少了大蒜，是多么大的一个损失。要是不会欣赏大蒜，那和不懂得喝酒一样，是一个没有颜色的人生。

我一热镬，撒把蒜茸在油上，空气已充满蒜味，大师傅形象即刻出现。人们用羡慕的眼光看我："你炒的菜，怎么那么香？"任何一种形式的大蒜吃法，我都能欣赏。首先是生吃。一瓣瓣细嚼，那阵燃烧喉咙的感觉，岂是山葵（wasabi）能够匹敌？大蒜炸后炆肥猪肉、炆鳗鱼等，都是天下美味，就算是炆很素很素的菠菜，也变成了荤。炒螃蟹更少不了蒜茸，日本人最怕大蒜味，但是他们的铁板烧，没有了蒜片，怎么做也做不好。吃白切肉时，酱料中加了蒜茸，连无辣不欢的四川人也能满足。台湾菜有酱油膏，用来蘸猪肺捆或者绿竹，也非加蒜茸不可。

问题出在大蒜的臭味，吃完之后喷出来的，比沙林毒气还要致命。这都是相对的，没有臭就显不出香，蒜头是先香后臭，榴莲则是先臭后香。都是王者。为旁人着想，我每次看到蒜头食物，都犹豫一阵子，吃还是不吃？吃了有什么办法除臭？相传是喝牛奶、浓茶，但都是道听途说，没有用的，如果谁能发明除大蒜臭法，即可得诺贝尔奖奖金。无臭大蒜，种是种了出来，这简直是亵渎神明，像没有生殖器的动物。

最后的解决方法：到韩国去吧！一踏入韩国，大蒜味已在空中飘浮，几乎没有一种食物不含大蒜，再也不必避忌。我们爱韩国女朋友爱到死，和爱大蒜一样。蒜痴同党，一起上路，到大蒜天堂去！

第五章 好吃命

茄汁

"那一桌的客人要茄汁！"意大利侍者跑来向经理投诉。

"什么？一定是美国人，不然就是日本人！"经理摇头。

加盐或加胡椒，已是不敬，遇到傲慢的法国厨子，干脆说别做他们的生意。茄汁，变成了低级、没有品位、不会欣赏食物的代名词。

ketchup 或 catsup 这个名字，说起来，还是中国人取的。它由马来语 kechap 演变，但是我们却知道马来话受了福建话的影响，是由"茄汁"叫起。

到了美国，茄汁可是日常生活少不了的东西，有一个很有趣味的统计，说全世界人类的厨房中，放有茄汁的多过有盐和胡椒的。

美国人可以说什么食物都想加茄汁，最普通的当然是热狗，没有黄色芥末还可以原谅，但少了茄汁，简直吃不下去嘛。

在麦当劳快餐店里，包装成一小袋的茄汁任取，客人第一件事就是淋在薯条上，再乱挤些进汉堡包中。哈，那么难吃的东西，是可以理解的。

吃牛扒时，也要淋茄汁。在花园中的烧烤，更无茄汁不欢。我还看过小孩子喝西红柿汤时，还加茄汁呢。

最大的制造商，就是 Heinz 了，一年生产六亿五千万瓶，问你怕未？

Heniz 这家公司近年来也出特醇 Light 的，减少卡路里三分之一。又有另一种叫 One Carb，少掉百分之七十五的甜味，适合糖尿病者食用。最流行的是有机茄汁 Organic Heinz，供应给怕农药的人吃。

茄汁的古方，传说是 Heinz 的创始人 Henry John Heinz 在一八七六年发明，但我相信是英国人开始做茄汁的，因为他们的食物实在太难吃。

当今一提 Heinz，就是等于 ketchup。它已成为一个帝国，弄到要在南美洲各个小国种植西红柿，才够产量。虽然 Del Monte 和 Birds Eye 也出茄汁，始终敌不过它。

这家公司除了出茄汁，也做婴儿食物、金枪鱼罐头，卖马铃薯和冷冻食品，更卖西红柿的种子，叫为 Heinz Seed，拍胸口说没有经过基因改造。

茄汁的做法，基本上是用大量西红柿，加醋和西芹等蔬菜，香料则用了众香子、丁香和肉桂，下镬煮成浓浆，装入玻璃瓶中。也不一定完全用西红柿，有一条古方，是用蘑菇来代替的。

有人问 Heniz 说："你们的茄汁有没有加味精？"

这家公司的高干回答："已经有糖在里面，可以不用加味精了。"

另一个常问的问题是："一瓶茄汁，打开之后，需不需要冷藏？"

答案是："茄汁里面的酸性极重，本身已是防腐剂，不必放进冰箱，冷冻了有水气，反而容易变坏。"

最关心的还是犹太人，他们要吃 kosher 料理，质问有没有动物质在里面。

Heinz 绝对不会放弃犹太人这个市场，当然不肯加任何违反 kosher 菜的原则的东西。

说到 Heinz，人们不会忘记和布什竞逐的 Kerry，娶的老婆 Teresa，是 Heinz 的后代。提起政治，在一九八一年，里根的财政高官要减预算，建议在免费供应学生的午餐中，减去蔬菜，用茄汁来代替，后来这个提案被所有的人取笑，不了了之。

美国人爱吃茄汁，也影响到中国菜，什么炒虾仁、咕噜肉，都要用它。

日本人更爱跟美国风，凡是有鸡蛋的菜，都加茄汁，他们著名的蛋包饭，上面一定有一道红红的东西。

连印度人也爱上了，他们的炒面，要用茄汁把咖喱酱染红。当沙律吃的青瓜片上，也都要淋茄汁才过瘾。

韩国菜是较少用茄汁的，他们不像日本人那么崇洋，也从来不觉得西红柿是什么大不了的食材。

其实美国人做的茄汁,一味是甜,没多少西红柿味,干脆是吃糖好了。又不是甜品。

喜欢茄汁的话,可以自己做,买一公斤的西红柿,加四分之一公斤的苹果、四分之一的洋葱、四分之一的醋、四分之一的糖,添些盐、胡椒、辣椒和丁香,水盖住食材,煮两个小时,等汤浓得变成酱,即成。

现成产品,被老饕们公认为最好的是英国 Daylesford 牌子的西红柿酱,用有机西红柿制作。有兴趣的话,可以上他们的网站。

Heniz 的玻璃瓶包装,一看就认出,瓶口很阔,但因浓酱吸住,有时不容易倒得出来。

蘑菌菇菰

人生中最初接触到的食用菌类,是最普通的冬菇。小时吃,觉得奇香,是宴客时才上的高级材料,后来出现大量农场种的,就不稀奇,味道也失去了。

当今冬菇上桌时,吃也只吃它的梃,斋菜中有一道冬菇梃,拆开后很像江瑶柱。冬菇本来是中国人首先吃的东西,结果给日本人沾了光,现在外国人也用日本名称呼,叫"shiitake"人人都知道是冬菇。

我带美食旅行团去冈山吃水蜜桃,行程也安排去一家叫"美作园"的,可以参观冬菇的培养,把一节节的松木斩断后钻些小洞,放进冬菇的胎胞就能长出,新鲜摘下来后烧烤,真是美味,值得一游。

再下来吃到的是蘑菇,以为是黄颜色,因为多数是罐头食品,后来在菜市上才看到新鲜的蘑菇，纯白色。它的白，白得非常可爱。蘑菇很甜，百食不厌。到外国旅行时酒店的自助早餐经常有煎蘑菇，最爱吃了。

晒干后的草菇也是我们家里常吃的。在冷水中泡一泡，洗净了沙拿去煮汤，呈褐黑色。本来不引起食欲，但是把鸡胸肉片成薄片，待汤全滚时扔入，即刻熄火。汤黑中带白，很美丽，也特别甜。这道菜任何人来做都不会失败。在外国生活时，找不到草菇，用羊肚菌（morel）干或牛肝菌（porcihi）干代替，效果更佳。

第一次试大蘑菇（portabella）是在意大利，放在碟中，有整块牛扒那么大，用刀叉锯来吃，不逊肉类。这种菇在欧洲诸国和澳洲常见，香港超市出售的是由荷兰进口，看到了一定买下。做法很简单，在平底镬中下点牛油，待生烟，就把大菇放下去，面朝底。蘑菇不可水洗，只要用厨纸擦干净就行，有了水滴就喷到满脸油。煎个两三分钟，看菇的厚度而定，再翻过来煎一煎，最后淋上酱油，即上桌，香甜无比。谁都会做，不妨一试。

十多二十年前，竹笙打进香港市场，当时惊为天人，还传说是生长在竹筒里的囊。其实也只是菌类的一种，在云南很多，新鲜的切块后打火锅来吃，算不了什么。

当今流行健康食物，菇类大行其道，云南和各地都有野菌宴。都是吃菇，非常单调，总有不满足的感觉，那么最好是把它当成早餐。早上吃清淡一点也好，一碗汤更解宿醉。上次在昆明，就叫酒店为我们安排一人一个小边炉，桌上摆满菌类自助，味道和形状离奇的有鹿花菌、桦草菌、白蛟伞、星孢寄生菇、白香蘑、灰鹅膏菌、细褐鳞蘑菇等等，当然少不了出名的鸡枞菌。拿来白灼，多生多熟自主。汤底是用山瑞肉熬出来的，多了动物味，吃起来就不觉得寡了。

黑松露菌法国人当宝。它埋在土里，起初是拉了一头猪去闻出所在挖出来的，后来猪抢先吃掉，人不甘愿，就放弃用猪，改养狗代之。狗较笨，服从性强，不会偷吃，但法国人也不太信任它，最后靠自己的鼻子，弄得满脸泥巴。这种菌极少，要很珍惜地吃，刨一点和鸡蛋一齐炒，最便宜的东西配上最贵的，也不错。意大利的白松露菌也是此般吃法，非常寒酸。我曾经在巴黎的一家名店买了一樽泡渍的，每瓶都有鱼丸那么大，一粒一千港币，一口食之，才觉得有点过瘾。

日本的松茸也是珍品，最典型的吃法是切一小片，放在一个像小茶壶的器具中，加鸡肉、银杏、鱼饼炖汤，称之为土瓶蒸（dobennushi）。可别小看这一片东西，香味全靠它了。真正的日本松茸香味奇佳，但产量极少，不道德的商人还把铅粒塞在菌中增加重量。当今在日本市面看到的，如果价钱略为合理，都是韩国产。韩国的，味道大为逊色，后来又发现中国有同样的东西，我们叫为松口蘑的，日本人就大量进口，价钱更便宜了。但是内地松茸得个甜字，已无甚香味可言。反而是在泰国清迈找到一种小粒的菇，皮爽脆，咬破之后甜膏喷出，比什么黑白松露菌和松茸都好吃。

说到贵，我们不可忘记冬虫夏草也属菌类，灵芝当然也是菇。前者今日身价何止百倍，后者要找野生的，已经几乎绝迹了。

和女人一样，最甜美的最"毒"，外表极为鲜艳的菇我们一定要小心。有时它们也常扮平凡状，样子像普通的羊肚菌，叫为假菌（false morel）的，吃死了很多人。有种叫灯笼菌（Dictydium cancellatum）的，在暗处甚至会发光，香味浓郁，采者以为可食。最可怕的是amanitas，也叫为"毁灭天使（destroying angel）"，吃一小块，即死！

读过卡洛斯·康斯坦尼所写的一系列《唐璜的教导》，对迷幻的菇产生很大的兴趣，我在南美洲拍戏时一直要求当地工作人员替我找些来试试，但他们推三推四，原来不好找，巫师们才拥有一些，终于没吃上。

不过在印度尼西亚的海边上，小贩们卖的蓝色奄姆列倒是尝了。把幻觉菇混入鸡蛋中煎，吃过之后全身舒服无比，白沙沙滩变为云状的沙发，望着太阳,晒上三个小时,一点也不觉时间过得快。对身体无害,够胆可以一试。

神秘的豆蔻

豆蔻(nutmeg),又有人叫为肉豆蔻(mace),一直被混淆。在十七、十八世纪,荷兰的东印度公司垄断世界上大部分的香料贸易,设在阿姆斯特丹的总公司的官员,写信给管辖殖民地的下属说:"多生产一点肉豆蔻,少产些豆蔻!"

大家都没想到的是:肉豆蔻和豆蔻,都是同一棵树长出来的。

我这次去了槟城,欣赏了这一棵学名为 Myristica fragrans 的树,仔细分析了豆蔻和肉豆蔻的分别。

豆蔻树可从三十英尺长到九十英尺高,叶茂盛,由枝头长出水蜜桃般大的果实来。熟透了,这粒黄色皮的果实会裂开,露出褐色的核,核的外层包着红色的假皮,假皮有血管般的裂痕,而这假皮,才叫肉豆蔻(mace),肉豆蔻包着的核仁叫豆蔻(nutmeg),包着肉豆蔻的那层厚肉,中国名叫豆蔻肉,英文名就叫 nutmeg fruit 了。你说容不容易混淆?

到了槟城,你可以看到菜市场中有大量的豆蔻肉出售。小贩们用利刀切成一片片,但有一部分因连了起来,用手一推,像一把扇那么打开,加糖腌制,发酵后就变成一种很普通的蜜饯,吃起来有很独特的辛辣味。豆蔻被当地人认为可以祛风,又好吃又有药用价值,很受欢迎。

至于叫肉豆蔻的那层红色的假皮,当地人拿来煲老鸭汤,说富有风味,我试了一口,并未感到有什么特别的味道,可能是下得少的缘故。

但是欧洲人已经把豆蔻当宝了，吃什么东西都加一点豆蔻下去，才认为是美味，身上带着一个磨，把晒干了的豆蔻随时磨粉来吃。

著名的美食家伊丽莎白·大卫（Elizabeth David）著有一本书叫《Is There a Nutmeg in the House？》被翻译成《府上有肉豆蔻吗？》。其实用"豆蔻"二字已经足够。她在书中说："十八世纪的人喜欢随身携带豆蔻磨刨，去餐厅，参加上流社交舞会时用来刨磨香料加入热饮……我认为这是很文明的时尚，觉得应该复苏，口袋里放着这把小刨到处去，非但一点也不傻，而且顺手得很。"

伊丽莎白在牛油芝士里、菠菜上都撒豆蔻，她说几乎所有奶酪料理，都少不了用豆蔻调味，意大利厨房中没有一粒豆蔻就不叫厨房了。英国料理不像意大利菜那么懂得发挥，通常是把豆蔻加在布丁、蛋糕，以及鲜奶油里面，或乳冻甜品、奶糊及牛油中。

不过，肉酱冻、香肠、馅饼等就不用豆蔻（nutmeg），而是用肉豆蔻（mace）了。两种东西的香气相似，但前者粗糙，甜味略逊，较为辛辣。

我在槟城见到的豆蔻产品除了蜜饯之外，还有豆蔻油。白色的油可治抽筋、扭伤、刀伤、烫伤。放一两茶匙于滚水中，还能内服，治肚痛，据说十分有效。红色的油浸着肉豆蔻，这层假皮当地人叫为"花"，浸在油中，药效与白花油相同，但不能内服。

把豆蔻果核仁磨成粉，加在油膏之中，像万金油，但味道不那么古怪，就是豆蔻膏了，可治蚊咬。伤风咳嗽，搽之立愈云云。

豆蔻也广泛应用于化妆品工业，如制造香皂、洗发露和香水等，当今流行香熏按摩，用的油也有豆蔻做的。

说到发源地，则应该是印度尼西亚的Moluccas。希腊和罗马菜肴的记载中，并没有豆蔻。原先是葡萄牙人发现它的好处，十七世纪荷兰抢印度尼西亚为殖民地，把豆蔻带到欧洲来，这一下子惊为天人，成为最贵重的香料之一。英国人要等到十八世纪才在槟城种豆蔻。到最后，在东印度群岛的 Emenada 大量种植，全世界的老饕才普遍得到享受。

来到法国和意大利，常见他们用一种叫 Bechamal 的酱汁炖牛肉、煮菠菜，尤其是在马铃薯上常撒几滴，是用豆蔻做的。豆蔻能做成饮料，也入酒呢。

欧洲人对豆蔻的爱好已接近疯狂，又何况说它壮阳。其实它含有的豆蔻油醚，是一种能够引起幻觉的化合物，不过医学上研究表明，得要大量地吃，才有那种效果，不然早就被嬉皮士们拿来代替大麻了。

中国人除了南洋华侨，对豆蔻似乎没多大兴趣，但早已有研究。李时珍在《本草纲目》中把豆蔻分为草豆蔻和肉豆蔻，更加令人混淆，但亦有红豆蔻者，可能就是假皮 mace 了。他说草豆蔻岭南皆有，可是现在在广东一带，还是罕见的。

但是唐朝人的见识甚广，杜牧《惜别诗》曰："娉娉袅袅十三余，豆蔻梢头二月初。"又有注解为："豆蔻，草本植物，其状娇嫩，小如妊身，用喻处女也。"故，"豆蔻年华"一语，由此产生。经常使用，不知其所以然。吃了，觉得味道辛烈，比较薄荷纤细得多，但是也不会学洋人老饕带个刨子去刨那么喜爱。

豆芽颂

石琪兄喜欢吃黄豆大豆芽，我却独钟绿豆小豆芽。蔬菜之中，唯有它百吃不厌。

从小就爱吃豆芽，总是用筷子夹了一大堆下饭。爸妈看了，笑骂说："简直是担草入城门。"

方便面里，加些豆芽，我已经觉得很满足。豆芽的烹调法也可以谈个没完没了，清炒最妙，用油爆香大蒜瓣后炒几下，半生不熟时，加点鱼露几滴绍兴酒，不下味精也香甜，比什么大鱼大肉好。

佐以韭菜、鲜鱿、猪肉、牛肉，或任何一种其他的食物，豆芽都能适应，它是性情很随和的东西。

有了余暇，一面看录像带一面拣豆芽也是一件大乐事，把它的头和尾摘下扔在一旁，中间部分用盘子盛着，堆成一堆，像白雪，还时以"银芽"来形容，更是切题。

谈到摘头摘尾，有个朋友发明了一个理论，那便是把绿豆撒在麻布袋上，加水发芽后由麻布中长出，用刀子将头尾刮去，剩下来的便是完美的豆芽。这办法只听说过，没有看到它实践。

有一天发起神经，学古代御厨，用尖刀把豆芽挖心，酿上切成幼丝的火腿精肉，结果炒后都掉了出来，白费心机。

豆芽性情高傲，水质不佳者养出来的都是干干瘪瘪，南洋一带的便是如此。用蓄水池的水生产的也不够肥胖。

最好的豆芽要以清澈的井水或山泉养之。

现在国人也爱吃豆芽，他们将它煮熟了掺入沙律。

美国人把一种袖珍绿豆培养出头发样的豆芽生吃，我试过扔在汤中，味道不错。

日本人不知在水里加了什么维他命之类的东西，豆芽肥白得像婴儿的手指，即刻想吻，但并不香甜。

泰国人生吃，点以飞蛾酱，又腥又辣，又是另一境界。

不要轻视豆芽价钱低微，不登大雅之堂。宴席上的鱼翅，也要它来帮助，才能衬托出更好的滋味。

蔬菜王者，豆芽也。

面线颂

面线这种食物好像只能在福建或潮州可以吃到，它雪白幼细，一束束地用一张小红纸捆在中央，排列于纸盒内，名副其实地像少女缝衣所用之针线，美丽得很。

广府人不懂得烧面线，香港少见。目前它只流行于中国台湾和东南亚一带有福建和潮州华侨后裔的地方。

通常的吃法是以汤煮之。在拉面线时让细丝分开，撒上些米粉，烧时如果不过水，那么清汤就会变成浓羹了。家庭式的面线汤佐以肉碎、冬菜和芫荽，淋上小红葱头爆香的猪油。就这么简单的一碗东西，是多么地难煮，因为火候不够就太生，烫久了又成浆糊。上桌时一定得热腾腾地吃，不然混在一起，样子和味道都不佳。主妇们花尽心血捧出这碗面线，还要在一旁监视你吃。用筷子一夹，香味扑鼻，面线似山涧流水，一条条清澈可喜。烫喉吃下，味美无比。

那么细的面线，还可以用来炒，配以银芽和肉丝，炒得条条分开，各自有弹性，相信当今的大师傅也没有几个能做到。

这次在新加坡听到一家福建名店有炒面线一味，即刻试之，哪知道炒出的面线是用台湾产的较粗者，色棕，滋味和功夫都不到家，非常失望。此类面大概是掺了什么薯粉做的，台湾街边的蚵仔面线就是以它为原料，性坚硬，煮上三两小时也不糊，怪不得能轻易炒之。

福建菜谱还有一道叫猪脚面线的，那是把面线烫熟后做底，淋上红烧得极柔软的猪脚和它的汤汁，让油分渗透在面线，令其不粘连，也是珍味。

另一样只能在高雄吃到的是金瓜炒面线。大师傅把金瓜刨得像面线那么细。两种最难处理的原料混在一起炒，达烹饪艺术的高峰。这要台湾土生土长的老婆才知道，问一般台湾人，听都没有听过。

拉面线和拉面条不同，要两个人分工合作。听说一位老师傅丧妻后就不拉了，因为这对夫妻一呼一吸都互应，只有他们在一起，才能做出完美的面线，可惜没有口福尝试。

罐头颂

和方便面一样，我对罐头也百吃不厌。

家里的厨房一定摆着很多罐头，最喜欢的是默林牌的红烧扣肉和油焖笋，一般罐头都有个罐头味，只有这两样如现烧现炒。

野餐时开罐茄汁沙丁鱼夹面包，是难忘的儿时印象。其实沙丁鱼罐头很容易吃腻，吞一两条后就摆下。吃不完最好是摆在冰箱里，第二天用小红葱爆香，淋上蒜泥辣椒酱，亦是美味。通常我只喜欢挪威出产的小罐沙丁鱼，浸以橄榄油，中间有颗指天椒，不要小看它，这小家伙把鱼的腥味辟尽。

罐头是平民化的食品，价钱一贵就失去它的意义。小时吃车轮牌鲍鱼并非大事，记得常是一个大的配上一颗小的，母亲用筷子插着后者让我生啃，现在想起都流口水。只是目前一罐价钱卖得像天文数字那么高，已无好感。

以前的日本螃蟹罐头也便宜，招待洋朋友，将亚华上度牛油果剖成两半，取出巨核，填以罐头螃蟹肉，挤点柠檬再滴塔巴斯科牌辣椒汁，他们吃了没有一个不赞好。

有时候懒起来，就开罐狄蒙尔的奶油粟米，再加一罐梅李牌的小香肠（鸡尾酒用的那种），一餐就很容易地解决。台湾名菜"瓜仔鸡窝"用的酱瓜只有日光牌最好。做法简单，把鸡斩块后和罐头瓜一齐放入火锅中煮，其他牌子的一煮就烂，日光牌越煮越脆，越滚越入味。吃剩的瓜第二天再烧，汤比首次做的还要鲜甜。

回到学生时代，老师赶鸭子般地带我们去参观杨协成罐头厂。为我们解释的是个三十岁左右，当时我们认为"老"的职员。他身材矮小，略胖，不喝酒也满脸通红。我们看的是咖喱鸡的制造过程：大锅煮好，入罐、上盖、封密，然后放入压力炉中以高温蒸之杀菌。老职员说："做罐头，不能用普通的鸡，它们一经过压力炉就烂了，用的肉要越硬越好，各位记得，一定要用像我一样老的鸡！母的更好！"

啤酒颂

大暑，喝冰凉的啤酒固然是一大乐事；天冷饮之，又是另一番味。寒冻下，皮肤欲凝，但内脏火烫，一大杯啤酒灌下，嗞的一声，其味道美得不能用文字来形容。

啤酒的制造过程相信大家都熟悉：将麦芽浸湿，让它发酵后晒干，舂碎之加滚水泡之，取其糖液掺酵母酿成酒，最后加蛇麻子所结之毯果以添苦味，发酵过程养出二氧化碳之气泡。有一天，我一定要自己试试。

世界各国都在酿啤酒，好坏分别在各地的水。水质不好，便永远做不好啤酒，东南亚一带，就有这个毛病。美国是一个例外，它的水甘甜，但是永远酿不了好啤酒，可能跟美国人不择食的习惯有关。

气氛最好的是在德国的地窖啤酒厅，数百人一起狂饮，杯子大得要用双手才能捧起，高歌《学生王子》中的"饮、饮、饮"。

或是静下来一边喝一边唱一曲哀怨的《莉莉玛莲》。

英国的古典式酒吧，客人两肘搁在柜台上，一脚踏在铁栏，高谈阔论地喝着"苦啤"，它颜色棕黑，甜、淡，很容易下喉，一连饮十几大杯子不当一回事。

法国人不大会喝啤酒，他们只爱红白酒和白兰地，越南人跟他们学的三三牌啤，淡而无味。

酒精最强的应是泰国"星哈"和"亚米力"，比例与日本清酒一样高。一次和日本人在曼谷，各饮三大瓶，他有点飘然，问说这酒怎么这么强，我说你已经喝了一点八公升的一巨瓶日本酒了，他一听，腰似断成二节，爬不起身来。

韩国人极喜欢喝啤酒，是因为他们民族性刚烈，大饮大食，什么都要靠量来衡量，最流行的牌子是OB，只有他们把啤酒叫成麦酒，我认为这是一个很恰当的称呼。

啤酒绝不能像白兰地那么慢慢地喝，一定要豪爽地一口干掉。三两个好友，剥剥花生，叙叙旧，喝个两打大瓶的，兴高采烈，是多么写意！唯一不好的是要多上洗手间。

饮酒是人生一乐，醉后闹事的人就不是喝酒而是被酒喝了。

醉龙液

好酒之人。我问你，你一生试过最强的酒是什么？

茅台？伏特加？高粱？大曲？特奇拉或鸟苏？这些酒的确是很烈，你也曾经败在它们手下是不是？但是，一熟悉它们的酒性，还是可以控制的。

南洋一带有一种酒，却是让你抓不到它，那是逢饮必醉的椰酒。

什么是椰酒呢？

在热带的椰子林中，你可以看到一个马来人或印度人，腰间绑了十几个小陶瓶，像猴子一样地爬上二三十英尺高的椰树。树顶叶子下，有数根长得如象牙一般大小的绿枝，枝中开出奶白色的花朵，花谢后就变成一粒粒的小椰子。乘椰花开的时候，酿酒人将花用刀削去，在根尖处绑上小陶瓶，再把酒饼磨成粉撒在枝上，整棵树的营养都集中在这枝上，吐出液汁来供给果实的长成。液汁滴注入瓶，土人三两天后便来采取，这时已酿成美酒。

椰酒是半透明的乳白色，上面还浮着泡沫，一口下喉，差点就即刻要吐出来。因为它是一种滋味特奇的饮品，有如发了霉的池塘水加上香槟。喝喝就上了口。越来越觉得味道不错，清凉无比，啤酒可以站到旁边去。它是原始的，自然的。

为什么逢饮必醉呢？要记得酒饼并没有停止发酵，喝进肚子，它还不断地在你的胃里制造酒精，直透胃壁，入血液，通大脑，不到一会儿即见效。酿酒者那天脾气不好就多撒一点酒饼粉，那就醉得更快了。

喝这种酒的人通常是印度的劳动者，他们在烈日下修路，当时的英国政府以此来麻醉他们，免费地让他们喝。收工后在一个没有椅子的酒吧中，印度工人排着队，一个个醉倒被人抬出去。

我念初中时第一次尝此酒，要求一个印度朋友带我去。轮到我的时候不管三七二十一，把大铁罐的几公斤椰酒狂饮，即觉肚子中一阵阵的高潮，四肢游移不定，晃荡倒地。

这种酒，龙也控制不了，故称之醉龙液。

下酒

用什么来下酒？这是一门大学问。花生米最普遍，但是我认为这是最单调和最没有想象力的下酒菜，叫我吃花生，我宁愿"白干"。

我反对的只是吃现成的花生，偶尔在菜市场看到整颗的新鲜落花生，买个一二斤，用盐、糖、五香和大蒜煮熟，剥壳吃个不停，又另当别论。

自制红烧牛肉，当然是上等的下酒菜，但嫌太花时间，要是有那么多余暇来准备，那花样可真不少，炸小黄花鱼、芋头蒸鹅、酱鸭舌头，举之不尽。花钱花工夫的下酒菜，总觉不够亲切。

在庙街档口喝酒的外国水手，掌上点一点盐，也能下酒，其乐融融。家父友人黄先生，没钱的时候用一把冬菜，泡了开水干上两杯，比山珍海味更要好。

岳华和我两人，在日本千叶的小旅馆，半夜找东西下酒，无处觅寻，只剩一条咸萝卜干，要切开又没有刀子，唯有用啤酒瓶盖锯开来吃，亦为毕生难忘的事。

三五知己见面，有时碰到比相约更快乐，拿出酒来，有什么吃什么，开心至极。家里总泡了一罐鱼露芥菜胆，以此下酒，绝佳。

至于现成的东西，我喜欢南货店里卖的咸鸭肾，切成薄片，一点也不硬，又脆又香。要不然就是日本的瓶装海胆掺鱼子或海蜇、韩国的金渍和酱油大蒜、意大利生火腿和蜜瓜、泰国的指天椒虾酱，最方便的有宁波的黄泥螺，都比薯仔片等高明得多。

最近由两位舅舅处学到的下酒菜，我认为是最完美的，各位不妨一试。那就是在天冷的时候，倒一小杯茅台，点上火，拿一尾鱿鱼，撕成细丝，在火上烤个略焦，慢慢嚼出香味，任何酒都适合。

把一个小火炉放在桌上，上面架一片洗得干干净净的破屋瓦，买一斤蚶子，用牙刷擦得雪亮，再浸两三小时盐水让它们将老泥吐出。最后悠然摆上一颗，微火中烤熟，啵的一声，壳子打开，里面鲜肉肥甜，吃下，再来一口老酒，你我畅谈至天明。

仿古威士忌

喜欢喝烈酒的人，先从中西分别。

前者叫为白酒，与餐酒的白酒不同，是酒精度极高的米酒，像茅台、五粮液和二锅头之类。后者有俄国的伏特加、墨西哥的特奇拉和意大利的果乐葩，但最具代表性的，还是法国的干邑和苏格兰的威士忌。

各有所好，如果白兰地和威士忌给我选，我还是会喝威士忌的。

认识威士忌，通常由 Johnnie Walker 开始，数十年前，有一瓶红牌，已是不得了的事，后来生活水平提高，大家又喝黑牌去，近年出的蓝牌，酒质甚佳，是喝得过的威士忌。

但是像 Johnnie Walker 和芝华士等名牌威士忌，都是采取不同的麦种来酿造，有混合威士忌（blended whisky）之称，喝久了，满足感没那么强。

这时你便进步到喝单一麦芽威士忌（single malt whisky）的层次了，在此简称为单芽威。而喝单芽威，开始时总是选 Glenfiddich、Glenlivet 等名牌，渐入佳境后，世界公认为最好的单芽威，还是麦卡伦（Macallan）。

市面上能买到的麦卡伦，通常有十二年和十八年的，能买到二十五年的已很不错，如果你拿出一瓶三十年的，苏格兰人，像苏美璐的先生，已认为是极品，每瓶要卖到四千三港币。

我喝过的是 the Macallan 50，水晶瓶是手工做的，头上的铜盖，是用蒸馏器打出来。藏了五十年,"精美绝伦"四个字,可用于瓶子和酒质。

当今仿古,麦卡伦出了一瓶 Season 1841,是依照当年产品的包装制成,其实年份只有八至十年罢了,但是酒质奇佳,售价比十八年的贵,要卖到二千一百一瓶。

喝单芽威是不加水的,像白兰地一样就那么喝。昨天和朋友,三人午餐干掉了一瓶,面不改色,喝后也不头痛。这是爱上烈酒的主要原因。

寒夜饮品

身体外面温暖,五脏还是寒冷。

一连沏三盅茶:普洱、铁观音和八宝茶。普洱一饼从数十元到几万块,我认为一斤三百的就很有水平。一斤可以喝一个月,平均一天十元,也不能算贵。

铁观音也没有什么准则,到相熟的茶行买好了,他们会介绍给你一种又便宜又好的。太贵的茶,喝上瘾了,上餐厅时就嫌这嫌那,不是一件好事。

八宝茶不算是茶,只是种饮品,求胃口的变化而已。包装的,一包里面有菊花、绿茶、红枣、枸杞、桂圆、葡萄、银耳和冰糖,故称八宝。我总是认为太甜,茶味不足。打开包裹,把几粒大颗的冰糖扔掉,又加了一撮其他茶叶,沏出来的味佳。

普洱没事,铁观音和绿茶喝多了伤胃,用八宝茶来中和恰好,但甜味留在口腔,总是感觉不对,喝口汤更妙。

最佳选择是北海道产的 Tororo 昆布汁。

由海带做的,制作过程我参观过,是把一片很厚的海带放在桌上,员工以利刃刮之，刮出一丝一丝像棉花又似肉松的东西来。现在已不用汉字了，旧时这个发音写成"薯蓣"，是把山药磨成糊状的意思。山药又叫山芋，磨得黏黏的，样子很恐怖。

当今卖的"薯蓣昆布汁"很方便食用，把锡纸撕开，里面有个塑料的小碟，装一方块凝固在一起的海带丝，另有一小包所谓的调味品，说是用木鱼熬出来，其实味精居多，还有一包干燥的脱水剂。

把这三样东西放在碗里，注入滚水即成，我认为碗里水分装得太多味太淡，放进茶杯刚好。喝起那些昆布丝软绵绵润滑滑的，有些人不喜欢这种感觉，我无所谓，但只限于海带汤，用山芋磨出来白黏黏的那种，就受不了了。

茶道

台湾人发明出所谓的"中国茶道"来，最令人讨厌了。

茶壶、茶杯之外，还来一个"闻杯"。把茶倒在里面，一定要强迫你来闻一闻。你闻，我闻，阿猫阿狗闻。闻的时候禁不住喷几口气。那个闻杯有多少细菌，有多脏，你知道不知道？

现在，连内地也把这一套学去，到处看到茶馆中有少女表演。固定的手势还不算，口中念念有词，说来说去都是一泡什么什么、二泡什么什么、三泡什么什么的陈腔烂语。好好一个女子，变成俗不可耐的丫头。

台湾茶道哪来？台湾地区被日本统治了五十年，日本人有些什么，台湾就想要有些什么。萝卜头有日本茶道，台湾就要有中国茶道。把不必要的动作硬加在一起，就是中国茶道了，笑掉大牙。

真正中国茶道，就是日本那一套。他们完全将陆羽的《茶经》搬了过去。

我们嫌烦，将它简化，日本人还是保留罢了。现在又要从日本人那儿学回来。唉，羞死人也。

如果要有茶道，也只止于潮州人的功夫茶。别以为有什么繁节，其实只是把茶的味道完全泡出来的基本功罢了。

一些喝茶喝得走火入魔的人，用一个钟计算茶叶应该泡多少分多少秒，这也都是违反了喝茶的精神。

什么是喝茶的精神？何谓茶道？答案很清楚，舒服就是。

茶应该是轻轻松松之下请客或自用的。你习惯了怎么泡，就怎么泡，怎么喝，就怎么喝，管他妈的三七二十一。纯朴自然，一个"真"字就跑出来了。

真情流露，就有禅味。有禅味，道即生。喝茶，就是这么简单。简单，就是道。

饮食节目问答

和小朋友聊天。

问："听说你最近有做新饮食节目的念头，会有什么内容呢？"

答："主要的是保存濒临绝种的美食，尽量重现一些古时候的菜谱。还有让观众知道，平凡的食材，也能做出精彩的菜。"

问："只讲中国菜吗？"

答："也不是。像旅行，一生总要过，看别人是怎样过，把节目做成味觉的旅行，同样食材，别人是怎么做出来的，让大家参考。"

问："举个例子吧。"

答:"比方说,你到一家好的外国餐厅,如果面包不是自己烤的,那么这家餐厅好极有限。中国食肆最不重视白饭了,为什么不能像外国的一样,把一碗基本的饭炊得好一点呢?从白饭延伸,做出粥来,各种不同的粥,也用米,磨成浆,烹调出各种吃法,像肠粉等等。"

问:"那也可以做不同的炒饭了?"

答:"这当然。"

问:"要不要比赛呢?"

答:"何必,大家切磋,多好!"

问:"还有什么可以添加的?"

答:"我想加多一个餐桌上的礼仪的环节。"

问:"不会闷吗?"

答:"不说教就不闷。而且是我们很需要的一课,像吃饭时抢着夹菜,就不应该,我们还有很多人会把菜东翻西翻,也不对。"

问:"这不是很基本的吗?"

答:"是基本,但不懂的人还是很多,需要提醒。我们很幸运,有父母指引,但现在大家都忙,也许忽略了。像吃饭时发出吧嗒的声音来,也不雅。"

问:"现在很多人都是这样吃的呀,成为习惯,大家都吧嗒声,也就接受了,没什么不对呀。"

答:"朋友一起,家人一起,怎么吃都行,但是出不了大场面。在外国旅行,总有一些国际上的基本礼仪要遵守,否则人家看了虽然不出声,但心中看不起你,我们何必做这种被人看不起的事?"

问:"这是因为你年纪大了,看不惯年轻人的反叛。"

答:"对。我们年轻时也反叛过,不爱遵守固有的道德观,父母看不惯。但这不是反叛不反叛的问题,是做人做得优不优雅的问题,是永恒的。"

问:"还有什么环节?"

答:"很多,像食物的来源和人生的关系。"

问:"举个例子。"

答:"像东方吃白米长大的,和西方吃面包长大的,在身体上有很多不同。发育也完全不一样,东方的孩子,送到西方去,也比较高大呀,这是明显的例子。"

问:"那要研究营养学了?"

答:"这让学者去讨论,到底是电视,很实际地需要收视,必须有娱乐性才行。如果太多篇幅去谈药膳之类的,就太过枯燥了。"

问:"那么讲不讲素食呢?"

答:"当然得涉及,讲的是真正的素食,不是把素食变成什么斋叉烧,什么斋烧鹅。这么一来,心中吃肉,也等于吃肉了,不是真正的素。"

问:"可以做些什么素呢?"

答:"在食材上去下功夫,像有种海藻叫海葡萄,就那么用醋和糖来腌制一下,就是一道美食。"

问:"叫大师傅来做?"

答:"也要请他们示范。不过家庭主妇的手艺也不能忽略。她们的菜,做给子女吃,一定用心。用心做的,是餐厅大师傅缺少的。有时候,她们在很短的时间内,也可以做出一桌菜来,应付丈夫临时请来的客人。真是有这些卧虎藏龙的厨娘,都要一一发掘。"

问:"有没有减肥餐呢?"

答:"没有。"

问:"怎么答得那么绝。"

答:"最有效的减肥餐,就是不吃,不吃就不肥。倪匡兄说过:'纳粹集中营里面,哪会有胖子?'别做梦了。"

问:"那么讲不讲人与食物的亲情?"

答:"饮食节目是应该欢乐的,太多挤眼泪的情节,还是留给《舌尖上的中国》去做吧。"

问："外国拍的饮食节目，有什么可以借镜的？"

答："我都不想重复他们的内容，精神上可以抄袭，像他们的一个小时之内做出多种菜来，就有那种压迫感，也许我会请一些专业厨师，或一些生手，在二十分钟之内做出几道菜来。"

问："做得到吗？"

答："中国的煮炒，都是在很短的时间内完成，像《铁人的料理》那种节目，如果让一个巧手的厨师去做，一个小时里面，做出一桌菜来，不是难事。"

可否食素？

"妈妈，去吃些什么？"小时问。

星期天，不开伙食，一家大小到餐厅吃顿好的，母亲回答："今天是你婆婆的忌辰，吃斋。"

"'斋'字怎么写？"

看到一个像"齐"的字，妈妈指着纸："这就是'斋'了。"

桌上摆满的，是一片片的叉烧，也有一卷卷炸了出来的所谓素鹅。最好笑的，是用一个模型做出一只假得很不像样的鸡来。

吃进口，满嘴是油，也有些酸酸甜甜，所有味觉都相似，口感亦然。一共有十道菜，吃到第三碟，胃已胀，再也吞不下去了。

"什么做的？"我问。

"多数是豆制品。"爸爸说。

"为什么要假装成肉,干脆吃肉吧!"这句话,说到今天。

西方人信教,说心中产生了欲望,就是有罪了。我们的宗教还不是一样?看着假肉吃肉,等于吃肉呀。从此,对于这些伪善者,打从心中看不起。

我有一个批评餐厅的专栏,叫《未能食素》,写了二十多年了。读者看了,问说:"什么意思?"

"还没有到达吃素的境界,表示我还有很多的欲望。并不是完全不吃斋的。"我回答。

"喜欢吗?"

"不喜欢。"我斩钉截铁。

到了这个阶段,可以吃到的肉,都试过,从最差的汉堡包到最高级的三田牛肉。肉好吃吗?当然好吃,尤其是那块很肥的东坡肉。

蔬菜不好吃吗?当然也好吃,天冷时的菜心,那种甘甜,是文字形容不出的。为什么不吃斋呢?因为做得不好呀,做得好,我何必吃肉?

至今为止,好吃的斋菜有最初开张的"功德林"。他们用粟米须炸过,下点糖,撒上芝麻,是一道上等的佳肴,到现在还记得清清楚楚。当今,听人说大不如前。

在日本的庙里吃的蔬菜天妇罗,精美无比。有一家叫"一久"的,在京都大德寺前面,已有五百多年历史,二十几代人一直传授下去,菜单写着"二汁七菜"。有一饭,即是白饭。一汁,味噌汤。木皿,醋渍的青瓜和冬菇。另一木皿是豆腐、烤腐皮、红烧麸、小番薯、青椒。平碗,菠菜和牛蒡。猪口(名字罢了,没有猪肉),芝麻豆腐。小吸物,葡萄汁汤。八寸,炸豆腐、核桃甘煮、豆子、腌萝卜茄子、辣椒。汤桶,清汤。

用的是一种叫朱碗的红漆器具,根据由中国传来的佛教餐具制作。漆师名叫中村宗哲,是江户时代的名匠。用了二百年,还是像新的一样,当然保养得极佳。这是招待高僧的最佳服务。

但是吃那么多,是和尚的心态吗?如果是我,一碗白饭,一碗汤,一些腌菜，也就够了吧？

吃斋应该有吃斋的意境，愈简单愈好，像丰子恺先生说，修的是一颗心。他也说过，其实喝白开水，也杀了水中的细菌。而且，佛经上没有说不能吃肉，都是后来的和尚创造出来的戒条。

日本人叫吃素为精进料理。"精进"这两个字也不是什么禅宗的说法，吃的是日常的蔬菜，山中有什么吃什么，当然用心去做，也是修行的道理，做得精一点不违反教条，所以叫成精进料理。

各种日本菜馆已经开到通街都是，就是没有人去做精进料理。在香港或内地各大城市，如果开一家，大有钱可赚，台湾人的斋菜馆就是走这一条路线，生意滔滔。

吃素我不反对，我反对的是单调，何必尽是什么豆腐之类呢？东京有一家叫"笹之雪"的，店名好有诗意，专门卖豆腐，叫一客贵的，竟有十几二十道豆腐菜，我吃到第四五道，就发噩梦，豆腐从耳朵流出来。

何必豆腐、腐皮、蒟蒻呢？一般的豆芽、芥蓝、包心菜、西红柿、薯仔等等，多不胜数，花一点心机，找一些特别的，像海葡萄——一种海里的昆布，口感像鱼子酱，好吃得不得了。哎呀！这么一想，又是吃肉了。

各种菇类也吃不完。一次到了云南，来个全菌宴，最后把所有的菇都倒进锅里打边炉，虽然整锅汤甜得不能再甜，但也会吃厌。

我喜欢的蔬菜有春天的菜花，那种带甜又苦的味道百吃不厌，又很容易烫熟，弄个即食面，等汤滚了放一把菜花进去，焖一焖即熟，要是烫久了就味道尽失。就是香港的菜市场没有卖，我每到日本都买一大堆回来。

还有苦瓜呢，苦瓜炒苦瓜这道菜是把烫过的和不烫的苦瓜片，用滚油来炒，下点豆豉，已经是一道佳肴，如果蛋算是素的话，加上去炒更妙。

人老了，什么都尝过时，还是那碗白饭最好吃。我已经渐渐地往这条路去走，但要求的米是五常米或者日本的艳姬米，炊出来的白饭才好吃。这一来，欲望又深了，还说什么吃斋呢？还是未能食素！